U0624039

博物馆◎编

萤火

巴布戏剧集

四川文艺出版社

图书在版编目（CIP）数据

萤火：巴布戏剧集/陈立著. —成都：四川文艺出版社，
2020.3（2021.10 重印）
ISBN 978-7-5411-5576-5

Ⅰ．①萤… Ⅱ．①陈… Ⅲ．①剧本—作品综合集—
中国—当代 Ⅳ．①I230

中国版本图书馆 CIP 数据核字（2020）第 018503 号

YING HUO

萤 火
——巴布戏剧集

陈立 著　　四川宋瓷博物馆 编

出 品 人　张庆宁
责任编辑　朱 兰　蔡 曦
封面设计　严春艳
内文设计　史小燕
责任校对　蓝 海

出版发行　四川文艺出版社（成都市槐树街 2 号）
网　　址　www.scwys.com
电　　话　028-86259287（发行部）　028-86259303（编辑部）
传　　真　028-86259306

邮购地址　成都市槐树街 2 号四川文艺出版社邮购部　610031
排　　版　四川胜翔数码印务设计有限公司
印　　刷　三河市嵩川印刷有限公司
成品尺寸　145 mm×210 mm　开　本　32 开
印　　张　11　　　　　　　字　数　260 千
版　　次　2020 年 3 月第一版　印　次　2021 年 10 月第二次印刷
书　　号　ISBN 978-7-5411-5576-5
定　　价　48.00 元

目录

苍生在上

（川剧）

时　间：康熙年间。

地　点：山东黄河边。

人物表：张鹏翮（花脸），四川遂宁人，52岁，河道总督，官一品。

　　　　端　敏（花旦），48岁，公主，康熙的妹妹。

　　　　王国昌（官衣正生），45岁，山东巡抚，官二品。

　　　　康　熙（正生），47岁，清朝皇帝。

　　　　汪景祺（官衣丑），40岁，东平知府，官从四品。

　　　　阿　山（短打老生），56岁，河道总督衙门治河参事。

　　　　唐成伍（武二花），50岁，山东常平仓守备，官五品。

　　　　梁九功（丑），40岁，太监。

　　　　张　清（武生），45岁，张鹏翮的卫士。

　　　　云　珠（小花旦），16岁，灾民。

　　　　老　人（老生），60岁，云珠的爷爷。

　　　　曹　七（小花脸），26岁，汪景祺的师爷。

　　　　张　母（老旦），88岁，张鹏翮之母。

　　　　把　总（武花脸），武官，九品。

　　　　布政使（正生），文官，八品。

　　　　知　县（丑），文官，七品。

小太监、差役、守兵、侍从、彩女、河工（壮年男女）
若干人；灾民若干人；武士若干人。

【幕前合唱：
九曲黄河万里长，
水沙相伴入海港。
千年悲欢说不尽，
祸福同降话沧桑。

第一场　灾降齐鲁

【幕启。
【场景：大地荒凉，灾民在舞台上或坐着或躺着。
差　役　（"咣"一声锣响）各位听着，今日河道总督履新，闲杂
　　　　人等一律回避，违令者严惩不贷！
【差役驱赶灾民，灾民不停地哀号："给点吃的吧！"差
役赶灾民下。
云　珠　（冲过人群）我们要见总督大人！
差　役　聚众闹事，逮起来！
【云珠被强行拖下。场面顿时混乱。
【王国昌及汪景祺等四官员上。
王国昌　（念）
　　　　率领众官到长亭，

迎接总督张大人。

一路灾民塞官道，

哀鸿遍野心如焚！

布政使　巡抚大人，今年山东灾情如此之重，奏请的赈灾粮，至今尚未有任何消息，这如何是好？

把　总　朝廷再不拨粮，我那个地盘的治安控制不住了。

知　县　下官那个县在黄河边上，淹死、饿死的都好几千啰。

王国昌　张大人这次带来了皇上御批，山东马上有救了。

　　　　【众喜，急切地盼望着。

众　他怎么还不到啊？

差　役　（惊慌地）大人，一伙灾民拥向长亭来了。

汪景祺　赶快赶走！新总督见到了成何体统？

差　役　是！

　　　　【众灾民画外呼叫："救救我们吧。大人，给点吃的吧……"

　　　　【差役护着王国昌等官员退下。众人下。

张鹏翮　（内唱）

　　　　奉圣命到河道总督任上，

　　　　【张鹏翮与随从张清青衣小帽，两人骑马上，亮口。

　　　　急履职哪顾得鞍马奔忙。

　　　　哗啦啦黄河患洪水灾从天而降，

　　　　白茫茫齐鲁大地遍洪荒。

　　　　路途中见多少万般惨状，

　　　　卖妻儿无衣食倒毙路旁。

　　　　治黄河救灾民急在心啊，

　　　　察灾情探水势遍寻良方。

【曹七带家丁拖云珠上，老人追上，拉住曹七哀求。

老　人　老爷，我孙女年幼无知，求求你饶她一回吧……

曹　七　老头儿，她煽动百姓，聚众闹事！饶她？带走！

【张鹏翮二人动作，下马。

老　人　可怜她父母双双饿死。（跪，抱住曹七的腿）

曹　七　想造反？（一脚踢倒老人，兵卒拥向老人拳打脚踢）

灾　民　出人命了。

云　珠　爷爷！爷爷！

【云珠突然挣脱，满腔怒火。

我跟你们拼了！

【抱住曹七的胳臂就咬。灾民与差役、兵卒乱成一团，
灾民被一个个打倒在地，痛苦不堪。

张鹏翮　住手！

曹　七　哟？还有人出头当英雄，看你也像个读书人，咋这么不
懂事呢？

张鹏翮　（大怒）真是无法无天！

曹　七　（冷笑）哼哼，天？我看你才是天灵盖上长眼睛——目
中无人。

张鹏翮　天平没眼——自有砝码。

曹　七　你晓得今天是啥日子？新总督上任。我们汪大人有令，
将灾民统统赶走！

张鹏翮　百姓想见总督有错吗？

曹　七　少啰唆。来呀！给我教训教训这个老东西！

【众家丁欲围殴张鹏翮，张清冲上三拳两脚将众兵卒打跑。

曹　七　你等着……

【张清扬起拳头，曹七等吓得跑下。

张鹏翮　【对老人。

　　　　　老人家，这里有点散碎银两，你们逃荒去吧。

云　珠　大爷为救我祖孙，惹下大祸，云珠感激不尽。

　　　　　【曹七带几个差役上。

曹　七　【指着张鹏翮。

　　　　　就是他！

　　　　　【差役上前欲动手，被张清扭着胳臂。

差　役　造反啦……

　　　　　【众人打斗亮相，王国昌等官员上场。

王国昌　【见是张鹏翮，大惊。

　　　　　总督大人！

　众　总督大人？！

王国昌　（转身训斥差役）大胆狗才，竟敢对总督大人无礼！

曹　七　（不停叩头）小人瞎了狗眼，大人恕罪。

张鹏翮　哼！

王国昌　下去！

　　　　　【差役下。影示意云珠爷孙下。

张鹏翮　谁是汪知府？

汪景祺　在下汪景祺。

张鹏翮　汪知府，尔可知罪？

汪景祺　下官有失察管教之罪。

王国昌　张大人，卑职率山东文武官员，迎接总督大人，不想这
　　　　　些狗奴才冒犯大人，望大人降罪。

张鹏翮　本督沿途已见山东灾情甚重，当与诸位大人共商对策。

王国昌　请大人先到驿站。

张鹏翮　事情紧急，就在此地！

【差役端两条板凳上，张和王坐，其他站立。

王国昌　总督大人，今山东灾情胜于往年，黄河决堤，二十五州县遭灾，灾民流离失所，饥荒遍地，已淹死饿死的几近万人。

张鹏翮　灾情如此严重，诸位大人如何应对？

王国昌　下官已在城中设下粥棚多处，安抚民心，并奏请朝廷拨粮赈灾。

汪景祺　灾民太多，粥棚马上就无粮可施了。

王国昌　是啊，奏请拨粮赈灾至今未有音信，下官等忧心如焚啊。

　众　（附和）是啊，朝廷何时拨粮赈灾？

张鹏翮　诸位大人！皇上乃仁德之君，接到奏报，即刻御批下达，批文在此。

【张清从包袱中取出批文交张鹏翮，张交王国昌。众官员高兴地："这下山东有救了！""皇上仁德，体恤下情啊！"

王国昌　（展开批文）三万石！

　众　（大失所望）三万石？管什么用哦？

王国昌　（着急地）总督大人！饥民数十万之众，至少需三十万石才能赈灾，这区区三万石粮食，无异于杯水车薪！

张鹏翮　王大人，皇上斟酌再三，批三万石皇粮自有道理。

王国昌　圣上真的不了解山东？

张鹏翮　圣上难道不了解山东？此时不用各州县的存粮更待何时？

　众　（面面相觑）这——

王国昌　总督大人，人命关天，下官也顾不得许多了。

　　　　（唱）

　　　　灾荒频繁袭山东，

　　　　霉变鼠耗仓库空。

账上粮仓乃虚有，

州县救灾是糊弄。

（白）山东地方粮仓已经调动殆尽，无粮可用！

张鹏翮　你……你们竟然……

县　官　上头查得紧，本想糊弄过关，没想到——

张鹏翮　（来回走动）你们造假……害死人啦！

差　役　站到！

【一老年妇女灾民跑上，不停地往嘴里塞东西，一差役
追上将她踢倒，欲打。

张鹏翮　住手！

差　役　（急禀告）她偷吃马粮。

灾　民　（害怕地看着张鹏翮）我饿。

【音乐起，张鹏翮心疼地扶起灾民。

张鹏翮　张清，干粮。

【张清从背包内取出干粮，偷吃马粮的灾民一个劲儿地
磕头。

【大群灾民拥上讨要，张鹏翮、张清分发干粮，粮尽，
无奈地看着灾民。

张鹏翮　（唱）

黄河水患降大难，

实不忍众乡亲备受熬煎；

张鹏翮怎能够视而不见，

愿与乡亲们共渡难关。

【造型，切光。

第二场　公主荐才

【场景：黄河长堤，长亭。

【优美音乐启。端敏的小太监与彩女四人已经在舞台
　　上，色彩香艳，皇家气派。

小太监　禀公主，奴才已派快马传唤张鹏翮，即刻就到，请公主
　　　　长亭小憩片刻。

端　敏　（唱）

　　　　登长堤观黄河惊涛拍岸，

　　　　忆往事不由人思绪万千；

　　　　回首塞外万里远，

　　　　已不见长河落日大漠孤烟。

　　　　想当年同门求学于大人，

　　　　现而今建功立业看儿男。

张鹏翮　（唱）马不停蹄把路赶，

　　　　为民讨粮长亭前。（骑马下）

张鹏翮　臣河道总督张鹏翮……

端　敏　师兄，鹏翮！

张鹏翮　师妹，公主！

端　敏　你新官上任还好吧？

张鹏翮　禀公主，山东受灾之重，出人意料。皇上下拨的三万石

赈灾粮却如杯水车薪。烦请公主回京省亲时向皇上禀报山东实情，划拨三十万石粮食赈灾。

端　敏　皇上委你治河，你不必插手地方事务，救灾之事交由地方巡抚去办吧。

张鹏翮　公主，治河先得有人。再说，我身为朝廷重臣，理应上报国家，下安黎民，百姓遭此大难，我岂能坐视不管？

端　敏　（唱）

正是黄河水患害百姓，

才命你根治救苍生。

圣上对你载重任，

你要掂量是治河是救灾。

救灾治河治河救灾，

你定要仔细掂量孰重孰轻。

张鹏翮　（唱）

治黄河管长远拯救百姓，

解燃眉救人命困扰我的心。

治河不容缓，

救灾须力行。

愿担两重任，

勉力救苍生。

端　敏　（打断）不在其位，不谋其政，你这是越俎代庖。况且山东地方有无谎报和私情谁能说得清楚？

张鹏翮　公主一言警醒微臣，我定当严查。只是眼前这粮食——（欲说）

端　敏　（打断）救灾之事我帮不了你。本宫从阿拉善回京省亲，路过山东，特为向你推荐一位能人，助你治理黄河。

张鹏翮　不知公主殿下举荐何人？

端　敏　此人曾跟随荆大人、于大人、董大人三位河道总督，治黄河颇有心得，最为难得的是他和你的治河方略不谋而合。

张鹏翮　什么方略？

端　敏　筑堤束水，借水冲沙！

张鹏翮　（惊奇地）公主也知道臣的治河方略？

端　敏　你著的《治河全书》，本宫细心拜读过。

张鹏翮　谢谢公主相荐。

端　敏　但不知张大人可敢用此人否？

张鹏翮　（惊疑地）公主殿下何出此言？

端　敏　此人名叫阿山，乃"天下第一罪人"索额图之外戚，受株连罢了官。

张鹏翮　（迟疑地）这个——

端　敏　（叹息）哎！可叹此人，虽被株连罢官，却心系黄河安危，行程万里，考察水患成因，寻找治河良策。如此忠于我大清之人，却无用武之地，岂不令人惜乎悲乎？

张鹏翮　只要能治理黄河，臣当不避风险，任用能人！

端　敏　（喝彩）这才是敢作敢为的张鹏翮嘛。快请阿山先生前来。

　　　　【侍从引阿山上。

阿　山　参见公主！

端　敏　还不见过张大人。

阿　山　罪人阿山参见张大人。（拱手）

张鹏翮　先生不计荣辱得失，心系黄河安危，令人敬佩，请先生与我一同治理黄河可好？

阿　山	阿山乃素额图外戚，难道明公不怕连累？
张鹏翮	治理黄河，造福百姓，张鹏翮心底无私，何惧连累！
阿　山	公主！张大人！小民一不要官帽，二不要钱财！今得遇明公，治理黄河，遂我平生之志，乃我阿山之幸！（跪）
张鹏翮	（扶）先生请起，授阿山为河道总督衙门治河参事。
阿　山	谢大人！（起）
汪景祺	（上）臣，东平知府汪景祺见驾，公主殿下千岁千千岁。
端　敏	罢了。
汪景祺	臣见驾来迟，公主恕罪。
端　敏	本宫本不想惊动地方，何罪之有？
太　监	公主起驾！
众	送公主。
汪景祺	（转身碰到阿山）罪人阿山?！
张鹏翮	阿山已是河道总督衙门治河参事。
汪景祺	（转念，假装高兴地）好好好！总督大人慧眼识珠，用阿山先生必能成就治河伟业。哈哈，哈哈！
张鹏翮	汪大人，各州县真的一粒存粮都没有了吗？
汪景祺	大人，各地连年遭灾，确实无一粒库存。
张鹏翮	其中可有侵吞贪污之行？
汪景祺	（一惊）这，也许……
张鹏翮	汪大人，若有贪腐，你我当严惩不贷！（下）
汪景祺	（心惊肉跳，抹汗）是是是……
汪景祺	【黑暗追光中。
	张鹏翮，我们冤家路窄！

第三场　阿山献礼

【场景：总督府。中堂有一幅巨大的黄河水流图，边上
立关公靠子、大刀。

【张鹏翮手持清风扇，观看图，望窗外，思考、焦急。

张　清　老爷，阿山先生求见。

张鹏翮　快请他进来！

张　清　有请阿山先生。

阿　山　（抱一精致布包上）阿山参见总督大人。

张鹏翮　（急扶）先生请上座。

　　　　张清，上茶，上好茶。

阿　山　（送上布包）大人，进府数日未建寸功，特献厚礼一份，
　　　　望大人笑纳。

张鹏翮　（正色地）我原以为你是忠君爱民之士，却不想也是趋
　　　　炎附势之徒。尔不闻廉者必忠，忠者必廉？你不晓贪者
　　　　必奸，奸者必贪？

张　清　阿山，你来看！这是什么？

阿　山　关二爷的大刀。

张　清　我家老爷秉承忠义持身，一直供奉关公。你欲坏他名
　　　　声，难道就不怕关老爷的大刀吗？

阿　山　哈哈哈哈——我阿山没有看错人。

（唱）

　　这包内非俗物金银敬献，

　　包中物论贵重它非同一般。

　　这是我多年的心血与心愿，

　　表寸心特将它献于堂前。

（白）大人请看——（掀开布包）

张鹏翮　啊！黄沙、石头！

阿　山　石头、黄沙！

张鹏翮　知我者，阿山也——（捧起黄沙和石头）

（唱）

　　千年黄河为水患，

　　皆因沙石起波澜。

　　石挡流沙汇河底，

　　移走巨石河安澜。

阿　山　（走到地图前）就是这六座拦河大坝，使得水流不能通畅宣泄，阻挡流沙，长年累积，河床逐年抬升。虽筑高河堤，无异于悬在黄河两岸百姓头上的天河。一旦决堤，泽国千里，百姓遭殃，要治黄河必须拆除拦河坝。

张鹏翮　【因志同道合与阿山紧紧握手，叹气！

（白）可我到哪里去找那么多民工啊？

阿　山　大人，何不在灾民中挑选精壮之人，以工代赈，修治黄河？

张鹏翮　先生与本官不谋而合。只是以工代赈，只能救济万千民工。眼下灾民遍地，嗷嗷待哺，粮从何来？仅有的那区区三万石，如何救民啊？眼下之计救民要紧啊！

阿　山　大人又要治河，又要救灾，真是难为大人了。

【张鹏翮焦急地摇扇走动，阿山伸手借扇，张递扇，复看地图。阿山自得摇扇。

阿　山　（见张鹏翮转身，将扇送上）大人，扇子精美，我原物奉还。

张鹏翮　（不解地）此乃皇上赐我的清风宝扇，教我清白做官，坦诚做人。

阿　山　（唱）

六月天气热，

扇子借不得；

有钱买一把，

无钱该受热。

张鹏翮　我老家的儿歌。

阿　山　我想和上几句。

张鹏翮　黑白韵？

阿　山　黑白韵。

张鹏翮　窄韵？

阿　山　窄韵。

张鹏翮　先生请讲！

阿　山　荒年肚皮瘪，

粮食借不得；

有米饿不死，

无米命该绝！

张鹏翮　（有所觉察）先生话中有话？

阿　山　借粮赈灾！

张鹏翮　地方粮库空空，我到哪里借粮？

阿　山　有地方。

张鹏翮　哪地方？

【后台："各位听着，好生看护常平仓！要是有三长两短，我要你们的脑壳。"

张鹏翮、阿　山　（同）常平仓?!

张鹏翮　（大惊）动用常平仓？没有皇上御批，那是杀头之罪！

阿　山　粮食放在那里是死的。若将常平仓之粮借用赈济灾民，可解燃眉，来年秋收时还上便是。

张鹏翮　别讲了。你真是大胆！

（唱）

无知无畏是莽汉，

无私无畏智勇全；

守规矩遵三法为官底线，

持好心办不事亦非圣贤。

阿　山　大人！

张鹏翮　下去吧！

【后台（守备）："传我命令，皇粮重地，不得靠近，违令者斩！"

【后台（灾民）："救救我们吧！"

阿　山　大人，要是各地灾民冲进常平仓抢粮，守军必将镇压，那时血流成河，后果不堪设想。朝廷降罪问责，更胜于擅动国库之罪。

张鹏翮　众饥民围粮仓险情陡现，坏了！

（唱）

刹那间冲天大祸在眼前，

抢皇粮饥民必受戮铸就血案。

我怎能见无辜命丧黄泉？

我怎能面对危情视而不见？

常平仓有皇粮可解眉燃，

吧，启国库放皇粮我这是明知故犯。

朝中臣知法犯法重罪齐天，

枉自我胸怀壮志忠心赤胆。

只落得手足无措进退无门举步维艰。

【帮腔：怎么办？怎么办？

张鹏翮　（唱）无粮食救百姓怎渡难关？

张　清　老爷，巡抚衙门来报，今天饿死灾民三千。

张鹏翮　天哪，三千人！

阿　山　大人，圣上乃一代明君，定能体量大人无奈之举啊。

云　珠　（哭喊着上）张大人——

张鹏翮　怎么了，小姑娘？

云　珠　我爷爷他，他、他、他——

张鹏翮　他怎么样了？

云　珠　他饿死了。（音乐起。张清扶起云珠）

张鹏翮　（写奏折。一字一顿，唱）

救人命，大如天，

紧要关头我怎能优柔寡断？

为苍生，活性命，

借粮救灾天大罪责我承担！

（咬牙，递奏折）张清！即刻快马加鞭上报朝廷，并晓

谕各级官员总督衙门议事放粮，不得有误。

张　清　是！

第四场　百官惶恐

【场景：总督府，议事大厅外。

【王国昌、汪景祺、知县、把总与布政使上。

王国昌　（唱）

　　　　总督议事件件都要命，

　　　　放皇粮拆大坝查亏空案情；

　　　　我主政山东求安稳，

　　　　顾大局保平安阻他施行。

众　　　王大人！

王国昌　（转身）汪知府？

汪景祺　王大人，我就直说，这议的啥子事？光听他张鹏翮一个
　　　　人说，大家都没得机会开腔。他让我山东官员陪他一起
　　　　向常平仓借粮。这哪里叫议事？分明是绑票啊，让大家
　　　　一起犯错误嘛。

把　总　还要我们用一年的俸禄做抵押。我上有老下有小，抵了
　　　　俸禄何以为生啊？

布政使　当官就这点俸禄，救百姓，总不能叫我们饿饭嘛。

知　县　他想讨好老百姓，收买人心，却拉我们垫背，张鹏翮、
　　　　张鹏翮，你太阴险了！

王国昌　住口！你等口口声声当官为民，现在百姓有难，你等爱

民之心上哪儿去了？要你们把州县库粮拿出来，你们就只有一个假账本；让你们抵押一年俸禄，你们又哭穷。哼！

汪景祺　（指着把总、布政使、知县）你看看——你们这些人，当着总督大人的面，个个点头哈腰，百依百顺，一转背就开始满堂蜞蚂叫，还有点当官的样子没有？你们见巡抚大人脾气好，就没大没小了！

【众人赔笑。

把　总　常平仓守备唐成伍是个武棒棒，脑壳不得转弯的，张大人找他借粮，他是绝不可能答应的，大家放心。

汪景祺　巡抚大人一直教诲我等坦荡做官，老实做人，踏实做事，你看看，你们做些啥子？虚报、瞒报、亏空。

把总、布政使、知县　（小声）汪大人，这不是你教的嘛？

知　县　汪大人，你说当官做不来真的，也做不来假的，还当啥子官嘛。

王国昌　好了！好了！大灾当前，好自为之。

汪景祺　王大人，张鹏翮的拆坝冲沙就这样定了？

王国昌　官大一级压死人！

汪景祺　当着总督大人的面不便说，当着我们自己的老大还有啥子不能说的？你们都愿意拆坝？

把　总　拆坝，肯定冲毁下河万亩良田。

布政使　拆坝，肯定淹没我的家园。

知　县　拆坝，我家的祖坟风水宝地不保。

汪景祺　他还要搞啥子束水攻沙，遇弯取直，这得让多少人遭殃？这下安逸了，放粮那河水还没消，黄河灾祸又起，天灾人祸不断哦，我山东完了。

众　　山东完了！（王国昌来回踱步）

汪景祺　还有，拦河坝乃当年荆、于、董三位大人所建。三位大
　　　　人乃皇上御封的廉吏，为官之榜样，拆毁拦河坝就是往
　　　　皇上脸上抹黑。

众　　死罪呀！

汪景祺　与其坐以待毙——

众　　不如参他一本！

汪景祺　这可是你们说的啊！

王国昌　张鹏翮——我必须阻止他，以免他一错再错，我要参他
　　　　一本。

众　　我们联名参他一本。

　　　　【王国昌、把总等下，曹七上。

知　县　张鹏翮得圣上多次褒奖，又有端敏公主做后台。怎么能
　　　　告倒他？

汪景祺　朝堂之上一脸正经，你们看看。

知　县　《遂宁人品》，（从曹七手中接过书，念）胡粉饰貌，搔
　　　　头弄姿，为椒房倾溺器。

曹　七　就是打扮成女人的样子，给皇妃倒尿。

知　县　（拿着书念）张志栋、张伯行等皆由他荐之。馈谢十万
　　　　计，富可致国。

曹　七　就是受贿卖官。

知　县　（拿着书念）早朝归，朝衣未脱，裸而淫仆妇。

曹　七　就是——嘻嘻嘻，只有汪大人才写得出这等好文章！

汪景祺　（对曹七）那只是一盆污水，这里才是钢鞭！这有密奏
　　　　一封，你即刻赶赴京城交与明珠相爷。张鹏翮勾结索额
　　　　图余党阿山，在山东收买人心，兴风作浪，图谋不轨。

曹　七　这招高！明珠与索额图是死对头，明相定会下死手整治张鹏翮。

汪景祺　再把这个东西——

知　县　《遂宁人品》！

汪景祺　去大街小巷发、发、发。

曹　七　名声上把他搞臭！

知　县　生活上把他家庭整垮！

曹　七　官场上把他扳倒！

汪景祺　（狠狠地）张鹏翮呀张鹏翮，当年你做主考官，两次让我落第，现在又要砸我的饭碗，你不仁，休怪我不义。曹七，快马飞鞭，京城去也！

【切光。

【曹七、张清，趟马过场。

张　清　要粮。

曹　七　整人。

张清、曹七　走！（二人分下）

第五场　巧借皇粮

【场景：常平仓。常平仓大门外守兵穿梭布防，气氛紧张。远处传出灾民哭求呐喊："救救我们吧……""我们快饿死了！"

唐成伍　（对守兵）加强戒备，防止灾民冲击！

守　兵　（冲上）报——灾民如潮水一样向常平仓涌来，已经越
　　　　　　过第一道防线了！

唐成伍　给老子顶住！要是哪个让灾民冲进常平仓，老子先把他
　　　　　脑壳砍了！

守　兵　遵命！（下）

唐成伍　（如热锅上的蚂蚁，焦急地来回走动）打了一辈子仗没
　　　　　怕过，可这些灾民都是老百姓，我咋下得了手哦？

守　兵　（冲上）报——灾民已经冲破第二道防线了！

唐成伍　（拔刀）拉上拒马，神机营把守大门，不论何人，冲开
　　　　　拒马者格杀勿论！

　　　　　【推平台，士兵持火枪列队举枪，守护常平仓大门。

　　　　　【内场，灾民呼喊"救命啊！大人救命啊"，冲突声
　　　　　不断。

　　　　　【张鹏翮与阿山上，亮相。

张鹏翮　（唱）众灾民犹如那洪水巨浪！

阿　山　总督大人到！

唐成伍　（惊）恨，保护总督大人！

　　　　　【士兵列队。

张鹏翮　（唱）

　　　　　一个个面黄肌瘦，

　　　　　为活命铤而走险不可挡，

　　　　　唐成伍护粮库剑拔弩张。

　　　　　眼见得流血惨祸从天降，

　　　　　我正好借此事让他打开常平仓。

唐成伍　（着急地）参拜总督大人！

张鹏翮　免礼。

唐成伍　（慌慌张张）总督大人——这如何是好？

张鹏翩　（成竹在胸地）唐守备，有本督在此，量也无妨。

唐成伍　（擦头上汗水）是是是……

张鹏翩　（对张清）张清，去灾民中传谕，叫他们几个领头的前
　　　　来，本督问话。

　　　　【摆板凳，张坐。云珠带灾民代表上。

灾　民　张鹏翩？是不是两江百姓称颂的张青天？

云　珠　张大人就是张青天。

　众　（齐跪）张青天，救命啦！

张鹏翩　（急扶灾民）我张鹏翩愧对父老乡亲。受灾景况本督尽
　　　　知，官府正在设法赈救，烦大伙向众位乡亲传话，叫他
　　　　们各自散去，我保证大家明天都有饭吃。

　众　明天就有饭吃？

张鹏翩　难道信不过我张鹏翩？

灾　民　信得过！（转向内呼）乡亲们，张大人说了，明天我们
　　　　都有饭吃了。

二灾民　大家散去吧！

　　　　【云珠及灾民下。阿山随下。

　　　　【幕内灾民欢呼：“有饭吃了，我们有救了！”

唐成伍　（抹去头上汗水）多谢总督大人解危！

张鹏翩　你咋个谢我喃？

唐成伍　卑职摆酒给大人压惊。

张鹏翩　一顿酒就打发了嗦？

唐成伍　（挠头）下官知道张大人是清官，你是在跟我开玩笑。
　　　　我唐成伍虽然是个武棒棒，但是今天，除了老命和老
　　　　婆，啥子都可答应你。

张鹏翮	哈哈哈！君子一言——
唐成伍	驷马难追。
张鹏翮	不反悔？
唐成伍	绝不反悔！
张鹏翮	（故意叹气）哎！刚才我倒把灾民劝走了，但本督答应 他们明天有饭吃，我堂堂总督不能失信于民吧，这个忙 你帮还是不帮呢？
唐成伍	（为难地）哎呀！张大人，那么多灾民，我想帮也没有 办法呀。
张鹏翮	我只是要向你借点东西。
唐成伍	大人要借啥东西，只管说。
张鹏翮	借常平仓三十万石皇粮！
唐成伍	（大惊）动用常平仓？下官恕难从命！
张鹏翮	唐成伍，你咋个说话不算数呢？ （念） 刚才你说帮忙满口答应， 说借粮就反悔还说不行。 是男人就应该承诺守信， 唐成伍你是君子还是小人？
唐成伍	（念） 不是我唐成伍失信抗命， 私放粮杀头罪谁来担承？ 要开仓除非有圣上诏命， 忠职守我情愿当个小人。
张鹏翮	（念） 开粮仓为的是拯救百姓，

救百姓你就是效忠朝廷。

我下令你开仓不算违命，

若皇上降大罪我来担承。

唐成伍 （念）

你莫要再挽圈圈把我整，

到时候我空口白牙说不清。

不是我对你不相信，

我唐成伍咋斗得过你张大人？

张鹏翮 （假意发怒）大胆！如此顶撞本督，不怕我砍了你的狗头？

唐成伍 我唐成伍久经沙场，啥阵势没有看过？没得皇上御批，大人就是砍了我的脑壳，我都不得开！（跪）

张鹏翮 （扶起唐成伍）哎呀，起来，有话好商量。

唐成伍 下官奉命守护常平仓，职责所在，没得商量头！

张鹏翮 本督是借粮，又不是不还。

唐成伍 哼，三十万石，只怕还不起哦。

张鹏翮 只要让灾民渡过这一关，等来年秋收，立即奉还。粮食放那儿没用，不如先借出来救灾，你唐守备岂不是做了一件功德无量的大好事。

唐成伍 （犹豫）这，万一还不上。……

张鹏翮 （摸出一札子）本督知道你放心不下，来来来，这是本督及山东各级官员一年的俸禄抵押，拿着。这下你总该放心了吧？

唐成伍 只是，万一上头查下来……能不能给朝廷写个奏折？

张鹏翮 我已快马飞奏，但等奏折送到京城，上头再层层报送，议事会商，等批文发回来，人都饿死完了。

唐成伍　（点头）是这个道理。

张鹏翮　这就对了嘛，我就晓得你是个明事理的人。

唐成伍　（猛醒悟地）你又在给我挽圈圈，我不得上当！

张鹏翮　（恐吓地）唐成伍！你不要不识好歹哈，那些灾民眼睛是饿绿了的，饿死也是死，抢粮也是死！今天本督给你把灾民劝走了，明天那些饥民没得饭吃，冲进常平仓把粮给你抢了，几十万灾民，你区区百十个守兵能干啥？就算你能，你开枪弹压，血流成河，你就是天下罪人！到时皇上恼怒，我看你有几个脑壳？这事本督不管了，走了。

唐成伍　（急拉张鹏翮）总督大人，商量嘛。

张鹏翮　没得商量头！借——我就管，不借——我立马走人！

唐成伍　（无奈地）好，我借、借嘛。

【音乐起。灾民在平台上搬运粮包："领粮了！""有饭吃了！"

张鹏翮　（开怀大笑）哈哈哈哈……

【压光。

第六场　冒死拆坝

【场景：黄河大堤工地。张鹏翮与阿山拿出治河图边观看边讨论，张清跟随在侧；民工有的挑土，有的抬石头，有的打夯。

【合唱：

太阳出来喜洋洋，

抛起石墩吔来打夯哦嗬；

夯紧泥土吔硬如铁哟嗬，

缚住苍龙吔逞豪强啰呵呵。

小小石夯四四方方，

高高举起千钧力量；

重重落下地动山响，

齐心协力势不可当夯嗬。

使劲地夯嗬嘿咗，嘿咗嘿咗。

【张鹏翮、阿山上。差役从另一方向上。

差　役　（上）禀大人，拆坝民工已到位，何时开始拆坝？听候
　　　　大人下令。

【隐隐传来雷声。

阿　山　（着急地）大人，眼看就是一场大雨，必须抢在大雨来
　　　　临前拆坝，不然大雨致河水陡涨，黄河再次决堤，下河
　　　　损失更大。

张鹏翮　听我号令！

王国昌　（带汪景祺等官员上）总督大人，千万不能拆坝呀！

张鹏翮　本督决意拆坝，谁敢抗命？！

王国昌　大人若一意孤行，卑职当全力阻止！

张鹏翮　本督受命治理黄河，沿河数省河务俱由本督做主。

王国昌　总督大人！

　　　　（唱）

　　　　劝大人拆河坝须当谨慎，

　　　　冲下游干系重祸及苍生。

张鹏翮 （唱）

拆大坝疏河道实为百姓，

为大局百年计此账甚清。

王国昌 （唱）

你分明图恩宠贪功冒进，

就不惜毁山东良田万顷。

张鹏翮 （唱）你凭空想象太愚钝。

王国昌 （唱）奉劝大人三思而行。

张鹏翮 （唱）本督拆坝己铁定。

王国昌 （唱）你是犟牛一根筋！

张鹏翮 准备拆坝！

王国昌 来人！

【汪景祺向内招手，一队武装士兵上。

张鹏翮 （唱）拆大坝疏河道我敢拼命。

王国昌 （唱）护大坝我不惜以命相拼！

张鹏翮 大胆王国昌，你敢阻碍本督治河？

汪景祺 张大人，下官劝你少安，我估计圣旨马上要到了。

张鹏翮 圣旨？

王国昌 大人一意孤行，不听意见，我等山东官员，已奏皇上
裁决！

【雷声。

张鹏翮 时不我待，传令下去，拆坝！

王国昌 （制止）慢！圣旨未到之前，不得拆坝。

张鹏翮 暴雨将至，情势紧急，下令拆坝！

【后台："圣旨到！"

【梁九功及侍从上，众跪地。

梁九功　张鹏翮、阿山接旨。

张鹏翮、阿山　臣在。

梁九功　奉天承运，皇帝诏曰：张鹏翮身为河道总督，朝廷重臣，藐视法度，目无皇权，私放皇粮，沽名钓誉。着张鹏翮革职，所放常平仓三十万石粮由张鹏翮两年之内偿还，所抵押山东官员俸禄即刻发放。常平仓守备唐成伍玩忽职守，罚俸三年；罪人阿山蛊惑朝廷命官，就地斩首。钦此！

张鹏翮、阿山　罪臣领旨。

汪景祺　（罢张地）张鹏翮，还不把顶戴花翎摘喽！

梁九功　（呵斥）放肆！什么东西？！

　　　　【汪景祺点头哈腰退开，张鹏翮摘下官帽交给梁九功。

梁九功　张大人，好自为之。告辞。（与侍从等下）

汪景祺　哈哈、哈哈，张鹏翮，你也有今天！

王国昌　（有些内疚）张大人，我们也是不得已而为之，我……

张鹏翮　（举手制止）罢了。

　　　　（转身拉阿山）先生，张鹏翮让你受累了。

阿　山　（开朗地）大人，我阿山用一颗人头换来几十万人有饭吃，值了，值了，哈哈哈。【转身。武士跟上。

张鹏翮　（痛彻心扉，哽咽）先生——！（阿山下）

　　　　【帮腔：一行酸楚泪，权当祭魂酒。

汪景祺　来呀！把拆坝的河工给我轰下来！

张鹏翮　（怒斥）汪景祺，这里还轮不到你来指手画脚！

汪景祺　张鹏翮，你已经被革职了，你以为你还是河道总督？来人，庶民张鹏翮干扰公干，给我拿下问罪。

众差役　是！

【后台："圣旨到！"

小太监 （急上）黄河险情未除，着张鹏翮总领黄河事务，戴罪
治河！

张鹏翮 臣领旨！

王国昌 张大人，你我同朝为官，真的不想看到你再捅出什么乱
子来。别再节外生枝，再生事了，拆坝就算了，出了乱
子，那是要杀头的呀！

【电闪雷鸣，暴雨如注。

张鹏翮 本官的治河方略万无一失。只要能根治黄河，保百姓平
安，以我之命相搏，杀头何惧？
（坚定地下令）炸坝！

【后台："炸坝了！"

【一声巨响，河水奔流而下，响声如雷。王国昌、汪景
祺及众官员目瞪口呆。河水涌动。一道闪电照亮张鹏
翮，他如磐石般立于大堤。

王国昌 （气急败坏）张鹏翮，你、你……

【众官员捶胸顿足呼号："我的良田哦！""我的庄园呀！"
"我家的祖坟啊！""张鹏翮，你不得好死！"

第七场　卖家还债

【场景：两年后。黄河边。云珠琵琶弹唱，河工和过往
行人停下听唱，并引起共鸣。

云　珠　（唱）

　　　　九曲黄河千道弯，

　　　　爱恨情仇唱不完。

　　　　为民放粮治河除水患，

　　　　苍生得救河安澜。

　　　　生灵得救免涂炭，

　　　　功高的你却就被罢了官。

　　　　你为百姓遭蒙难，

　　　　百姓为你叫屈冤。

　　　　【民众望着远方呼叫："张大人，你冤枉啊……"（压光）

　　　　【场景：街区一角。

张　清　老爷，东西都卖了，只有这把康熙爷御赐的宝扇了。

张鹏翮　卖了吧！可以筹到几百石粮。

张　清　卖了——就啥都没有了啊。

张鹏翮　啥都没有了，（苦笑）哈哈，啥都没有了。（挥手，示意
　　　　张清拿去卖了，张清准备下）

张　清　老爷，别人当官家产越搞越多，你当官，连老祖宗挣下
　　　　的家业都整光了。

张鹏翮　快去吧。（夜色朦胧）

　　　　【帮腔：千古一曲清风颂，浩然之气满人间。

张　清　是。（下）

张鹏翮　（唱）

　　　　在人间，做官难，

　　　　难在跟人绕圈圈。

　　　　心悦诚服在表面，

　　　　胸中另外打算盘。

　　　　　公道正直结仇怨，

　　　　　秉公办事处处难。

　　　　　一心为民反遭贬，

　　　　　只落得罢了官卖家产。

　　　　　官场水深遍风险，

　　　　　场面浑浊藏机关。

　　　　　到而今我一人受难咬牙承担，

　　　　　株连全家我愧对祖先。

　　　　　遥望四川我叫了一声，

　　　　　父亲——儿子不孝贤。

张　父　（隔空对唱）儿啊——

　　　　　清正仁厚乃祖训，

　　　　　进德立功诚心为民。

　　　　　既为官当守志廉洁公正，

　　　　　怀天下济苍生勿忘本心。

　　　　　儿受过是为丞救百姓，

　　　　　儿不愧修身齐家忠君爱民，

　　　　　张家传人青史留儿名。

张鹏翮　（唱）

　　　　　戴罪身毁家业于心不忍，

　　　　　更愧对家人们替受清贫。

张　父　（唱）

　　　　　为救儿，我情愿将祖业卖尽，

　　　　　无怨无悔，旦求换得我儿一个清白身。

　　　　　（白）儿啊！遂宁老家田产、房产都卖完了……这是卖

　　　　祖产的银票。你拿着还债，爹去也。（隐下）

张鹏翮　（梦醒）爹，爹！

张　清　（后台大喊，戴孝帕上）老爷，老太爷他、他、他——

张鹏翮　他怎么样了？

张　清　他、他、他驾鹤西去了！

张鹏翮　你在怎说？

张　清　老太爷归西了！

张鹏翮　（撕心裂肺地）父亲呀——儿子不孝啊！（悲恸跪地）哎
　　　　呀呀——

　　　　（唱）

　　　　闻噩耗剑穿心霹雳轰顶，

　　　　痛只痛儿未曾回乡孝敬。

　　　　却迎来儿在阳父归阴，

　　　　我叫了一声爹，呼了一声亲，

　　　　千呼万唤、万唤千呼，

　　　　再也听不到父亲回应一声。

张　清　这是老家带来卖祖产的银票。

　　　　【张鹏翮起身接银票，沉甸甸放置陋室案头。

张鹏翮　（唱）

　　　　母早亡父育儿把心操尽，

　　　　舐犊情感天动地心。

　　　　父子情深教儿尊先圣，

　　　　教儿重天伦教儿仁为本，

　　　　教儿终生为苍生……

　　　　白日里爹盼鸿雁传家信，

　　　　到晚来祈祷你儿得安宁。

　　　　不稀罕高官厚禄好官运，

只求你儿做个清官好名声。

圣上颁敕褒奖令，

爹捧御书贵黄金。

儿受罚爹万里家书，将儿来挺，

爹教儿逆境之身莫灰心。

四川人，最坚韧，

越打越压越精神！

千钧重担何所惧，

我不担承谁担承？

人生短暂路漫漫，

雾霾之中也要做个明白人。

切不可保乌纱欺压百姓，

切不可面对邪恶闭眼睛，

切不可隐瞒灾情草菅人命，

切不可官官相护徇私情，

修身齐家治国平天下，

留得清名照汗青！

【收光。

【后台："皇上巡视山东！"

武　士　传张鹏翮！传张鹏翮！

【收光。

第八场　康熙断案

【灯光启。场景：黄河边，长亭。舞台中间有一面硕大的龙旗。随驾侍立舞台两侧。康熙、端敏、王国昌等在舞台上，众官已在场上。

康　　熙　（唱）
　　　　　离京南巡车马拥，
　　　　　朕躬亲察看治河下山东！

端　　敏　（唱）
　　　　　百姓齐把圣德颂，
　　　　　顶礼膜拜瞻圣容。

康　　熙　（唱）
　　　　　朕登基平三藩山河一统，
　　　　　平北疆收台湾国势称雄。

端　　敏　（唱）
　　　　　到如今大河两岸复耕种，
　　　　　张鹏翮栉风沐雨靖波洪。

康　　熙　（唱）喜两岸丰收在望麦浪涌，

端　　敏　（唱）张鹏翮不负众望百官推崇。

梁九功　　皇上，张鹏翮为了筹粮，卖掉了当年陛下所赐的清风宝
　　　　　扇。奴才叫人又赎回来了。

康　熙	（接过清风宝扇）都说一年清知府，十万雪花银，没想到张鹏翮一个一品大员，封疆大吏，当官几十年，居然穷困潦倒这般。 宣张鹏翮。
梁九功	宣张鹏翮见驾。
张鹏翮	（民工打扮上）罪臣张鹏翮领民众修筑大坝，衣冠不整，叩请皇上恕罪。
康　熙	平身。
张鹏翮	谢皇上。
康　熙	张鹏翮。
张鹏翮	罪臣在。
康　熙	尔治理黄河初见成效。然尔身居高位，却不尊朝廷法度，胆大妄为，私放皇粮，该当何罪？
张鹏翮	臣罪该万死……
康　熙	朕命你两年内还清常平仓皇粮，而今时限已到，你却偿还未到一半！
张鹏翮	（深情地）臣启圣上！臣自知两年期满，未能全部还清常平仓三十万石皇粮，获罪即日当斩。鸟之将死，其音也哀；人之将死，其言也善。黄河水患，百姓受灾，虽是天灾，但更是人祸！一些官员他们心里想的是自己的小九九，打的是自己的小算盘，念的是个人得失升迁发财经，唱的是让圣上开心的赞歌，看到遍地饥民，饿殍遍野，却视而不见；为粉饰政绩，作假谎报，明明粮仓空空如也，却谎称余粮丰盈；更有甚者，倒卖救命粮，从中赚取昧心钱！贪腐不除，风气不正，百姓何有宁日！ 黄河大坝阻挡了黄沙去路，河床逐年升高，致使黄河年

年决堤，明知问题所在却视而不见。"上不能匡主，下亡以益民，皆尸位素餐"，这样的官员，拿来何用？不占不贪却不作为的官配叫清官？对上阿谀奉承，对百姓死活不管不问配叫好官？假公之名肥己之私，达不到目的就诬告忠良者能叫贤臣？

"足寒伤心，民寒伤国"。臣死不足惜，然皇上乃一代圣君，爱民如子，当以天下苍生为念，君轻民重。

皇上，苍生在上啊！（跪下）

康　熙　好一个苍生在上！

【后台众百姓："乡亲们，张大人冒死放粮，救我等性命，今天，张大人有难，我们替他还粮！"

【温暖的、激动的音乐起。

康　熙　哈哈哈……（扶起张鹏翮。清风宝扇物归原主）

张鹏翮　（感激万千，接扇）谢圣上！

梁九功　圣上有旨，授张鹏翮金匾！

【"天下廉吏无出其右"金匾从舞台上方慢慢降下至舞台中央。

所革之职，着与开复，所罚常平仓粮全免。

【合唱：

滴水之恩记心上，

总督相救永难忘；

为官洒下爱民露，

春色满园百花香。

【后区平台，民众肩挑车推，送粮食替张鹏翮还债。有二人从后面抬粮包到前场，张鹏翮扶民众，扶粮包，大为感动。康熙、端敏大喜。造型定格。

［注：该剧本获文化和旅游部 2018 年度戏曲剧本孵化计划原创大戏项目资助；2018—2019 年度四川省重点签约剧本；获四川省第二届艺术节文华奖剧目奖；获第九届四川省巴蜀文艺奖。入选四川省 2019 年度百家"推优工程"作品；入选 2019 年度全国基层院团戏曲（进京）会演；入选全国戏曲南方（武汉）会演剧目；入选新中国成立 70 周年基层院团戏曲进京会演，是四川省唯一进京会演的剧目。发表于核心期刊《四川戏剧》2019 年第 1 期。］

萤火

（川剧）

时　　间：1929 年夏。

地　　点：四川遂宁。

人物表：杨济舟，29 岁，同盟军混七旅三营营长，国民党员，中校。

马志杰，35 岁，同盟军混七旅三营副营长，共产党员，少校。

赵正财，43 岁，赵书梦之父，古玩商，中共川中地下党特派员。

赵书梦，23 岁，青年学生，中共川中地下党联络员。

杜语琴，40 岁，赵书梦之母，家庭主妇。

李小七，23 岁，三营机要股长，共产党员。

林中扬，43 岁，同盟军副参谋长，少将。

王封安，43 岁，江防军川中司令，上校。

蔡小武，25 岁，中校纠察队长，王封安的干儿子。

王辖子，35 岁，王封安随从。

李腐子，40 岁，遂宁城区保长。

牛二娃，25 岁，拾荒者。

园　　园，22 岁，王封安的干女儿，优伶。

序 战火

【幕前曲。

（童音朗诵，渐弱）萤火虫，萤火虫，半夜起来打灯笼；

萤火虫，慢慢飞，飞到一起不怕黑。

大美山川，人间天堂，

遂心安宁，尽享吉祥。

军阀混战，百姓遭殃，

叫天不应，泪眼汪汪！

【幕启。

【场景：战火纷飞，枪炮齐鸣，硝烟弥漫，鸡飞狗跳，

百姓逃荒。

杨济舟　保护林副长官撤，快！我来断后。

林中扬　济舟——（林中扬被兵架着下）

【手榴弹在杨济舟身边爆炸，"轰——"杨济舟跳起来，

倒下。

士　兵　（凄厉地）连长——连长——

杨济舟　【慢慢爬起来，拍身上尘土。

北伐不曾受伤，

救师座险见阎王。

济舟我十六当兵，

东征西讨为那班？

【后台：传——上峰嘉奖令：四川同盟军混七旅三营三

连连长杨济舟救驾有功，晋升为混七旅三营中校营长，

即刻上任。

杨济舟　谢——上峰栽音！

第一场　移防

【场景：阴天。涪江，过军渡码头。士兵用担架抬着伤

兵，伤兵相互搀扶着从舞台走过。

杨济舟　【头缠绷带上。

（唱）

兵败广安甚彷徨，

前途未卜谁人帮？

掉队主力二十里，

过军渡码头暂疗伤。

李小七一去无音信，

如何躲得过这大难一场？

马志杰　杨营长，济舟兄啊，我三营，破顽敌，打头阵，冲锋在

前。流血何以又流泪，实实叫人心寒。

杨济舟　马营副，你看我们现在的位置，面向大江，四面开阔，

　　　　　　一旦遭遇攻击，如何脱身？兵书上叫死地。

马志杰　是啊，遥想三国当年川中，过军渡岸一声吼，喝断桥梁
　　　　　水倒流，张飞刀起守将败，攻占川中定益州。

杨济舟　这过军渡是我军的绝境。立即重新布防：一连，住灵泉
　　　　　山，二连，住仁里场。马营副！

马志杰　到！

杨济舟　永兴场是我七旅司令部，邝旅长点名要你负责旅部外围
　　　　　安全。

马志杰　可是——

杨济舟　但说无妨。

马志杰　我们没有电台，这样分散布防，万一被分割包围，如何
　　　　　联络？如何相互照应？

杨济舟　老规矩。

马志杰、杨济舟　火。

　　　　　【急促的马蹄声，通信员持着马鞭上。

通信员　林长官已到遂宁，陪同他的是纠察队长蔡小武。

杨济舟　（唱）

　　　　　林长官到遂宁随从是纠察队长，

　　　　　舞利剑来势汹汹蔡小武人称魔王。

　　　　　福非祸、祸非福，兵来将挡有祸当我扛，

　　　　　我应去见长官探底细再做思量。

　　　　　（白）走。

　　　　　【与马志杰、通信员下。

蔡小武　【和两名随从上。

　　　　　（唱）

　　　　　受党国多年培养，

三民主义记心上。

国家只有一个领袖，

军队只能一个党。

随林长官到混七旅三营，

握生杀大权整饬军纪查处乱党。

（白）林长宫是谁？说出来，吓死你。国民革命军四川同盟军副参谋长林中扬少将，我的垂直领导。

士　兵　【两个兵手持冲锋枪，威武巡逻，见蔡小武，拉枪栓。

口令。

随　从　放肆，这是军部派来的纠察队蔡队长。

士　兵　战场上只有口令没有什么队长。

【蔡闯关，东走东拦，西走西挡。

站住，口令！

蔡小武　【枪顶一士兵肚子，啪啪，一个士兵倒地，蔡小武对着枪口吹气。

狗眼不识泰山。老子这枪没保险——随时都要走火。

杨济舟　（上）住手！谁敢在老子的地盘撒野！给我绑了。

【蔡小武及随从被绑上。

蔡小武　看谁敢动我？

杨济舟　自古杀人偿命，拉出去，给我毙了。

蔡小武　杨济舟，你看清楚了，我是林长官的人。

杨济舟　现在人怪了，只要在长官身边打点小差，到下面去了就了不得，衣襟角都要扇死人，给长官当过秘书、当过警卫、当过厨子的他就以为自己就是长官。这叫狗仗人势！你不过是林长官养的一条狗。执行！

【士兵拉枪栓。

蔡小武　【跪下。

　　　　　大哥，饶命！

马志杰　（上）这是哪个在叫饶命啦？

蔡小武　马营副，救命，我是蔡小武。

马志杰　蔡小武？就是专门清党的军警纠察蔡队长吗？人称杀人魔王，抬起头来，让我看看。执法犯法，罪加一等。营长，交给我来办。

　　　　　【掏枪向蔡小武身边开枪，蔡小武吓得东倒西歪。

蔡小武　杨营长，俗话说打狗看主人。

杨济舟　老子最讨厌狗，投靠主子是哈巴狗，有点权力是疯狗，倒霉之时是落水狗。

马志杰　营长，要不，看在林长官面子，先饶他一命。

杨济舟　我这七旅三营不是软桃子，谁想捏就可以捏，谁想吃就能吃。在三营就应该懂点规矩。死罪可免，活罪难逃。拉下去，重打八十军棍。

　　　　　【蔡小武被拖下去，后台，惨叫声"哎哟"连连。

杨济舟　（唱）

　　　　　小小纠察队长，

　　　　　哪来如此胆量？

　　　　　三营有八百兵马，

　　　　　他竟敢如此猖狂。

马志杰　（唱）

　　　　　背靠林长官，

　　　　　献媚川中王。

　　　　　一仆侍二主，

　　　　　左右都圆场。

（白）卑职建议，判明来意，再做决定。

杨济舟　带蔡小武。

马志杰　给他搬个凳子。

杨济舟　蔡队长——坐。

蔡小武　是是是！不敢、不敢。

马志杰　叫你坐，你就坐。

蔡小武　是是是！长官。

杨济舟　你这次来……

蔡小武　这是林长官的手谕！

　　　　【从怀里取出手谕，马志杰一把抓过。

马志杰　（念）从即日起，邝继勋部三营在遂宁过军渡待命，接受整编，所有人马不得外出，枪支统一保管，枪弹分离。此令——四川同盟军副参谋长林中扬。

杨济舟　就凭一张破纸，两三个鸟人，就可以缴我一个营的枪？没有邝继勋邝旅长的手谕，就是天王老子……

蔡小武　杨营长，在你部周边有两个营，还有川中江防军，上千人马……

杨济舟　我们前方打仗牺牲，伤口还在流血，你们就来这一手，简直太卑劣了！

蔡小武　你部有共产党！

杨济舟　（唱）联俄联共是国父的主张！

蔡小武　（唱）下决心整理党务的是蒋委员长。

杨济舟　（唱）挟私报复，互相举报，互相诬陷，

蔡小武　（唱）宁可错杀一千，绝不放走一个共党。

杨济舟　（唱）“四一二”清党，到头来是浩劫一场，三十万人莫名遭了殃。

马志杰　（白）戴眼镜的，头发向后梳的，穿中山装的、学生服的，穿西装的，说话调门儿高点的。

杨济舟　（唱）

都被怀疑是共产党。

清党整党甚荒唐，

血雨腥风还在玩自伤。

蔡小武　（唱）

杨营长你好糊涂，

共党会把"共"字写脸上？

若非上峰眼睛明，

你的脑袋早挂城楼墙。

马志杰　放肆！屁股又不痛了吧？

蔡小武　是，是，我该死。这是林长官亲自裁定的！一天之内把这一百二十人抓完。

杨济舟　名单？我的兵，我都不知道谁是共产党。

蔡小武　（唱）

只要你能按上峰旨意办，

人马归你，三营长还继续往下当。

杨济舟　（唱）

出卖兄弟非道义，

贪生怕死绝没有好下场。

蔡小武　长官，我只是个跑腿的。

杨济舟　部队不能缴枪！

（对后台）各连按战斗队形布防，所有子弹上膛，手榴弹出簧。如有不明情况，即可开枪。

【后台：是（下）。

蔡小武　杨长官，兄弟把话传到了哦！要是林长官怪罪下来……

杨济舟　自古将在外，军令有所不受！

蔡小武　是是是！（下）

杨济舟　（唱）

　　　　传说世上有观音，

　　　　佑启万民得安宁。

　　　　我营八百壮士呀，

　　　　求求菩萨保性命。

马志杰　营长，事不宜迟，求菩萨不如求自己，我们必须向邝旅
　　　　长报告，早拿主意。（下）

　　　　【收光。

第二场　劝降

　　　　【光启。

　　　　【场景：门，窗户，桌子，椅子。

林中扬　（唱）

　　　　杨济舟，好将才，

　　　　骑马打仗身手快。

　　　　如今他成受伤虎，

　　　　除异己清党机会来。

杨济舟　（上）林长官光临，我当报告邝旅长。

林中扬　济舟啊，不必了。伤好些没有？

杨济舟	好多了。
林中扬	济舟啊，你为了我已是第三次负伤了，你是我的救命恩人啦！我当永生难忘。（抱拳）
杨济舟	保护长官是属下的分内之责！
林中扬	本来，我应该先看望你们邝旅长，但我想到你的伤，就来过军渡了。
杨济舟	长官这么体恤部下，济舟感激不尽。
林中扬	我听说遂宁有不少美食，能不能弄点尝尝。
杨济舟	遂宁的涪江河有鳜鱼，当地人叫"母猪壳"，味道美极了，当年遂宁郡王赵估当了皇帝后，每天都派人从遂宁给他送母猪壳，可惜，这鱼浑身长着刺，不好捉，也不会任人宰杀。
林中扬	木鱼好提能吃吗？我就喜欢这种带刺的。啊！济舟啊，别人不了解我，难道你还不了解我？
杨济舟	可是，长官，你列那名单上的弟兄得罪谁了？平白无故就说他们是共产党。
林中扬	济舟啊——

（唱）

你我都是带兵人，

最怕队伍走了神，

要是不慎开错枪，

你我都将毁前程。

连排长冲锋又陷阵，

当营长指挥若定，

师旅团长考虑军心稳。

我这样的将官，

必须判明方向跟对人。

杨济舟　（唱）

这些兄弟九死一生，

东征北伐无二心。

要是他们有想法，

早已掉转枪口投敌人。

林中扬　济舟啊，我林某并非嗜血如命、滥杀无辜之人。你我是生死兄弟，我就不藏着掖着了，你知道这次兵败的原因吗？

杨济舟　我们正在深刻检讨。

林中扬　这次川东之战不是你们七旅的错，这是军部特别的安排。

杨济舟　啊？

林中扬　这叫一箭双雕。既打击对手，同时削弱七旅这个心腹大患。

【雷声——电闪。

杨济舟　（唱）

为清共产党，

生灵赴战场。

满目人肉飞，

血流如河淌。

已无还手刀，

还要杀人丧天良。

林中扬　七旅号称"西南虎"，可军中的共党活动太猖獗了，尤其你们三营，还成立了几个支部，军部只能让你们去打仗，这叫刮骨疗毒，壮士断腕。

【帮腔：丧天良，恨断肠啦！

杨济舟　刮骨疗毒，壮士断腕？哈哈哈哈！

（唱）

世间最毒蛇和蝎，

最险赤脚过火山，

最恶是那虎和狼，

最难徒步上青天。

若是同那人心比，

四海五洋都觉浅。

林中扬　（鼓掌）好好好！唱得好，天下大乱之时确实得长点心眼儿！对自己都应该留心。就如成都麻将，血战到底，你要紧盯上家，看紧下家，防着对家，管好自家。

杨济舟　可，这些兄弟个个能征善战，都是党国的栋梁。

林中扬　这世间难道有无缘无故不怕死的吗？

杨济舟　难道当兵贪生怕死，当官贪财受贿你们就放心？

林中扬　济舟啊，清党是蒋总裁钦定的，军人的天职是服从命令。明日就将这名单上的一百二十名败类押解至成都接受调查，几个危险分子就地处决。

杨济舟　长官，仅仅是怀疑，就要痛下杀手，岂不荒唐？

林中扬　你我都是国民党人，都是党国的受益者。查处共党关系我党生死存亡，你不能意气用事，假如党国亡了，你我都将倒霉遭殃。

杨济舟　长官，至少你要给我点时间调查调查吧。

林中扬　带兵打仗，务必知兵，如果没有真凭实据，靠什么做决断？水都淹嘴皮了，你才来调查，晚了。执行命令吧！哦，我忘了告诉你，我来时，已把你母亲带来了，你们母子俩已经几个月没有见面了，她老人家非常想念你。

去看看吧。（下）

杨济舟　长官！

帮　腔　装笑脸，藏毒剑，人坏良心比蛇险！

杨　母　（上，唱）

　　　　　儿是娘的心头肉，

　　　　　几月不见愁白头。

　　　　　几月来不知儿音信，

　　　　　得林长官相助去遂州。

　　　　　急急步，日夜兼程，

　　　　　深深盼，即见儿济舟。

杨济舟　林中扬，拿我娘做人质，耍无赖卑鄙下流好无耻。

杨　母　儿啊——

杨济舟　母亲——

杨　母　让娘看看伤成啥样子？

杨济舟　不妨！不妨！只是一点皮肉之伤。

杨　母　娘听说你让林长官特别担心，儿啊——

　　　　　（唱）我杨家自古忠义，

　　　　　忠君报国志不渝。

　　　　　身居军官享厚禄，

　　　　　衣食无忧实不易。

杨济舟　（唱）内乱哪能过日子？

杨　母　（唱）你只需管好自己。

杨济舟　（唱）从小娘教儿勿自私。

杨　母　（唱）这天下哪关百姓事？

杨济舟　（唱）儿不争天下，只为我那受冤的兄弟。

杨　母　你跟上司顶着干，胳膊哪拧得过大腿？娘已老了无所谓，你的妻儿怎么办？

杨济舟　母亲，我知道，儿——对不起你，也对不起妻儿。

（唱）

别的女人嫁军官，

一生不愁吃和穿，

荣华富贵都享尽，

唯有夫人嫁得冤，

白天上街缝补洗，

夜晚回家把布编，

三更掌灯顾老少，

梦醒为夫把心担。

杨　母　（唱）

当百姓，求安稳，

儿女绕膝有双亲。

一日三餐粗茶饭，

其乐融融方开心。

杨济舟　（唱）

谁不想日子安稳？

谁不想有妻子温情？

谁不想有儿女绕膝？

谁不想在家侍奉双亲？

谁不盼学有所教，病有所医？

谁不盼兄弟和睦，天下太平？

谁不盼老有所养，住有所居？

谁不盼民族兴旺，国家振兴？

可是啊，母亲——

巴蜀刀光剑影，

神州涂炭生灵。

锈锁锁旧屋，屋脊衰草枯，

观音之地空梵音。

心中全是仇和怨，

带血叫一声娘亲。

为救兄弟振军威，

提刀跨马纵驰骋。

杀出重围传捷报，

还世间朗朗乾坤。

杨　　母　儿啊——济舟，娘也晓得这个理，可是，我放心不下你
　　　　　呀！要是你有个三长两短，让这家人怎么活呀？

杨济舟　母亲请放心，儿自有主张。母亲——遂宁如今成了是非
　　　　　之地，请母亲即刻回成都。

杨　　母　是啊，娘看到你没有事，心里好受一点。娘应该回去
　　　　　了，我这就走。（提起包袱）

杨济舟　通信员！

通信员　到！（上）

杨济舟　一路小心护送。

通信员　是，营长放心！

杨济舟　娘，一路小心，儿还有公务！（下）

杨　　母　（深情地）你也要小心。

蔡小武　（与两卫兵同上）各路口给我盯紧了，一只苍蝇都不能
　　　　　进出。

卫　　兵　什么人？站住！

通信员　我们是同盟军的，护送杨营长的母亲回成都。

蔡小武　杨老太太？林长官有令，就是王母娘娘也不能走出遂宁。带走。

（两边对峙）

通信员　（上）蔡队长，这有王老太爷的亲笔签发的通行证。

蔡小武　王老太爷？

通信员　就是你干爹，江防王司令啦！（递上）

蔡小武　我干爹？

通信员　对头。

蔡小武　我属同盟军，只听垂直长官的，带走。

【押着杨母下。

【收光。

第三场　送信

【光启。

【场景：破街，烂酒幌，暗灯笼。

牛二娃　（打竹板）

破烂街，破烂巷，

破烂的丘八尽打仗。

炮弹落在茅厕凼，

吓得幺妹提着裤子跑到大街上。

说不准呢，

嘿嘿，捡个回去当婆娘。

后　台　站倒、站倒。再不站倒老子就开枪了。

　　　　【赵书梦气喘吁吁，慌慌张张跑上。

牛二娃　还真灵，一念——就来了。

赵书梦　大哥救我，后面有人要杀我。

牛二娃　哎哟，来不及了，先在我的背篼头躲一下啊。

　　　　【赵书梦钻进背篼，牛二娃用杂物盖好。

李瘸子　（跑步上）牛二娃、牛二娃，站倒、站倒。

牛二娃　做啥子嘛？李瘸子，我不是站倒了还是睡倒的？

李瘸子　看到个女娃子没有？像个共产党。

牛二娃　你们一天都在抓共产党，哪去找那么多共产党嘛？

李瘸子　到底看到没有？

牛二娃　看到了。

李瘸子　在哪里？

牛二娃　又飞又叉的，朝那边跑了。可惜了！

李瘸子　你娃背篼头是啥子？不会把那女娃子藏里面吧？让开，
　　　　老子要检查。

牛二娃　刚从那边捡的死人衣服，你不怕就拿去嘛。

李瘸子　算了、算了。谅你娃也不敢。呃，你娃刚才说啥子破烂
　　　　的丘八——壬八不就是兵吗？你在骂国军。走，跟老子
　　　　去见官。

牛二娃　李瘸子，你野宝气哟，那个顺口溜又不是我编的，大人
　　　　细娃都会。

李瘸子　都会？都会也不能说出来，说出来就要坐牢、杀头。不
　　　　想坐牢、杀头，嘿嘿，你就缴税。

牛二娃　税？瞇瞇。

李瘸子　少啰唆，现在而今眼目下，除了放屁不缴税，屙粪屙尿

都得给老子缴税。

牛二娃　李瘸子，兵荒马乱的，哪得钱给陪睡（税）你嘛？

李瘸子　（唱）

　　　　老子来当官，

　　　　为的吃和穿。

　　　　雁过得拔毛，

　　　　鸡骨油榨干。

　　　　（白）没有？（搜牛二娃身）这是啥子？

牛二娃　夜明珠，河头捡到的。晚上要发光的，拿过来。（抢）

李瘸子　（躲）哼，一块鹅卵石——充公。

　　　　【向上抛着石头，下。

牛二娃　呃！你狗日的棒老二。

　　　　（揭开背篼）幺妹儿，快出来，（伸手摸）还有气没有？

赵书梦　（跨出背篼）谢谢牛二哥救命之恩。

牛二娃　你啷个晓得我叫牛二娃？呃——你叫啥子？

赵书梦　我叫赵书梦，叫我梦妹就行。

　　　　（自语）有了。何不叫他走一趟？牛……这么重要的任
　　　　务万一落到敌人手里怎么办？不会。牛二哥是个捡破烂
　　　　的，不会被人怀疑。

牛二娃　（傻看，傻笑）梦妹，真像是做梦见到的妹子。

赵书梦　牛二哥。

牛二娃　哎！

赵书梦　牛二哥。

牛二娃　哎！（傻傻盯着赵书梦）

赵书梦　帮我办件事。

牛二娃　要得、要得，莫说一件，十件都要得。

赵书梦　陪我到过军渡走一趟，要不要得？

牛二娃　要得、要得。你这身打扮要不得。来，穿上这个。（取出一件破衣服）

赵书梦　这么脏！

牛二娃　幺妹，这年头，麻子婆娘都不敢出门了，像你这样的梦中妹妹，走出去就会被兵匪抢去做压寨夫人的。

赵书梦　穿就穿嘛，说得那么吓人。

牛二娃　脸上还得抹点泥巴。

　　　　【从脚上抠泥，抹在赵书梦脸上，再把她的头发弄乱。

　　　　看了看。

　　　　走。

赵书梦　你把人家弄成这么难看。

牛二娃　（又看了看赵）这才像个讨口子婆娘。

赵书梦　（唱）

　　　　七旅被困三日整，

　　　　特派员让我来送信。

　　　　天机就在这张白纸上，

　　　　镇定自若当谨慎。

　　　　（白）牛二哥，来，把这些纸藏到背篼里，莫弄坏了，慢点。

　　　　【把纸藏在背篼里。

牛二娃　走嘞。（同赵跑）鸡公叫、鸭公叫——

　　　　【撞到林中扬身上。

蔡小武　【上前，给二一耳光。

　　　　妈的，瞎了狗眼了，敢袭击林长官。给我搜身，看是不是共产党？

林中扬　（看了看）算了，小武，哪来那么多共产党？两个讨口
　　　　　子，莫把手弄脏了。还是走路要紧。（下）

牛二娃　谢谢长官，谢谢长官！

马志杰　（与机要兵上）小兄弟，你们找谁呀？

赵书梦　长官，我们赵老板让我来求马营长墨宝的。

马志杰　哦！就这么空手来了？

赵书梦　带有安徽上好的宣纸。

马志杰　哦。机要员，拿去处理下。（李小七取纸下）

　　　　　（对赵）路上碰到啥子人没有？

牛二娃　碰到一个老总胸口上了，我还遭甩了一耳光。

马志杰　那人长的啥样子？

牛二娃　牛高马大的，戴个大盖帽，后头还跟着几个老总。

马志杰　哦，辛苦了，这是我的一点意思，墨宝过两天来取，这
　　　　　两天有点忙。

牛、赵　谢谢老总。（牛、赵同下）

马志杰　（唱）

　　　　　早也思，夜也盼，

　　　　　终于见到邝旅长明方向。

　　　　　为保住革命的火种，

　　　　　邝旅长已作安排拿主张。

机要员　（上）长官，邝旅长来信了——（下）

杨济舟　（上，唱）

　　　　　涪江四周如铁桶，

　　　　　五味杂陈心中涌。

　　　　　百余名兄弟命悬一线，

　　　　　叫我如何是好化吉凶。

马志杰　　营长啊——

（唱）

咱们都是穷苦人，

东征北伐求安生。

盼望着国强民幸福，

哪知军阀混战只把地盘争。

本来不把政治问，

到如今四周豺狼难脱身。

省委和邝旅长有来信，

何不弃暗去投明？

杨济舟　　（唱）

七旅乃是正规军，

党国重器怎能起二心？

马志杰　　（唱）

剑已悬头顶，

我如鱼肉他如刀砧。

杨济舟　　（唱）

林长官对我不薄，

蒙厚爱刚把我来提升。

马志杰　　（唱）

知遇之恩不能忘，

为救他·你头中弹片险些丧性命。

杨济舟　　（唱）

对恩人就当赴汤蹈火，

对长官我愿意流血牺牲。

马志杰　　（唱）

为兄弟你不会袖手旁观，

更不会铁肠石心。

杨济舟　是啊——如果照林长官的要求办，将我那一百二十名兄弟押往成都，必定个个难保性命。如果违抗林长官军令，我部将难以脱身。我又是林长官保荐的人，如果我起二心，到时，林长官必定受牵连。

马志杰　济舟啊！都这个时候了，你还在替别人着想。

杨济舟　乌鸦反哺，羔羊跪乳。人无道义难行远，不知感恩不如畜生。

帮　　腔　讲道义，懂感恩，一个四川好人啦！

马志杰　林中扬之所以现在对我们还有些顾忌，是因为我们手上还有这些英勇善战的兄弟。一旦把他们交出去，三营还是三营吗？七旅还是七旅吗？为了救他，你险丧性命，为了逼你就范，他把你的母亲做人质，难道——就是这样报恩的吗？

杨济舟　是啊，我母亲还在他手里，怎么办？

（唱）

悠悠涪江碧波荡，

绵绵群山多宝藏。

可怜山河多苦难，

城头易旗如家常。

百姓饱受战火苦，

衣不蔽体去逃荒。

现如今，母亲无辜当人质，

叫我怎能不悲伤？

林中扬　（上）济舟啊，日防夜防，家贼难防。带上来。

李小七　（被绑着押上）营长。

杨济舟　李小七，我派你去送信，这是？

林中扬　让他说。

　　　　（对李小七）讲吧。

李小七　长官，我刚到城里，就被——

林中扬　【从怀里取出名单晃动。

　　　　这共党名单就是从他身上搜出来的。他是共党在你三营
　　　　的联络员。

杨济舟　你！

林中扬　我平生最恨吃里爬外的人。

　　　　【拔枪，递给杨济舟。

　　　　我把他交给你！

杨济舟　（唱）

　　　　这这这，这恨铁不成钢，

　　　　我我我，我眼瞎用人缺思量。

　　　　若不是林长官，

　　　　做了冤魂难以上天堂。

　　　　我不杀了他难解心头恨，

　　　　但是啊，杀了他必上林中扬的当。

　　　　落得个毁灭人证口实，

　　　　成了黄泥巴滚裤裆！

　　　　【帮腔：战友加兄弟，转眼竟成负心郎！

林中扬　动手啊。

　　　　【杨济舟打开手枪保险。

李小七　长官，我对三营，忠心耿耿，日月可鉴，死在你手里，
　　　　我一点儿都不叫冤。

【杨济舟扣动扳机，连开两枪，玻璃破碎声。

杨济舟　滚！

李小七　【深深鞠了一躬。

　　　　谢谢长官不杀之恩。（下）

林中扬　济舟啊，你为何不杀了他，掌握共党名单的只有你、
　　　　我、他和小武，干掉他，死无对证，然后我禀告上峰，
　　　　为你洗得干干净净。

杨济舟　中扬兄啊，我们的兄弟已经死得够多了。

　　　　（唱）

　　　　未尝到人生甘甜，

　　　　无数性命丧广安，

　　　　谁不是父母心头肉，

　　　　转眼化作泥土坠边关。

　　　　当兵都是好青年，

　　　　好钢应安在刀尖。

　　　　若战外敌死无憾，

　　　　死于内斗的确太冤。

　　　　长官啊，养儿防老，

　　　　可怜那些父母盼儿回家路望断。

　　　　你我都是父母生，

　　　　换位想想我泪涟涟。

　　　　【帮腔：泪涟涟，情同手足怎忍心？

林中扬　济舟啊，这下你该相信了吧。你最信赖的机要股长李小
　　　　七都是共产党。

杨济舟　传我命令，立即将这一百二十人逮捕、关押。

林中扬　好！传我命令，立即将杨母护送出境。

杨济舟　谢谢长官。

【收光。

第四场　谋定

【收光。

【场景：枪械架子，桌椅各一。

【音效：三枪声响。

马志杰　（后台上）报——

杨济舟　什么事，如此慌张？

马志杰　杨母她——

杨济舟　她、她、她怎么了？

马志杰　她、她、她被人开枪打死了。

杨济舟　什么人竟敢如此……？

林中扬　（从后台上）没想到吧？是共产党。李保长——

李瘸子　（上）小人在。

林中扬　把你看到的向杨营长汇报一下。

李瘸子　我正在街上值勤，突然听到枪响，我跑过去一看，两个
　　　　大兵和老太太都躺在地上，满身是血，一摸，没气了。
　　　　我从他们身边捡到一把手枪。（递上）

杨济舟　这不是李小七的枪吗？他每受一次嘉奖，就在上面刻一
　　　　道杠。上面一共十三道杠。

林中扬　带李小七。

李小七　（上）营长！

杨济舟　你真是——共产党？

李小七　是。

杨济舟　你是我最信任的兄弟，你居然对我的母亲下毒手！

李小七　老太太，她？

杨济舟　少他妈的跟老子装！（怒，拔枪。）

马志杰　营长，先让我来审，审出他幕后的主使，再处置不迟。

林中扬　我看还是我来亲自审吧。蔡队长，把人带下去。（李小七被带下）

　　　　共党实在猖狂，我现在就去会会你们邝旅长，我要问问他——这个旅长是怎么当的？（下）

杨济舟　可恶！马营副，立即通知排以上军官集合。

马营副　营长有令，排以上军官立即集合。

　　　　【军官喊着"一、二、三、四"口号跑步上，列队。

杨济舟　是共产党员的——站出来。（部分军官站出列）

军官甲　报告长官，我看马志杰也像共产党。

军官乙　还有一连长。

杨济舟　马营副、一连长，你们也是共产党？

马志杰　（同一连长）报告长官，他们说我是共产党，我就是！

杨济舟　有种，敢作敢当，不愧是我七旅三营的兵。

　　　　（唱）

　　　　共产党啊共产党，

　　　　你靠什么凝聚人心和力量？

　　　　你靠什么催人赴汤蹈火？

　　　　面对生死为何从容面对不慌张？

　　　　【后台："长官，那两个捡破烂的又来了。"

杨济舟　来得好，带他们上来！（牛二娃、赵书梦上）

牛二娃　（笑脸）老总好。

杨济舟　（上前，一把抓住牛二娃的领口）你们到底要怎样？是谁杀了我家老太太？

牛二娃　老总，不是我，不是我。

杨济舟　是谁干的？

牛二娃　我在捡破烂，看见是李癞子他们七八个人，见了老太太说是要盘查，还没等老太太说话，他们就向老太太和两个兵开枪，然后放了一把枪在那个死人旁边就跑了。

马志杰　营长，情况已经明了，他们这是在栽赃，想离间我们的兄弟。

杨济舟　（咬牙切齿地）此仇不报，誓不为人。

马志杰　我们一定要为杨妈妈报仇，为那些无辜死去的兄弟报仇。

众　兵　报仇、报仇！

马志杰　现如今我们的军队是成啥样子了？为所欲为，滥杀无辜。

杨济舟　可恶！

马志杰　抽大烟、玩女人、挖人家祖坟。没有理想、没有信仰。今天你打我，明天我打你，后天联手打别人，打打杀杀，完全听令于掌权人，可怜百姓遭殃。我们兄弟出生入死，南征北战，在为谁打仗？

杨济舟　拉帮结派占山为王，钩心斗角百姓遭殃，三民主义空主张，各自为政哪管家国兴与亡？

杨济舟　（指着军官甲、乙）下他两个的枪。

　　　　四川人自古忠义，袍哥人家从不拉稀摆带。我七旅三营之所以能征善战，就是团结一心，从不怀疑自己的

　　　　　　　战友。

军官甲乙　　长官，他们才是共产党。

杨济舟　　不是共产党的站到右边。（形成左右两队）

　　　　　　兄弟们，人各有志，大敌当前，不能勉强。我们战友一
　　　　　　场，都晓得我杨某的为人。选择吧，要走，我让路；要
　　　　　　留，就同我们一起战斗。

马志杰　　兄弟们——若有好铁不打钉，自古好男不当兵。你我没
　　　　　　有活路为生存，混个肚皮不饿度光阴。

兵　甲　　有权有钱的哪个舍得把娃儿送军营？

马志杰　　我等南征北战建奇功，出生入死一场空。

兵　乙　　功劳都是上面当官的。

马志杰　　如今要走自己路，誓叫天地换新风。

右边军官　　长官，我们不是共产党，但我们也要跟共产党走！

杨济舟　　好，兄弟们，我们与其坐以待毙，不如一起反抗。南昌
　　　　　　起义早已打响武装反抗国民党的第一枪。你们想好
　　　　　　了吗？

众军官　　不怕流血牺牲！

杨济舟　　且慢。邝旅长命令：一营、二营利用牛角沟整训之机
　　　　　　会，计划起义。我们三营留守遂宁，佯攻遂宁城，拖住
　　　　　　敌人主力。

众　兵　　是，长官。（下）

杨济舟　　快把作战计划送出去。

　　　　　　【收光。

第五场　软禁

【光启。

【场景：会客厅，两把椅子，一个茶几，留声机。

【音效：民国初年音乐《青天白日满地红》。

蔡小武　林长官真是厉害，你怎么看出来的？

林中扬　哼！那两个小叫花子，我第一次就看出来了，女的是装的，你看她走路的姿势，一定受过良好教育。

蔡小武　那为什么不早把他们抓起来？

林中扬　抓起来能得到这么重要的情报吗？

蔡小武　高明！高明！实在高明！

林中扬　（展开纸）这杨济舟写得一手好字，可惜啊，不走正道。你看他写的什么？

蔡小武　（接过纸）

　　　　瓶中甘露常遍洒，

　　　　手持柳条揎春秋。

　　　　千处有求千处应，

　　　　苦海常做渡人舟。

　　　　黑夜星火周天地，

　　　　誓叫人间慧彩绸。

　　　　为观音六月十九出家而作。啥子意思？这杨济舟信佛？

林中扬　不，他要信共。"六月十九出家"，就是定在六月十九造
　　　　反；"黑夜星火照天地"应该是以火为信号起事。

蔡小武　我去把他抓来，要不，直接把他办了。

林中扬　（唱）

　　　　虎狼之气在战场，

　　　　匹夫之勇莫逞强，

　　　　凡事都要多思量，

　　　　一步不慎悔断肠。

　　　　我等要学共产党，

　　　　收买人心保栋梁。

林中扬　杨济舟是党国栋梁之材，我们与共产党的竞争既是信仰
　　　　之争，更是人才之争，谁得到了更多人才，谁才会得
　　　　天下！

蔡小武　谨记长官教诲。我去把那两个小叫花子干掉？

林中扬　刚才答应得哇哇的，转背就忘了。把东西还给他们，放
　　　　他们走。

蔡小武　为啥？

林中扬　我要让他们继续表演，再一网打尽。

蔡小武　让他们继续表演，再一网打尽。

　　　　（想半天）高！实在是高！高家庄的高。

林中扬　走，我们去江防司令部，找王司令。

蔡小武　是，长官。（蔡、林下）

王封安　（上）赵正财，这个赵老板还真是好兄弟，他居然花大
　　　　价钱替我找到了夜明珠。兄弟，仗义！有了这夜明珠，
　　　　镶嵌到观音菩萨头上，一定能保佑我发财升官、飞黄腾
　　　　达。（把玩着夜明珠）

【林、蔡提着礼品上。

林中扬　王司令——封安兄，今日兄弟借你宝地一用，处理一下
　　　　家务事，多有打扰。

蔡小武　干爹！这是林长官送给您的。（下跪）

王封安　【取出一根金条，扶蔡小武。
　　　　司令这么客气，这怎么要得嘛？

林中扬　一点意思，不成敬意。

王封安　林司令一定有事，何必这样破费？你我虽各为其主，但
　　　　消灭共党，目标一致，需要王某人出力尽管讲。

林中扬　请看这个。

　　　　【林递过纸条，王看。

王封安　"千处有求千处应，苦海常做渡人舟。"这句好，我们
　　　　遂宁是观音故里，观音菩萨灵得很。我刚得了一颗夜
　　　　明珠，准备……

林中扬　（不耐烦地打断）我今天来不是跟你讲观音，你要大祸
　　　　临头了。共产党要想让我那混七旅造反。

王封安　七旅有共产党？我与共党不共戴天。

　　　　（唱）

　　　　在甘陕，那徐句前，

　　　　搞土改分良田占我房产，

　　　　吓得我爹至今人未还，

　　　　此仇不报不叫王封安。

林中扬　兄弟齐心，其利断金。

王封安　要我做啥子？

林中扬　禁火！

王封安　禁火？

林中扬	收缴遂宁、蓬溪所有火种。
王封安	不准百姓点灯？
林中扬	州官也不许放火。
王封安	这是为何？
林中扬	七旅想在六月十九日造反，以火为号，内外策应。他们现在已经被我们分割包围。他们还想做最后一搏。我倒要看看他们这个戏怎么演？我要玩个猫捉耗子的游戏，慢慢玩死他们。
王封安	怎么玩儿他们？
林中扬	他们无法联络，想以火为信号，我偏偏不让他们得逞。
蔡小武	禁火。高、高、实在是高！
王封安	中扬兄啊，乌龟放屁——莫冲壳子。我看这事啊是癞疙宝吃豇豆——悬吊吊的。
林中扬	这有何难？
王封安	军队好说，一声令下，全部可以禁火，别说几天，就是几个月都能办到。可这老百姓啊，哪个听你的？只有这个才能让磨推鬼。（做数钱的动作）
林中扬	（冷笑）这好说，只要是用钱能办到的，都不是难题，你说个数？
王封安	你看，我这人穷志短，一开口就说钱，（随手拿起一根金条）可是，做事就要花钱，你我兄弟，三五万就行了。
林中扬	就照封安兄说的办。
王封安	中扬兄啊，光有钱没有人也办不成事啊，你看我这里将少兵寡，兄弟你要多支持呀。
林中扬	你看中哪个了？我给你就是了。

王封安　我怕你舍不得。

林中扬　到这个时候，舍不得也要舍。

王封安　其实呢，我这想法，看起来是开了闸门的水——下流。

林中扬　岂止下流，是太下流，啊！哈哈！

王封安　其实，我是在为你着想。杨济舟是邝继勋七旅的虎将，三营虽然在广安受到重创，但他还是一只西南虎，万一做困兽之斗，来个鱼死网破，岂不悲催？

林中扬　给你一个差？一个营？

王封安　不。（伸三个指头）

林中扬　三个连？

王封安　第三营杨济舟，杨营长和他三营的装备。

林中扬　这个——我是副司令，司令之副，只是卖命的主，做不了司令的主。

王封安　那还谈啥子？

林中扬　（唱）王封安老狐狸，
　　　　落井下石施毒计。
　　　　要过这难关，
　　　　只好断臂敬七旅。

林中扬　封安兄，容我想想。
　　　　（自言自语）哎，也只能如此。
　　　　大敌当前，我今天就做一回主。

王封安　军人，当言而有信。但战事无常，为防万一，立个字据。上家伙！
　　　　同盟军自愿将七旅第三营交由川中江防军管理。此据。
　　　　我这里盖上我川中江防军王封安的大印。

林中扬　我这里盖上我同盟军林中扬的大印。

等等，合约得有个时限。

王封安　三年如何？

林中扬　这是党国的兵马，怎能随便送给别人？

王封安　我遂宁江防军也是党国的，不是别人。

林中扬　三天如何？

王瞎子　（耳语）大哥，先拿到手，以后就由不得他了。

王封安　好。三天就三天。请中扬兄盖上大印。（林盖印）
　　　　这下是菩萨的眼睛——不能动啊。传我命令，遂宁、蓬
　　　　溪辖区各保安大队马上去收火种。

王瞎子　是！（准备下）

王封安　回来，你们这些土包子。不能硬抢，只能智取，知道吗？

王瞎子　咋智取法？

王封安　我这防区百姓天不怕地不怕，就怕观音把旨下。六月十
　　　　九是观音出道日，可学陈胜、吴广，假托神仙之言。你
　　　　们哪，就晓得使蛮劲，不晓得借力打力。学着点吧。

王瞎子　那么多地方，难啦。

王封安　啥子都要教？我们中国人就像一堆土豆，只有用篓筐，
　　　　一筐一筐装起来，你就能管。十户为一甲，百户为一
　　　　保，千户为一乡，乡长管保长，保长管甲长，甲长管户
　　　　主，哪家不听话，就把哪家的户主给办了。

王瞎子　其他都好办，只是蓬溪自古民风彪悍，可能难办。

王封安　把那保安大队长撤了，叫李瘌子去当大队长。这年头歪
　　　　的怕恶的。

王瞎子　这狗日的，来狗屎运了！

王封安　王瞎子，我也不会亏待你，事办成，立马去七旅三营当
　　　　营长。

王瞎子　谢谢大哥栽培！（与王封安同下）

打更者　【敲锣上，唱，

　　　　巡街的锣儿三声响，

　　　　一声响你莫慌，

　　　　二声响听周详，

　　　　三声锣儿观音把旨降：

　　　　平日烟熏又火燎，

　　　　今年过生要保养，

　　　　禁火三天用干粮，

　　　　违者降罪生祸殃。

王封安　（与杨济舟上）老弟，欢迎加入江防军，我已经上报奏
　　　　请任命你为川中江防军上校团长。

杨济舟　济舟未立寸功，有何德何能？从小母亲教育我，
　　　　（唱）

　　　　待人要诚心，

　　　　对上要忠心，

　　　　对下有爱心，

　　　　做事有恒心，

　　　　为官要有公心，

　　　　同舟共济须齐心，

　　　　不义之财莫动心，

　　　　用情专一莫花心，

　　　　对苍生要有慈悲心，

　　　　生活方能开心，

　　　　可是我用真心换假心，

　　　　一片忠心遇坏心，

　　　　良心遇黑心藏祸心，

　　　　诚心得来是疑心，

　　　　心酸！心疼！心有余悸！

　　　　太闹心，真伤心！

　　　　笑我痴心，

　　　　方悟得，我少了一颗防人之心！

王封安　老弟呀，人生苦短，我当年也像你那样，毕竟纸上得来
　　　　终觉浅，绝知此事要躬行。这个心那个心，不如当大官
　　　　玩女人、大块吃肉、大秤分银开心。

　　　　来人——请园园小姐。

园　园　（上）干爹，你叫我？是吃夜宵，还是共度良宵啊？

王封安　来来来，园园，来见过杨济舟，杨团长。

　　　　老弟，这是我的干女儿，川中名角——园园小姐。今
　　　　天，我做主了，把她许配给你，如何？

园　园　干爹，你怎能把我随便许配别人？

王封安　园园啊，这杨团长可不是别人，是自己人，干爹会害
　　　　你吗？

园　园　（走过去搂着杨济舟）济哥哥，从今往后，我就是你的
　　　　人了。

杨济舟　（自语）这个女人，是肚脐眼放屁——还有点妖气，我
　　　　倒要看看她要演啥子戏？

　　　　（带笑对园园）园园请多关照。

园　园　讨——厌，人家都是你的人了，还那么客气。（抱着杨
　　　　济舟一起下）

　　　　【收光。

第六场　突围

【光启。

【场景：军营。

【音效："啪啪"枪声。

蔡小武　给我带上来。我的枪法咋样？三枪撂倒两个，一死一
　　　　伤。（枪对伤兵）说，出去干啥子？

伤　兵　蔡队长，我交代。我们两人出去送信。

蔡小武　信在哪里？

伤　兵　在心里。

蔡小武　啥子内容？

伤　兵　来，过来，我告诉你。（一把抱住蔡小武，蔡小武开枪，
　　　　伤兵倒地）

蔡小武　（气愤地朝后台）马副营长！你的兵属狗呀？还咬人。

马志杰　（急上）狗丕通点人性，滥杀无辜还不如一条狗！

蔡小武　（唱）

　　　　为党国做条狗我无所谓，

　　　　可恨有人身在曹营心出轨。

　　　　不如一条狗忠诚，

　　　　难道问心不惭愧？

马志杰　（唱）

见利忘义无底线，

杀人越货心不亏。

做尽坏事脸不红，

一个"忠"字你不配。

蔡小武　马副营长，你们都是泥菩萨过河——自身难保，还想什么主义？人，要实际点，幻想——绝不是理想，想法——绝对不是办法。

马志杰　我从一个农民混到一官半职，没有那么多兄弟流血赴死，我不可能有今天；行军打仗没有百姓支持，我们不可能有今天。

蔡小武　现在而今眼目下，最紧迫的是处理这一百二十名共产党。你与他们生死患难，情同手足，换成我也难为情。林长官已经替你考虑好了，这事交我来处理，立即押送成都，反抗的就地正法。

马志杰　（怒目而视）这是你的意思？

蔡小武　（咬牙切齿）这是林长官的命令！

　　　　【举枪，军官、马志杰同时举枪。

　　　　你、你想反了？

　　　　【马志杰顺手夺下蔡小武的枪。

蔡小武　马志杰！

　　　　【马志杰向蔡小武旁边开枪，蔡小武东躲西藏。

　　　　马哥，杰哥，饶命！

马志杰　留你有啥用？你是吃屎的狗，上次就不该留你。

　　　　【扣动扳机，蔡小武倒下。

众士兵　（上）举起手来。

　　　　【蔡小武的随从举手缴械。

马志杰　一连长，情况紧急，营长被江防军软禁。我命令，你负
　　　　责带领这一百二十名同志组成共产党员先锋队，杀开一
　　　　条血路，冲出重围。

一连长　是，长官。保证完成任务！

马志杰　今天就是六月十九，晚上见火起事。各连排立即准备战
　　　　斗（下）。

军　官　是！

　　　　【左灯光收。右灯光启。

　　　　【音效：敲门声。

赵书梦　我去开门。

　　　　【开门，赵正财带箱子上。

　　　　爸——爸。

杜语琴　她爸，你——咋个这身打扮？

赵正财　（食指压嘴唇）嘘。夫人，长话短说，我已经被人跟踪，
　　　　得马上走。游击队和工人武装已经做好准备，晚上亥时
　　　　点火，我不能完成任务了，拜托夫人和书梦了。白雀寺
　　　　坡上已经铺好干茅草。

后台音　（急促敲门声）开门，开门。再不开门，就开枪了。

　　　　【一队兵上。

王瞎子　赵特派员，赵正财，赵老板，哪一个是你？没想到，你
　　　　比孙猴子还能变。变来变去，还是逃不出如来的手掌
　　　　心。绑了。

赵正财　瞎哥，夜明珠是我从李瘌子那里买的，早就送给王司令
　　　　了，我平日里对你们怎么样？你老弟不厚道啊。

王瞎子　是啊，我一直以为你很厚道，不是林司令巧安排，让你
　　　　女儿跟你接头，我们还不晓得你也是共产党，一个玩古

董的商人，不好好做生意，当哪门子的共产党？带走。

杜语琴　【从头上取下银簪子，手指上取下戒指。

瞎哥，你们平时都是称兄道弟的，别误会了，多包涵。

兵头儿　我倒是想包涵，可蒋委员长不同意。走！（赵正财、兵下）

赵书梦　爸爸——爸爸——

杜语琴　她爸——正财——

你爸的箱子。

赵书梦　妈，快打开。

火柴！快藏起来。

兵头儿　（上）开门，开门。（急促敲门声，杜开门）

杜语琴　瞎哥，你？

王瞎子　站开点。赵正财的箱子呢？

杜语琴　在这里。

王瞎子　没动过嘛？

杜语琴　还没得空。

王瞎子　这下有他好看。（下）

杜语琴　这是作的啥子孽哦？

赵书梦　妈，是我害了爸爸。那天，我给老爸去送信，被人跟踪了。

杜语琴　送信，送啥子信？

赵书梦　妈，这有纪律，不能告诉你。

杜语琴　都啥子时候了，你还给我藏着？

赵书梦　妈，真的不能说。

杜语琴　那你去救你爸！

赵书梦　妈，莫吓倒你哈。我是共产党的川中联络员，我爸是川中特派员。

杜语琴　（生气）你——

哎，这么大的事这两爷子把我都蒙在鼓里。

赵书梦 （撒娇）妈——

（唱）

儿生富贵家，

多谢爸和妈。

冷暖都不愁，

同龄人流浪在天涯。

人生平等都应有个家，

可恨混战处处是军阀。

黑暗日子百姓的路在哪？

儿愿做只萤火虫照天下。

杜语琴 还有啥子没说？

赵书梦 妈，你见不得别人受苦受难，人称活菩萨。

杜语琴 莫啰唆了，快快说。

赵书梦 邝旅长的七旅准备今晚起义，以白雀寺山上点火为信号，地方工人武装做内应，爸爸负责点火。可爸爸被抓走了。

点火！点火！

杜语琴 快走，带上火柴，到白雀寺山上去。

赵书梦 【跟杜语琴一起奔跑，鼓点急起。赵书梦突然摔了一跤。

哎哟！

杜语琴 怎么了？

赵书梦 我掉进水凼了。妈妈——

【杜语琴拉起赵书梦。

杜语琴 火柴呢？

赵书梦 （摸出看）全湿了。

杜语琴　你啥时候才能改这毛手毛脚的毛病？怎么办？怎么办？

赵书梦　（惭愧，唱）夜深沉，星无影，

　　　　夏蛙叫，热风凝。

　　　　萤火亮，分外明，

　　　　谁给我智慧，解救我的亲人？

杜语琴　听——

　　　　【后台：（童音）萤火虫，萤火虫，半夜起来打灯笼。萤
　　　　火虫，慢慢飞，飞到一起不怕黑。

赵书梦　妈——我们用萤火虫。

杜语琴　好！鬼丫头。（右灯光收，赵书梦、杜语琴隐）

　　兵　报告司令，山上好像有亮光。

王瞎子　真见鬼了，这是啥子东西？好像有两个人，咋个人会
　　　　发光？

众　兵　观音菩萨显灵了。（齐下跪）观音保佑，菩萨保佑。

王瞎子　（对兵甲）你娃吃了夹生黄豆——尽放臭屁。

　　　　我就不信那个邪，给我用炮轰。

　　兵　瞄准，开炮。

　　　　【兵开炮。一声巨响。王封安手上夜明珠掉地。山上熊
　　　　熊大火。

赵书梦　（后台，凄厉地）妈妈——

王封安　（狠狠地）哪个开的炮？

　　兵　报告长官，我开的，特别准。

王封安　妈的！（给兵一耳光）

王瞎子　司令，啷们？

王封安　夜明珠，夜明珠，你把老子的夜明珠吓得掉地上摔
　　　　碎了！

【弯腰捡夜明珠，心疼地看、摸。

众　兵　起火了，走火了。

王封安　传我命令，所有部队向涪江边集结。只要见到渡江的就给我杀、杀、杀……

　　　　【后台枪炮声骤然响起，火光冲天，烟雾缭绕，士兵奔跑。

　　兵　报告，共军在仁里场方向火力很猛，可能要准备渡江。

王封安　快，去请杨济舟，不，杨团长。

杨济舟　（园园跟在后面上）司令，你找我？

园　园　干爹，这么晚了，做啥子嘛？

王封安　这么大的枪炮声，我就不相信你能睡得着。济舟，你三营精锐都在我手上，这又是从哪里来的天兵天将？替我想想办法。

杨济舟　我已经被你夺了兵权，我还有什么办法？

王封安　还你兵权。你马上带领你的三营给我顶住。

杨济舟　司令，打仗总不能让我赤手空拳去吧。

王封安　把枪还给他。不，拿我那把德国镜面盒子来。（兵送上枪）

杨济舟　（看，把玩）好枪。

　　　　【突然用枪顶到王封安额头上。

　　　　王司令！

园　园　干爹，莫开腔，开腔把他惹毛了，要走火哦。

王封安　兄弟，我对你不薄啊，你未立寸功，我就给你女人，给你升官，你不能忘恩负义啊。

杨济舟　要不，我早就把你打成筛子了。

王封安　你想要做啥子？提个条件。

园　园　济哥哥，有话好说！有话好说！

王封安　杨济舟，你一方豪杰，还不如一个戏子有情有义，你这样把我杀了岂不让天下人耻笑？

杨济舟　我不杀。你把赵老板、李小七给放了，然后把周边所有的兵力全部调城区来。

王封安　啊呀，我以为啥子事，我早已经把兵力都调过来了。至于赵老板嘛……

杨济舟　放，还是不放？

王封安　放、放、放人！

兵　　　报告——河东中了共军的埋伏。

王封安　笨蛋！

杨济舟　王司令，得委屈你一下了。

【举枪托将王封安打晕，园园吓晕倒地，杨济舟将他二人绑在一起，下。

王瞎子　（上唱）

　　　　司令派我来督战，

　　　　枪炮红了半边天。

　　　　如能抓到共产党，

　　　　又得赏银又升官。

杨济舟　（骑马上唱）

　　　　见烈火，熊熊燃，

　　　　革命航船鼓风帆，

　　　　同志们突出重围，

　　　　捣敌巢快马加鞭。

赵书梦　（满身尘土、血迹）救我。

杨济舟　小妹妹，你怎么伤成这样？

　　　　【下马，抱起赵书梦准备走。

王瞎子　站住，往哪里走？

　　【啪，王瞎子向杨济舟射击，杨济舟胸部中枪，杨济舟拔枪射击，王瞎子倒地。杨济舟捂着胸口踉跄向前。

牛二娃　（上）老总，老总，你没得事吧？哎哟，流那么多血，我给你包一下。哎呀，幺妹，幺妹，你哪个也遭了嘛？

　　【搀起起书梦走几步放下，又回头搀杨济舟，然后将两人同时搀起，前行。

马志杰　（与起义队伍上）同志们，王封安的兵力全部调防遂宁城，我命令兵分三路，一路救出杨营长，二路断后，三路直捣蓬溪，把红旗插上奎阁。冲啊……

林中扬　（上）三十六计，走为上计。

　　【手持马鞭过场，下。

　　【收光。

尾　声

　　【光启。

　　【场景：红囊。标语："中国工农红军四川一路军""中华苏维埃蓬溪县政府成立了"。蓬溪大庆，欢迎游行队伍。

马志杰　（上）济舟兄，你看这美景，渔帆点点，荷叶田田，白鹭齐飞，一江碧波如洗，好一幅水墨丹青。

杨济舟　要不是这兵荒马乱，东征西讨的，泡上一壶卧龙山的香

　　　　　叶尖，坐在芝溪边仰望苍穹，看小鸟翩翩，听流水潺潺，让水星溅到脸上，吹着轻轻的河风，有多惬意。

马志杰　江上桃花流水，天涯芳草青山。

杨济舟　一镜波平鸥去，千林日落鸦还。

　　　　　【握住马志杰的手。

　　　　　党代表，我今后得多向你请示工作。

马志杰　呃，你是七旅三营的营长，我负责全营官兵的思想工作，保证你的安全。

　　　　　济舟——这位就是川中特派员赵正财同志。

杨济舟　辛苦了，赵夫人为了革命牺牲了，我们永远记住她！

马志杰　乡亲们，今天，中华苏维埃蓬溪县政府成立了。苏维埃是工农商学兵代表组成的人民政府，为老百姓办事的。从此，我们穷人有了自己的新天地。

牛二娃　要得，要得，我是遂宁城头的，在蓬溪可不可分一块地嘛？

马志杰　我们共产党人要让天下耕者有其田，当然要分一块地给你。

杨济舟　走！（同马下）

赵书梦　牛二哥，你也救了我。我还没有感谢你呀。

牛二娃　用啥子感谢嘛？

　　　　　【赵书梦在牛二娃脸上亲了一口。

牛二娃　安逸，麻酥酥的，痒滋滋的。这边再来个。

赵书梦　【给他脸上轻轻一个巴掌。

　　　　　从此以后，我就把你当成我哥哥了。

牛二娃　要得，要得，有这么一个漂亮幺妹，要得。

李小七　把恶霸押上来！

【李瘸子等被押上。

牛二娃　那个不是李瘸子，李保长嘛？当大队长还没过到瘾就栽了？你龟儿子也有今天，把你这只脚也给你踢瘸。（上去踢了李瘸子一脚）

杨济舟　同志们，敌人绝不会甘心失败，一定会反扑。邝旅长命令，立即武装群众，转入地下，组织防御。大部队马上转移，向陕甘地区的红军靠拢。

【中国工农红军四川一路军浩浩荡荡出发。

牛二娃　幺妹，等等我，我也要参加红军。

【后台唱，演员谢幕。

我家住在涪江边，

黑夜萤火亮闪闪。

相聚一团熊熊火，

散开无数星满天。

只要都发一分光，

遂心康宁在人间。

2015 年 12 月 1 日第一稿于遂宁

2016 年 3 月 31 日第二稿于遂宁

2016 年 7 月 31 日第三稿于北京

2017 年 9 月 30 日第四稿于遂宁

2019 年 3 月 7 日第五稿于遂宁

（注：四川省 2015 至 2017 年度重点关注剧目，发表于《影剧新作》2017 年第 4 期。获第 32 届田汉戏剧文学奖。）

龙洞沟之恋

（川剧）

时　　间：1998 年至 2018 年。

地　　点：四川中部山村。

人物表：王志刚，男，23—43 岁。龙洞村村民。

　　　　郑春芳，女，20—40 岁，打工妹，王志刚的妻子。

　　　　王奶奶，女，50—70 岁，王志刚的母亲瘫痪多年，坚强
　　　　地站了起来。

　　　　蒋书记，男，40—60 岁，成功商人，回村当支书帮助
　　　　扶贫。

　　　　赵一光，男，23—43 岁，懒汉。

　　　　赖玉香，女，22—42 岁，打工妹，王志刚的前女友。

　　　　王凤鸣，女，10—20 岁，王志刚与郑春芳的女儿。

　　　　王龙啸，男，10—20 岁，赖玉香之子，王志刚的养子。

　　　　警察、村民、主持人等。

【开场曲

希望·梦

深爱方知失去的苦痛，

贫穷捆住了一切冲动。

哭过笑过爱过散过挣扎沉沦，

只有青山陪伴那不碎的梦。

我的梦，好心动，

有人爱，有人懂，

不再栉风沐雨为温饱，

不再起早贪黑寻家用。

踏平那自卑怯懦望山外，

迎春日柳暗花明舞彩虹。

序　出走

【光启。

【时间：1998 年。

【地点：龙洞沟村。

【场景：山村、土墙茅草屋。木床、竹椅，陈设简陋。

【流水声、布谷鸟叫声。鸟鸣山更幽。

【郑春芳提着帆布包，泪痕满面，摔门而走出。王志刚
　　放下两个婴儿，追上。抱住郑春芳不松开，郑春芳推
　　开王志刚。

王志刚　春芳，春芳——你不要走！不就是一双高跟鞋吗，我马
　　　　上去借钱买、买还不行吗？

郑春芳　这是一双高跟鞋的事吗？是观念。你看看这个村除了懒
　　　　汉赵一光和你王志刚，哪个男人没出去打工？哪个年轻

人还待在龙洞沟？你看看，人家蒋四哥，公务员、官都不当了，都出去下海做生意。你却好，躲在龙洞沟不出门，守着这一亩三分地，守着老妈、老婆、孩子，自己有了一个孩子已经被捆住了，又去捡一个回来，这日子没法过了。

王志刚　　我总不能把几辈人流血、流泪换来的土地扔掉吧。

郑春芳　　你舍不得这龙洞沟，你不走，我走！

【王志刚跟着追了几步，婴儿哭，回头怀抱婴儿，喂奶瓶，另一个婴儿哭叫，他放下手中婴儿，喂另一个，刚放下的婴儿又开始哭叫。

【音效：两个婴儿哭泣声，雷声、雨声。

【王志刚将两个婴儿抱起，哄睡。放下婴儿给母亲喂药。

【帮腔：滢滢都江水，

　　　　戚戚话沧桑。

　　　　茫茫路千条，

　　　　敢问在何方？

王奶奶　　（卧床）哎·这是啥子日子哦！

【王志刚放下两个婴儿，背起包袱，关上家的大门，刚准备走。

王奶奶　　儿啊，志刚——

【他犹豫了，但还是咬牙跨出了第一步。可婴儿的啼哭让他扔下包袱，奔向家里抱起孩子，扶起母亲。

王奶奶　　【挣扎着站起来，又坐下。

这是造的啥子孽啊？

王志刚　　【泪水如注向天喊道。

天哪——

第一场　挣扎

【时间：2008 年。

【场景：农舍草房。王奶奶躺在床上，一个男孩和一个
　女孩用彩纸折叠"幸运之星"。

王志刚　　（唱）

春芳啊春芳你在哪？

十年盼你回家望断天涯。

十年想你念你担惊受怕，

十年来我既当爹来又当妈。

望山上满眼树木已成林，

看当下两个孩子将长大。

郑春芳　　（隔空对唱）

隔岸听歌如看画，

不见动嘴无声发。

只有春芳我清楚，

离你而去只为脱贫去挣扎。

劝夫君贫瘠之地莫种花，

劝夫君干涸之沟莫养蛙。

劝夫君若要全家得幸福，

离开红土投身到城下。

农村本是穷根根，

空有愿景苦作画。

王志刚 （唱）到城下，

郑春芳 （唱）离开红土穷山洼，

王志刚 （唱）把希望留给傻子，

郑春芳 （唱）把真实留在当下。

王志刚 （唱）

为了这片红土地，

爷爷他上战场把血洒；

为了这片红土地，

父亲他私分田地把狱下，

祖辈梦想都在龙洞沟，

现如今怎忍心看红土荒芜无庄稼？

现如今我怎能抛下母亲和这对娃？

（回到现实）

王奶奶 你们折那么多星星干啥子？还不去读书。

鸣、啸 我们在为妈妈祈祷。

王志刚 （对两个孩子喊）你们两个站好了，好好反省。

王凤鸣 爸，给政府写信是我的主意，你就别惩罚弟弟吧。

王龙啸 爸，信是我写的，我是男人，我一人做事一人当。

王志刚 呵呵，你是男人？你晓得"男"字怎么写？

王龙啸 上面一个"田"，下面一个"力"。

王志刚 用力耕田，养家糊口。男人就意味着责任。

王凤鸣 爸，男女平等，我们女孩子一样可以担起责任。

王志刚 好啊，你们合起伙来气我，是吧？好，你们不是能写

　　　　吗？每人写篇检查，不能少于五千字。写完了，去把那

半块田的杂草除了。

王凤鸣　你这是体罚未成年人。

王志刚　体罚？哈，我耕田、种地就是应该的吗？我把别人撂荒的土地收来自己种，是哪个体罚我？我自己体罚自己。养了你们十年，一把屎一把尿把你们喂大……

王凤鸣　（笑）

王志刚　你还觉得好笑？

王龙啸　爸，你说错了。我们又不是小狗要吃屁屁，要是传出去，别人还以为你虐待儿童呢。

王志刚　闭嘴。是我让你们反省，还是让你们来纠正我的错误？每人加罚站两小时，写完检查，挖一块干田。居然写信向政府请求帮助。你爹有手有脚，会向政府伸手吗？十年了，我让你们挨过饿、受过冻吗？

王凤鸣　（唱）

　　　　爸爸呀爸爸你太辛苦，

　　　　你是一家老小的顶梁柱，

　　　　手如树皮发花白，

　　　　未老先衰无人助。

王龙啸　爸爸呀爸爸，你太辛苦，

　　　　既做父亲又做母。

　　　　我们只想找回妈妈，

　　　　给你点温暖给你减点负。

王志刚　（唱）

　　　　弃家遗子心太毒，

　　　　找她十年音信无。

　　　　想她找她白费劲，

不如走好当下路。

王志刚　　记住，你们没有妈。

鸣、啸　　（轻声哭喊）妈妈！我要妈妈！

王志刚　　别哭了。再哭就把你们赶到山上去喂野狗。到里屋去
　　　　　反省。

　　　　　【鸣、啸下，王志刚拖出板车。

王奶奶　　【从床上坐起来。

　　　　　志刚啊，娘知道你苦，但再苦也要过下去。两个孩子还
　　　　　小，娘是埋了半截土的人了，啥都帮不了你，每天还要
　　　　　你照顾吃饭，每月还要花钱吃药。

王志刚　　妈，你怎么坐起来了？你的风湿不疼了？

王奶奶　　（唱）

　　　　　风湿疼在骨头缝，见儿煎熬更痛心，

　　　　　十六岁平丧父，十七岁辍学背娘看医生；

　　　　　病床前尽孝六年整，误了前途误青春。

　　　　　多亏儿媳心肠好，与你结缘生凤鸣；

　　　　　多谢天公作美意，送来龙啸温暖人心。

　　　　　欢声笑语，笑语欢声。

　　　　　只叹幸福日子太短暂，落得劳燕西东各飞奔。

　　　　　喜相逢，梦成空。西东劳燕各飞奔。

王志刚　　（唱）

　　　　　娘啊，请放心，

　　　　　天塌下来有儿顶，

　　　　　儿的肩膀能够扛千斤，

　　　　　儿的心底能把万难忍。

　　　　　再苦我也要把孩儿养大，

再苦我也要照顾好娘亲。

儿知道，春芳出走非误会，

儿知道，万恶之源是贫困。

咱农民只有富起来，

才能找回爱人心。

王奶奶　再苦的药也得吞，儿再苦的日子也得过啊。（躺下）

王志刚　【拉着装满砖的板车。

（唱）

做人难，难做人，

做了人就要尽孝心，

做了人就要担责任，

担责尽孝做人本分。

一心只为全家有温饱，

十分企盼春芳早归心，

百般忍受为娘康复，

千般辛劳盼儿女早成人，

万般无奈做个好男人，

到那时讨得一个好名声。

【帮腔：顶天立地的好男人。

王志刚　【停下板车。

呜呜、啸啸！爸爸回来了。呜呜、啸啸！

妈——这两个娃儿呢？

王奶奶　刚才还在院子里写作业。

王志刚　呜呜、啸啸！

【捡起桌上的纸条。

啊！两个小东西反了，敢离家出走。

王奶奶　【拄着两条板凳艰难上。

儿啦，啸啸是你捡的孩子，要是有个三长两短，得遭人
戳我们王家的背脊骨，说我们王家不仗义。快去给我找
回来。

王志刚　（焦急地出门）呜呜、啸啸！呜呜、啸啸！

啊——（一脚踩空，滚下山去）

第二场　沉沦

【时间：除夕夜。

【场景：农舍草房，雪，炉灶。

【音效：风声，鞭炮声。童音："过年了——下雪啦！"
老者音："瑞雪兆丰年，春风迎吉祥。"

王志刚　【头、臂缠着绷带，左手提着酒瓶。

（唱）

除夕夜，雪花飞，寒气袭草堂，

灶缺炭，拆竹壁，为母熬药汤。

回头望，母卧榻，哀声阵阵，

看四邻，迎新年，喜气洋洋。

王志刚　我——王志刚，一个失败的男人，女友分手了，老妈瘫
痪了，老婆跑了，孩子丢了，我自己伤了，种地挣的钱
全部用在医院了。我一无所有了。（坐在地上）酒是好
东西。

（唱）

喝了咱的酒，想啥啥都有，

喝了咱的酒，老婆跟着别人走，

喝了咱的酒，儿女全走丢，

喝了咱的酒，辛苦半生日子到了头。

（流泪）哈哈哈哈——儿女全走丢。

赵一光　（上）刚哥，看我给你拿什么来了，卤猪脚。我陪你喝。

王志刚　兄弟，好兄弟，过去，我能种地能赚钱的时候，你离我
　　　　远远的，现在，我摔成了残疾人，你却与我不离不弃。
　　　　啥叫朋友，朋友就是在落难的时候能够同你一起喝小
　　　　酒、啃卤猪脚的人。

赵一光　刚哥，我本不该在你最困难的时候落井下石，但我也没
　　　　有办法。你种我家几亩地，有几年了吧，是不是该表
　　　　示点？

王志刚　你小子真行，你的承包土地不种，杂草丛生，我替你种
　　　　了，你还向我要钱，你要脸不要脸？

赵一光　我们农民有啥子？土地。土地是我们的命根根。

王志刚　那你那么嫌弃它。

赵一光　不是嫌弃，但它确实没法让我爱它。种一季稻谷，一亩
　　　　地最多赚一百块钱，还不算劳力。我去城里和一天水
　　　　泥，挖一天烂泥巴，跟半年种两三亩地收入差不多。我
　　　　为啥子要种地？

王志刚　你是哪根筋短路了？今天想起了跟我要钱？

赵一光　刚哥，你看你在我家包产地上种的果树，啊——

王志刚　你小子够缺德的，那些果树明年才开花结果，你现在就
　　　　来摘桃子来了？

赵一光　刚哥，你和别人的地今年都给了租金，我俩是光屁股一起长大的，我过不下去了，你得帮我，是不是？

王志刚　【被生活彻底击垮的王志刚，不但没有生气，反而很洒脱，将家里所有硬币、毛票倒出来，他把这些钱全部给了赵一光。

　　　　来，都给你，这还有两本存折。

赵一光　一共一百七十四元零九分钱？

王志刚　全在这里，都给你。来喝酒。这里还有一个硬币，都归你。

赵一光　还不到两百块钱。

　　　　【放进衣兜。对旁边。

　　　　也好，可以买几斤酒。来来来，喝酒、喝酒。

王志刚　（唱）

　　　　喝了咱的酒，老婆跟着别人走，

　　　　喝了咱的酒，儿女全走丢。

赵一光　（唱）

　　　　喝了咱的酒，想啥啥都有，

　　　　喝了咱的酒，万事都被抛脑后。

王志刚　（唱）

　　　　喝了咱的酒，

　　　　人生全看透，

　　　　命里只有八合米，

　　　　走遍天下难满斗。

　　　　农民就是苦命人，

　　　　一生蹉跎元神佑。

赵一光　（唱）

　　　　有福之人自然有，

运势未到愁白头。

你，脸朝黄泥是穷光蛋，

我，仰面大睡无所求。

你四处奔走，我天天梦游，

一样结果，结果一样谁劣谁优。

王志刚　你认命了？

赵一光　我不认命。我天天给我老祖宗上一炷香。

王志刚　你信这个？

赵一光　别不信，我老祖宗赵公明元帅，是财神菩萨，要想发财就得天天顶敬。

王志刚　他是你赵家祖宗，与我王家有啥关系？

赵一光　这财神也是懂人事的，你敬他一炷香，他就给你带来财运。最近，我要发点小财。

王志刚　你小子还会发财？

赵一光　你还别不信，前几天，蒋书记要建学校，移走了我家十几棵树，你晓得他答应赔给我多少钱？

王志刚　多少？

赵一光　算了，没拿到手的钱都是别人的。

　　　　你也得找他要啊？

王志刚　咋个要？

赵一光　你看看，咋个要？蒋书记告诉我们，赚钱不是傻干出来的，得靠脑子。你想想，你怎么会成这样子？

王志刚　找娃娃，从山上滚下来的。

赵一光　是啊，怎么走了这么多年的山路没有摔下来，偏偏就在这时候？

王志刚　建乡村学校挖了地基。

赵一光　对了，找他——反正他有钱。

王志刚　不合适吧，人家蒋四哥自己掏包包，帮我们修路、修堰塘、修学校。

赵一光　啥子不合适？现在的人有了钱就想当官。你看蒋四哥，当着公务员不干了去下海，赚了钱回来拿出上千万砸到我们村，当上了村书记，还当到了人大代表。

王志刚　你胡说，人家蒋四哥是营长转业，比村支书官大多了。我们这个村鬼都不拉屎的地方，几个村支书都进城打工了。请人来当村官人家还嫌路不平。

赵一光　常言道，人穷志短，马瘦毛长。我是一个头发遮脸的人，你也可以叫我不要脸。我不像他蒋四哥那样的大老板，用不完的钱。城里过腻了，跑回老家来扶贫。扶贫就好好扶嘛，一家发几十万，大家一夜就都富起来了。他却折腾，修公路、盖学校、建乡村文化广场。我就不相信，让我们整天抱本书、走在大马路上，天天跳坝坝舞，钱就来了？

王志刚　我也不明白，我们农民折腾来折腾去，为啥还这么穷？

赵一光　（唱）

　　　　挣了钱先建房，

　　　　拆了东墙补西墙，

　　　　忙碌一辈子，

　　　　天天在还账。

王志刚　（唱）

　　　　我们农民没有致富的眼光，

　　　　得点钱捏出水来存银行，

　　　　有田有地不知拿去入股，

忙来忙去只为一点糊口粮。

王志刚 （唱）农村要脱贫，农民要致富路在何方？

赵一光 （唱）只有当贫困村、贫困户，靠政府来帮忙。

王志刚 （唱）给你一百万。

赵一光 （唱）我在城里买现房。

王志刚 （唱）住上好房子就能过好日子？

赵一光 （唱）再向政府要钱粮。

王志刚 （唱）要到钱粮就能打动姑娘的芳心？

赵一光 （唱）找一个跟我一样的懒婆娘。

王志刚 （唱）再生一个又懒又穷的儿子，

赵一光 （唱）子子孙孙穷下去，

　　　　 （白）穷不下去，就打电话12345，

　　　　 （唱）有事找政府来帮忙。

王志刚 你脸皮就这么厚？

赵一光 那咋办？我也想吃不完、穿不尽，金银满仓。可农村有
什么办法？农民也不能抢银行，进城只能担烂泥巴，得
场大病几辈人都翻不了身，你看我，要是我老娘不得
病，日子好过得很。你我现在都是一条上岸的鱼，跳不
到几下了。与其穷死，不如把送上门的钱要到手。让他
赔钱。他那钱不给你，也得给别人。

　　　　 （汽车喇叭响，关车门声，蒋书记和三村民上）

三村民 你们两个又在喝酒？

王、赵 哎呀，真是过年了，蒋四哥、蒋书记大人都来看望我们
了。来来来，整一杯。

蒋书记 你们就这样天天喝吧，喝死算了。看你们两个的家成啥
样子了？四壁皆空。

王志刚　啥叫四壁皆空？应该叫四大皆空。

蒋书记　人家的小洋楼都盖上了，你们就一点不着急吗？

赵一光　急什么嘛·共产党专门为我们穷人谋幸福，党会管我
　　　　们的。

蒋书记　你就这样好吃懒做，坐吃山空？

赵一光　你错了，你错了。让每个有饭吃、有衣穿，过上好日
　　　　子，住上好房子是党的政策。你这个村支书要注意学
　　　　习啊。

蒋书记　你们一个大男人有力气不使，靠政府供养。你们看看人
　　　　家张奶奶，八十多岁了，为了照顾有病的儿子，每天喂
　　　　鸡喂猪，从不向国家伸手，政府给她的救济她都送给了
　　　　别人。你们不惭愧吗？

王志刚　有什么惭愧的？靠政策吃饭。君子爱财，取之有道。

赵一光　我不觉得惭愧·

　　　　我是残疾人，浑身都是病。

　　　　走路没力气，整天睡不醒。

　　　　肋骨断三条，眼睛看不清。

　　　　吃了饿得快，天天脑壳晕。

蒋书记　我本来是来给你送树木损失费的。看来，你这钱，得先
　　　　放到我这里。

赵一光　放到你那里？你挖工地把王志刚摔成这样，你总得赔
　　　　点吧。

王志刚　蒋书记，你看到的，我现在成这样了。

蒋书记　这是我的责任·请把这些钱收下。

　　　　【递过一包裹。

村　民　这是蒋四哥卖掉城里房子的钱。

【王志刚迟疑，还是接过。

王奶奶 【架着双拐杖艰难地拖着腿上。

这钱我们不能要！

王志刚 妈，你怎么站起来了？

王奶奶 我不站起来，就得看着你倒下。人哪，靠别人是走不远的。人家扶起你，走不走全靠你自己。

王志刚 妈，你瘫痪了那么多年了，你连坐起来都疼，你还是回去躺下吧。

王奶奶 不，我老太婆要给你们做个样子。我宁愿站着疼死，也不要让人说我是残废！

【艰难地挪动，王志刚伸手去扶，被王奶奶把他的手扒下。

王志刚 妈——

王奶奶 （唱）

龙洞沟住的是龙不是虫，

龙洞村人不会认命甘受穷。

龙洞村有青山绿水，

龙洞有自强不息的传统。

让人扶着非好汉，

像蒋四自立自强才英雄。

【村民慢慢上场，来到王家院子。

蒋书记 （唱）

王妈妈一席话直击我胸中，

辛酸泪止不住往下涌。

父母早亡无依靠，

乡亲们紧裤带抠牙缝养我弟兄；

　　　　　　吸干了龙洞沟的乳汁才有我今天，

　　　　　　怎忍心让龙洞沟再受穷？

王奶奶　龙洞沟有个好传统，

　　　　　　一家有喜全村颂，

　　　　　　一人有苦全村痛，

　　　　　　集体的事儿大家动手弄。

蒋书记　（唱）

　　　　　　那时节，杀年猪香喷喷，

　　　　　　全村老幼有一盅；

　　　　　　转着喝一碗土酒，

　　　　　　传着烟斗咕隆隆；

　　　　　　一家煮饭全沟香，

　　　　　　一树草果乐融融。

　　　　　　现如今山壹密晒室空，

　　　　　　老弱病残留村中。

　　　　　　都是当年大恩人，

　　　　　　我怎能不管不问装瞎聋？

王奶奶　孩子——〔拉着蒋书记）

　　　　　　（唱）

　　　　　　你从不向谁索要，

　　　　　　靠的是勤劳和致富的梦。

　　　　　　同样的山水同样的种，

　　　　　　（白）你、你——（指着王志刚、赵一光）

　　　　　　（唱）你两人愧对龙洞沟祖宗。

王志刚　〔向蒋书记递回钱包，蒋推辞。

　　　　　　（唱）

母亲、书记的话似春风，

吹醒志刚满脸红。

我将有个新活法，

不再酗酒不认尿。

从今动手建家园，

跟着书记战贫穷。

找回妻子和儿女，

全家团圆喜相逢。

【帮腔：盼团圆，梦重逢，

山路弯弯水几重？

第三场　奋起

【场景：丘陵，小河。

【音效：鸟鸣，流水。

王志刚　（唱）

龙洞村的石头满山坡，

龙洞村的石头满沟河，

河水周折往前走，

去把世界来开拓。

庄稼汉脱贫靠双手，

甘洒汗水苦为乐。

【村民用石头码炭窑。

众村民 （唱）

　　　　龙洞村的树木满山坡，

　　　　龙洞村的树木满沟壑，

　　　　杂木并非无用处，

　　　　烧成木炭挣钱多。

　　　　满山都是那摇钱树，

　　　　靠山吃山唱欢歌。

　　　　【村民砍树、抬树。

王志刚 赵懒王，我请你帮我砍树烧炭，你就这样帮我？你今天拿不到工钱了。

赵一光 刚哥，我觉得有问题，你无证砍伐树木，好像犯法，是不是跟蒋书记说一声。

王志刚 蒋书记不是出国考察去了吗？我们总不能啥都等靠嘛。天上是不会掉馅饼的。你想想，近半百之人为啥没婆娘？

赵一光 你并不比我强，奔五的人也是光棍郎，谈了一个跟人跑了，跑出去跟别的男人生了娃娃你还替她养到；娶了一个，结了自己的果扔下娃娃又不知去向。这下安逸，两个女人每人给你留一个娃，眼看就要养大成人，两个娃娃又走掉了，留下一个多病的老娘。

王志刚 你！你！你！不可理喻。

赵一光 我这是大实话。

王志刚 各位叔伯、乡亲，我王志刚做事是有分寸的，我告诉大家一个好消息，我得到了一笔大订单。

众村民 多少？

　　　　【王志刚做了一个八字。

众村民　八百？八千？

王志刚　一万八千。

众村民　志刚有钱了。

王志刚　我们不能抱着金饭碗讨口。等蒋书记回来，我给他一个
　　　　惊喜，让我们村都动起来、富起来。

众村民　对！不能抱着金饭碗讨口。

　　　　【警铃响起，两警察上。

警　察　这是谁的主意？

众村民　（赞赏地）王志刚。

王志刚　（得意地）因地制宜，发展经济。

警　察　请跟我们走一趟。

王志刚　我砍自己家的树犯啥子法？

警　察　违反《森林法》。滥伐森林数量较大的，可以处三年以
　　　　下有期徒刑或者罚款。走吧，去接受调查。

　　　　【王志刚被警察带走，警铃响起，众村民目瞪口呆。

　　　　【众人望着王志刚远去的背影非常失落。

赵一光　哦嗬！

　　　　【帮腔：盼致富，脱贫穷，

　　　　　　　山路弯弯水几重？

鸣、啸　奶奶——

王奶奶　（搂着孩子，声泪俱下）你们上哪儿去了？

王龙啸　我们去找妈妈了。

王奶奶　妈妈没找到，你们的爸爸又丢了。

　　　　【摸着两个孩子的头百感交集。

　　　　红土地呀红土地，先辈为你流血，前人为你流汗，今
　　　　天，我们为啥为你流泪呀？

第四场　加盟

【时间：2016 年。

【场景：满山的千叶佛莲，金光灿烂。旁边一小块青菜地。

【音效：鸟鸣。

王志刚　扎根龙洞红土地，

　　　　春光明媚枝叶绿。

　　　　秋日风霜已过去，

　　　　火红日子让人迷。

　　　　盖新房，迎春芳，

　　　　亲人圆，添喜气。

　　　　有妻有子被窝暖，

　　　　欢欢喜喜庆富裕。

蒋书记　志刚，这么高兴，有啥子喜事？

王志刚　蒋书记，你看我这三亩青菜长势如何？

蒋书记　漂亮！可惜价钱太贱，一百块钱买一车。你看我们合作社那满山的千叶佛莲，难道你不心动？

王志刚　蒋书记，你莫打我的主意了，土地是农民的命根，土地不种粮吃什么？土地不种粮是背叛祖宗啊。

蒋书记　种地是农民的本职，中国几千年来农民为土地而生，为土地而战，为土地而死，他们吃苦耐劳，他们老实本分，可为什么有的人富裕了，有的人却还在受穷？

王志刚　我们这里土地贫瘠，道路狭窄。

蒋书记　没有贫瘠的土地，只有不发芽的种。没有狭窄的道路，
　　　　只有狭窄的心胸。我们农民习惯了单打独斗，可现在是
　　　　啥子时代？跟不上时代，我们就做不了农民。

王志刚　我祖辈都是农民，我都当不了农民？笑话！我晓得你要
　　　　来这套。你看看这个。

　　　　【递过包裹。蒋书记一一翻看。

蒋书记　土改证。

王志刚　那是我爷爷他们那辈人用鲜血换来的。

蒋书记　土地承包到户证。

王志刚　那是我父亲那辈人冒着坐牢的风险换来的。

蒋书记　我再给你一本。

　　　　【递过一个绿本。王志刚翻看。

王志刚　土地流转证?！
　　　　我说过，我家的土地不流转。我要自己种庄稼。

蒋书记　流转自愿。我也给你看一样东西。（递过合同）

王志刚　地涌金莲采购合同？一千二百元一棵。订五千棵，定金
　　　　一百万！

蒋书记　你那三亩青菜卖了多少钱？

王志刚　这个，做咸菜肯定能卖好价钱。

蒋书记　我们这块红土地，土质不适合种庄稼，但经过农业专家
　　　　检测，最适合种泰国的千叶佛莲。

王志刚　我们祖祖辈辈在这红土地刨食，居然不知道这里该种
　　　　啥子？

蒋书记　老经验不行了。我们想把种植规模扩大到一万亩，既销

售，又做观赏公园，在林子里养跑山鸡。到时候，吸引城里人来龙洞村观光旅游，吃农家菜、喝龙洞山泉。你可以用土地入股，在合作社来上班，当技术员，按月领工资，年底按股分红。

王志刚　有这么好的事？

　　　　【惊奇地看着蒋，说不出一句话来。

　　　　【帮腔：（嘡）雁鹅高飞靠头领，春风鼓翼向阳行。

众　人　我们跟着蒋书记，脱贫就有希望。

蒋书记　我们还要成立龙洞村生态养殖公司，生产有机农产品，统一标准，统一定价，统一销售，统一品牌，就叫"龙洞鲜"。

村民甲　好。

蒋书记　我们还要建龙洞村网站和龙洞村物流公司，坐在家里就能把农产品卖出去。经村委会研究决定，请王志刚任龙洞村生态养殖公司技术经理。

王志刚　我、我、我，干不了。我要有那个本事就不会成贫困户了。

众　人　干吧，我们相信你。

蒋书记　我们送你去上农业大学。

王龙啸　（上）爸，我们还是同学了。（递过两封信）

王志刚　录取通知书。啊，我儿子、我姑娘都考起大学了。龙啸是农业大学、凤鸣是电子科技大学。

王奶奶　（搂过龙啸、凤鸣亲）我的乖孙子，龙洞村也能养出金凤凰。

　　　　志刚，妈为你骄傲。

王志刚　妈——骄傲啥子哦？折腾几十年了，穷了几十年，现在有政府帮忙，衣食不愁了，心却很苦啊。

众　人　苦啥子？

王志刚　人过中年已奔五，衣服袜子无人补，晚上孤枕睡瞌睡，
　　　　醒来苦闷向谁述。

鸣、啸　我们去帮你把我妈找回来。

王志刚　你们还要去找？记不得上次的教训了？你们还想让我再
　　　　滚下山？

蒋书记　这事交给我来办。

鸣、啸　（期盼地）蒋伯伯，我们先谢谢你了。

蒋书记　我尽力而为。

第五场　寻妻

【时间：2018 年。

【场景：王志刚家新楼，新家具。众人聚集到王志刚家。
鞭炮声响起。

蒋书记　有网络真方便，过去几十年都办不成的事，现在一点鼠
　　　　标就搞定。

王志刚　【被蒙住眼睛上。

　　　　你们搞啥子鬼？

　　　　【蒋书记揭下王志刚的眼罩。王志刚看到了赖玉香，先
　　　　惊奇，后是镇静。

王志刚　赖玉香，是你？

赖玉香	志刚你老了。
王志刚	能不老吗？两个孩子都考上大学了。过来，啸啸，叫妈妈。
王龙啸	（伸手）妈妈——
	姐，快过来。
赖玉香	（端详，泪流满面）儿子！想死妈妈了。
王凤鸣	（跑过去）妈妈。
赖玉香	你是谁呀？怎么叫我妈妈？
王龙啸	妈妈，她是我姐姐，我们是双胞胎。
赖玉香	当初，我只生了你一个。
王志刚	我来告诉大家真相。凤鸣是我和春芳的女儿，龙啸是玉香的亲儿子。
鸣、啸	爸爸，你高兴糊涂了吧？
王志刚	（唱）
	二十年前，往事历历现，
	那一天，志刚我摆摊在城边。
	悲切切，闻婴儿啼哭，
	红彤彤，见襁褓小脸。
	人茫茫，有谁怜悯？
	急匆匆，抱儿回家转。
	是天赐，取名王龙啸，
	两相伴，与凤鸣度华年。
鸣、啸	不可能！
赖玉香	（唱）
	玉香我自酿苦酒二十年前，
	被人弃未婚生子无人怜。

将婴儿悄悄托付王志刚，

独自一人闯荡世界到边关。

二十年收入微薄装富在人前，

内心贫穷无家无口人后泪涟涟。

我儿泪眼汪汪梦里见，

是死还是活呼苍天，

嗷嗷婴儿今相见，

金榜题名成了男子汉。

【帮腔：全靠恩人赤肝义胆。

王志刚　（唱）你们帮的什么腔？

不惩恶正气怎能传？

夸我不如鞭挞那负心女，

赞我不如谴责那狠心汉。

【帮腔：负心郎，狠心娘，都因贫穷做事太荒唐。

赖玉香　志刚，我对不起你。为了脱掉穷皮，我进城当保姆，结果怀上了他的孩子，但他去了国外，我抱着刚出生的孩子被赶上大街，不知道怎么办，回家没有脸见人，想活没能力，想死心不甘。正当我不知所措时，我见到了你。我相信你一定不忘我们曾经的旧情，会帮我养孩子。

没想到，一去就是二十年。今天，我有点积蓄，该回报你的时候了，我决定，为了减轻你的负担，我将龙啸带走。

王志刚　带走龙啸？你早该这样了。

王龙啸　不！我不同意。我已经是成年人了，我不需要别人的照顾。我要跟我爸爸在一起。

赖玉香　你亲爸爸在国外当大学教授。

王龙啸　我的爸爸是农民王志刚，是龙洞村的农民养育了我，龙洞村才是我的家，龙洞村的人才是我的亲人。

赖玉香　儿子，妈妈不是那种无情无义的人。自从我把你偷偷送了志刚叔叔，我就想，等我安排停当，我就回来找你。可是，妈妈一直在为日子奔波，一直没有机会顾及你。我也是奔五的人了，没有什么不好意思，当初跟你现在的志刚爸爸也曾海誓山盟过。如果志刚哥不嫌弃玉香，我愿意跟你结百年之好，共同在龙洞村建设新家园。

【帮腔：但凡两厢愿，缺月该团圆。

王志刚　（唱）

瓜秧断了能够发新芽，

琴弦折绝难牵挂。

如今我已有个家，

心无旁骛只有春芳她。

（白）春芳，你听见了吗？我和两个孩子天天都在梦中喊你。春芳，你看见了吗？女儿多像你，那么漂亮，儿子多像玥星，那么帅。

你不是说农村是有希望的吗？农村不是大有作为的吗？你没有说错，新农村的梦正在实现的。

春芳，如果你还活着，你应该回来，我们会有很多好日子过；如果你不在了，请你在梦中与我相见，我有很多话要对你说，我要把龙洞村的巨变向你讲。你听见了吗？春芳——

王凤鸣　妈妈，今天是你离开我们的第十八年。从我们懂事那天起，每年的这一天，爸爸都要带着我和弟弟折星星，为您送上祝福。为了迎接您回来，我们折了九千九百九十九颗星星。

王龙啸 【从箱子中取出星星，舞台上空突然降下一片星星。

妈妈，你看看吧。

【帮腔：（合唱）

山蓝蓝，水清清，

碧空闪耀满天星，

我们把心儿全寄托，

相爱的人儿梦成真。

蒋书记 志刚，我从网上得到一条线索，十多年前，一位大夫做了一起手术，病人叫郑春芳，她出了车祸，两条腿截肢。

王志刚 她在哪？

蒋书记 据说还没有康复就悄悄离开了医院。

刚、鸣、啸 （合）春芳——

妈妈，你在哪里？

【帮腔：龙洞水长又长，

流不尽的相思寄远方。

尾声　圆梦

【场景：村委会前，春暖花开。

【音效：布谷鸟，流水声。欢声笑语。

蒋书记　赵懒王。

赵一光　蒋书记，莫叫我赵懒王嘛，就叫我大名赵一光嘛。过去，我懒是因为我看不到希望。

蒋书记　现在你看到希望了？

赵一光　看到了，有蒋书记领头，又出钱，我们村就有希望了。

蒋书记　我们村是我领头不假，但钱还是国家在出大头，我出那千万只是一根引火线，国家投入才是炸药包，才能炸阻挡我们脱贫的山；所有在外务工的都回来出一把力才是永不干涸的龙洞沟的泉，最关键的还得靠我们大家。

众　　人　（鼓掌）

蒋书记　这里有五千元钱，赔你的树苗钱。

　　　　【握钱在手口晃，赵一光去抢。

赵一光　钱这东西真是亲切，我得买两瓶酒。

蒋书记　又要买酒？

赵一光　我是说，等脱贫了我请蒋书记喝酒。

蒋书记　（严肃地）赵懒王你！

赖玉香　（上）我这有十万元，是我打工二十年攒下来的。

赵一光　好好好，给我投资。我保证你赚钱。

赖玉香　这钱，我入股龙洞村生态养殖公司。

赵一光　跟我没有关系。

赖玉香　志刚，得签个合同。

王志刚　这么不信任我？

赖玉香　经济社会还是要有契约精神。

王志刚　如果没有信任，扯了结婚证也得离婚；如果没有真情，即使海誓山盟也会分手。

　　　　【大家看着他，笑。

赖玉香　哈哈哈哈，看来，你还在对我们的过去耿耿于怀。签合
　　　　同呢，只是完善一个手续。

王志刚　好，我签。

　　　　【签字后递给赖。

鸣、啸　（后台）爸爸，妈妈回来了。

　　　　【众人齐回头。

郑春芳　【一村民推着轮椅慢慢上。

　　　　志刚——

王志刚　春芳——

　　　　【跑过去抱住春芳。与两孩子一起抱成一团。

　　　　【帮腔：茫茫归乡路，轮椅度春秋。

　　　　　　　　无颜见亲人，岁月付东流。

王志刚　都怨我，我没保护好你。

王凤鸣　你走后，每年过年爸爸都要给你买一双高跟鞋。都在这
　　　　里——（指柜子）

　　　　【郑春芳打开柜子，表情惊讶，二十双高跟鞋。

赖玉香　哇，太漂亮了。

王凤鸣　【取出一双高跟鞋递给春芳。

　　　　妈妈，试试。

郑春芳　【接过高跟鞋先抱在怀里。闭上眼睛。

　　　　人生啊，你为什么那样捉弄人？有脚的时候没有鞋，有
　　　　鞋的时候没有脚。

　　　　【把鞋扔掉。

　　　　用不着了。

赵一光　【捡起鞋，拍了拍。

　　　　不要？给我，给我，等我找到了婆娘，就送给她。

王奶奶　【夺过鞋。

　　　　没有脚也要走好路。残不是废的理由，穷不是懒的借口。

　　　　【递鞋给春芳。

　　　　没有脚，还有手，蛇没有手没有脚都能活。你还有我们。

蒋书记　春芳，做一副义肢。我来出钱。

郑春芳　谢谢蒋四哥。

众　人　好，春芳可以站起来了！

赵一光　蒋书记，我还是一个光棍，你能不能跟政府反映一下，帮我也找一个？

蒋书记　你？就大白天回家睡个觉，去做梦吧。

　　　　【帮腔：种下梧桐树，凤凰自会来。

王志刚　乡亲们，我们龙洞村生态养殖公司有政府投入的三十万启动资金，加上玉香入股的十万元，我们的公司现在就可以开张了。

赵一光　啊，这么多钱，分了吧，我们村共四十个贫困户，每户能分一万元，马上就脱贫了。

王志刚　你呀，还是叫赵懒王算了。

赵一光　看来，我是脱不了贫了。

众　人　哈哈哈哈！

赵一光　我也是有自尊心的人。我要是再懒，你们就罚我三碗酒。

众　人　哈哈哈哈！脱不了贫，一辈子不许你喝酒。

赵一光　酒是我的命。如果能脱贫，我就不要命了。

众　人　好！说话算数。哈哈哈哈！

　　　　（合唱）

重逢更懂分别的苦痛，
脱贫唤起致富的冲动。
哭过笑过爱过散过挣扎沉沦，
只要青山在就有不碎的梦。
我的梦，好心动，
有人爱，有人懂，
不再栉风沐雨为温饱，
不再起早贪黑寻家用。
踏平那自卑怯懦望山外，
迎春日柳暗花明舞彩虹。

（注：发表于《大舞台》2017 年第 1 期）

石工号子

（音乐剧）

时　　间：民国初年和现代。

地　　点：四川安居。

人物表：陈国强，老石匠。

　　　　　方豪杰，小石匠，外号"方脑壳"。

　　　　　陈小缘，陈国强的孙女，雅号幺妹。

　　　　　陈志义，方豪杰的孙子。

　　　　　刘县长、乡长；十二名师兄，十二名嫂子；军官。

序

【静场。静光。人声。

领　天上你明晃晃，

众　地下水卤迊；

领　左边一朵花，

众　顺手摘掉它；

领　天上的鹞子飞，

众　地下是一大堆；

领　两板夹一缝，

众　踩桥莫踩空……

【开场曲。

千年手艺一声叹，

一杆烟枪相陪伴。

悠悠岁月几许暖，

号子回荡天地间。

【时间：现代。

【地点：城市。

【场景：必胜客（Pizza Hut）、哈根达斯（Häagen-Dazs）、苹果公司（Apple）、三星（Samsung）、百威（Budweiser）、宝马（BMW）、星巴克（Starbucks），雅诗兰黛（Estee Lauder），宜家（Ikea）、希尔顿（Hilton）和劳斯莱斯（Rolls－Royce），好莱坞环球影城等店招醒目，流光溢彩。

一群黄皮肤的男女青年，染成黄头发、绿头发、红头发，穿着当今流行的乞丐装，打着苹果手机，吃着肯德基，在嘈杂的西方流行音乐中低头看着微信，表情各异，匆匆走过。

曲　一　（流行音乐）太阳落坡坡背黄

（RAP）从小吃的柴火鸡坨坨鱼，不如哈根达斯肯德基

好吃地球人都是知道的，

太阳落坡坡背黄，

那边有人在找郎，

（RAP）吧？必胜客、星巴克，一生只想身在异乡做异客。

找郎莫找杀猪匠，

熬更守夜命不长，

（RAP）吧？巴适得板，走在大街心中好亮堂，只有傻瓜才回乡当石匠。

情愿找个打石匠，

有人喊你做师娘。

吧！

【现代人的喧嚣浮躁，对传统文化的不屑，人们满眼只有孔方兄。繁华与喧嚣之后，灯光慢慢聚焦到四川中部的边远的农村山沟，这是现代对传统的挤压，但不论如何逃离，人们内心深处还是不自觉地流露出对传统的眷恋。一位盲人石匠，戴着墨镜，手持铁锤、钢钎修着磨盘。旁边放着长烟管。

方豪杰 【静静的舞台一角。（老年）非遗音乐，低声吟唱。

情愿找个打石匠，

有人喊你做师娘。

陈小缘 （老年）算了吧，方豪杰，民国三十年，你倒插门到陈家沟，那一年我十七岁，等了七十年，也没有哪个叫我一声师娘。㖞！

方豪杰 （得意地）该留的一定会留。别急。

后　台 （年轻女声）走不走？不走，我走了哈！

陈志义 【背着包袱二。

爷爷、奶奶　我走了哈！

方豪杰　【陈小缘打着扇，方豪杰拿起烟管，深深地吸了一口，哀求的眼神看着男青年。

男人是得有个手艺，没有手艺何以为生？

陈小缘　该走的一定会走。切！

陈志义　爷爷、奶奶，等我找到了事做，就来接你们进城哈。

【说完，头也不回，走了。

方豪杰　（忧伤地）走吧，走吧，都走吧。（望着远方，摇头、苦笑）

陈小缘　方豪杰——手艺也会老的，老了就没有人要了。

方豪杰　唉！

【铁锤、钢钎敲打出的"叮当"声。"嗨咗、嗨咗、嗨咗"声隐约响起，把观众带到了几十年前。

【收光。

第一场　求龙拜凤

【光启。

时间：20世纪40年代。

地点：凤凰山石场。

【音效：铁锤、钢钎的敲打声由远及近响起，隐约的开山石工号子响起。音乐酣畅阳刚。

【场景：一群石匠正在劳作，举锤、拗石、打石头。

曲　二　离不开石头

陈小缘　（青年）

　　　　　幺妹送饭走路忙，

　　　　　石板石弟路亮堂。

　　　　　漫山鲜花心不动，

　　　　　满眼石头却欢畅。

　　　　　自幼住在石头房，

　　　　　石柱石板围成墙。

　　　　　石凳石桌谈天地，

　　　　　石锅石灶煮三江。

　　　　　石磨石碾出美味，

　　　　　生死相依天地长。

　　　　　（白）安居人家，哪个离得开石头和石匠？

方豪杰　【青年方豪杰背着包袱行色匆匆。两人相遇，四目相对。
　　　　　小大姐，凤凰山石厂咋个走？

陈小缘　哼！不告诉你。

　　　　　【陈小缘羞涩地快速跑下，方豪杰发呆。不知陈小缘已
　　　　　经走远。

方豪杰　敢问芳龄几何？

　　　　　【忍不住回头。三嫂子上。

三嫂子　看啥子看？

方豪杰　哦，大嫂，请问凤凰山石厂咋个走？

三嫂子　跟到她撵。

方豪杰　哦。

三嫂子　转来哟，你这娃娃，谢都不道一声啦。

方豪杰　谢谢大嫂。【下。

三嫂子　神戳戳的。【下。

曲　三　开山号子

　　　　　　开山啰——

　　　　　　嗨吆嗬——嗨，嗨吆嗬——嗨！

　　　　　　安居望龙潭，

　　　　　　隔水凤凰山，

　　　　　　凤凰山下陈家沟，

　　　　　　陈门弟子供奉祖师是鲁班。

　　　　　　凤凰起舞乌云散，

　　　　　　铁锤敲开沉睡的山。

　　　　　　双手老茧记载千年的故事，

　　　　　　挺直的脊梁万年不弯。

　　　　　　手艺似那琼江水，

　　　　　　星移斗转永流传。

　　　　　　嗨吆嗬——嗨，嗨吆嗬——嗨！

　　　　　　【地点：凤凰山雕刻石厂。

　　　　　　【抬罢石料，擦汗调侃，转入细工场，三师兄雕龙，音
　　　　　　乐伴奏声中众汉子或围观，或自行其是。

三师兄　李二哥。

大师兄　嘘！师父交代，大乱之年躲壮丁，莫喊真姓名。

　　众　是，大师兄，给我们派活路嘛。

大师兄　刘大妈的年年有鱼——二瘸子。

二师兄　好。

大师兄　李大爷的多子多福——三疯子。

三师兄　是。

四师兄　观音菩萨——你。财神菩萨——你。

　　众　我们呢？

大师兄	八仙过海，自己选。
众	要得，摸到活路干起来。【舞蹈
曲　四	绣花的石匠
	绣花石匠，安居鲁班，
	哼哼唱唱，半人半仙；
	放飞金凤，一片云天，
	唤出祥龙，百丈碧潭。
	祈祷千家，万户平安，
	寒来暑往，我不等闲。
	【陈国强与刘县长上。
刘县长	二月二日龙抬头，遂宁县天上街的龙王庙修缮落成。四海龙王就仰仗你们凤凰山了。
陈国强	刘县长顺应天道为老百姓祈福功德无量，我陈家自然义不容辞。
刘县长	为了百姓，我想按规矩向着凤凰山拜上一拜。
陈国强	刘县长不必拘礼。
刘县长	一定要拜。
	【拜山。
刘县长	陈三爷留步，本县就告辞了。
陈国强	恭送刘县长。
刘县长	对了，这是游方道士捐化的善款。
陈国强	这，不不不……
刘县长	呃，恭请四海龙王要的是心诚，推来推去会败了灵验。
陈国强	多谢刘县长。
	【飞机声从头上响过，众石匠仰望，定格。刘县长锁眉望天空，面对石匠汉子，若有所虑，一声叹息下。

众　　　师父？

陈国强　做活路。

　　众　　是，师父。

　　　　【陈国强下。

四师兄　我们这个山沟沟，天高皇帝远，鬼都不拉屎，日本鬼子
　　　　跑到这里来干啥子？

大师兄　龟儿子背得有炸弹。

四师兄　到这里下啥子蛋嘛？

众石匠　啥子下蛋？是炸弹！

三师兄　啥蛋也下不到这里来，就算下起来，我们陈家有手艺，
　　　　有活路儿，管他捞球。

大师兄　懂个屁！师父说，覆巢之下焉有完卵。

七师兄　三师兄，啥子叫完卵？

众石匠　就是没有坏的蛋。

七师兄　三师兄你算不算好卵蛋。

众石匠　哈哈哈哈。

三师兄　你几个才算卵蛋。

　　　　【说着玩笑动起手来，气氛活跃相互拉扯对方的裤子，
　　　　三师兄裤子被忽然扯掉一块。

陈小缘　喂——开饭了。

七师兄　快，幺妹来了！

　　　　【陈小缘上。众人尴尬，遮遮掩掩。

大师兄　幺妹来了。

　幺　妹　一个个拉起张脸做啥？不想吃是不是？

大师兄　莫闹了！幺妹要生气了。

众石匠　高兴点！大师兄心疼了。

大师兄　惹幺妹生气。你们不想学了？

三师兄　哪个敢惹幺妹？

众石匠　哪个在惹吗？

陈小缘　你！你！你！

　　　　【取出烧饼塞到石匠们嘴里。

众石匠　幺妹——好香！

　　　　幺妹——好甜！

　　　　幺妹——好巴适！

　　　　【见一个个没动嘴。

陈小缘　哼，不吃是不是？

　　众　哎呀幺妹，我们不饿。

幺　妹　你们等着。

众石匠　幺妹，你要干啥？

幺　妹　我回去告诉嫂子些，说你们欺负我。

众石匠　幺妹儿——要不得。

陈小缘　要得、要得、就要得。

曲　五　妄自一群昻儿汉

　　　　妄自一群昻儿汉，

　　　　装疯迷窍太迂翻。

　　　　一日三餐费力气，

　　　　洗碗刷锅手发酸。

　　　　嫂子们，

　　　　缝衣浆裳件件苦，

　　　　幺妹我，

　　　　跑腿送的碗碗鲜。

　　　　我收起饭桌去喂狗，

不吃不喝让你变神仙。

饿得你们个个脚发软。

让你去叫地，让你去喊天。

【生气地要收碗。

众　　　　幺妹、幺妹，逗你的。

四师兄　　（背语）我早就在唱卧龙冈了。

二师兄　　不好，有人在偷看。

众石匠　　抓住他——

大师兄　　回来。

【手势商量，三师兄带人正要下。

陈小缘　　回来。

三师兄　　幺妹啥事？

陈小缘　　尻（沟）子都露出来了！

三师兄　　唛？

众　　　　哈哈哈哈……

陈小缘　　等会乡长来看到，我看你哪个下台？

大师兄　　乡长要定飞天祥龙，现在一点眉目都没有。你们还笑得
　　　　　出来？

众　　　　乡长？本来就没想给他。嘴巴两张皮，简直就是白
　　　　　嘴猫。

四师兄　　前天赶青龙场，他还赊了幺妹半斤泥脚杆花生。

三师兄　　专门打刮刮，这种人，老子做好了也不得给他。

幺　妹　　嘘，乡长来了。

【幺妹下。众人下，各干各活。

曲　六　　骂人不揭短。

乡　长　　（上）开山大锤硬斗硬，

顺水小舟弯倒弯。

伸手不打笑脸人，

石匠骂人不遮拦。

公然说我白嘴猫，

扯谎捏白嘴又馋。

平日里，指拇长来袖子短，

何不知，分钱憋死英雄汉。

【取出酒瓶喝一口。随从讨好快速递上下酒菜。

乡　　长　泥脚杆花生，你娃懂规矩了。

随　　从　乡长不是说泥脚杆花生下老白干，合起嚼来，有夹沙肉

味道儿。

乡　　长　嗯嗯，夹沙肉，夹沙肉。

随　　从　乡长放心，包管给你八方赊。

乡　　长　赊？妈哟。四十岁才混他妈个乡长，凭着老爷的才学，

混个县长也算是屈才；想来是我命背？六月初三问了

香，山中一位道人指点，要我在乡公所摆上一对飞天祥

龙做门墩。不出一年定能腾达。下得山来，石匠陈三爷

那里跑了好几趟，可陈家石匠些总是隔着门缝看本人。

今天，要让他们晓得，凤凰乡本乡长不缺钱。哪来的？

是征（捂嘴）……真不给你们讲。

【神气地摸出钱袋子晃，递给随从，摆起身价。

众石匠　乡长来啦？

【乡长示意随从亮钱。

众石匠　哈哈哈哈——

乡　　长　你们，你们笑啥子，这是啥东西？看清楚！

众石匠　乡长，泥脚杆花生。

【一把夺过。

随　从　整拐了。

乡　长　【把钱袋朝大师兄扔过去。

　　　　拿倒。

七师兄　（抢先）钱。

乡　长　对，看清楚，现大洋。

　　　　【石匠们对乡长投去怀疑的目光，暗自打量。乡长感觉良好，洋洋得意。

三师兄　（取出一个，吹）咂，当真是现大洋。

乡　长　有钱能使磨推鬼。

众石匠　利字当头义为先。

乡　长　我白——白嘴猫，呸（打自己一个嘴巴），本乡长不是白嘴猫。

　　　　东西呢？

众　　　啥东西？

乡　长　飞天祥龙。

大师兄　乡长，交了钱总要给个时间嘛。

乡　长　咂，你们石匠说话也不算数嗦？

　　　　【幺妹随爷爷上。

陈国强　（上）算数！我陈家言必行，行必果。

大师兄　师父……【示意钱。

陈国强　既然立约，好久要货？

乡　长　黄道吉日，七月二十九。

随　从　对，七月二十九。

陈国强　那就，那就半个月交货。

众石匠　师父。

乡　　长　　要是半月之内拿不到……

陈国强　　我陈家石场任你发落。

乡　　长　　陈国强——陈三爷，这话是从你口里出来的，我信，我
　　　　　　信了。但是不过又然而，半个月我要是拿不到货，我这
　　　　　　个乡长不佀封你的场子，还要让十里八乡都晓得你陈国
　　　　　　强才是真正的"白嘴猫"。告辞。

陈国强　　乡长慢走。

　　　　　　【乡长下。

众石匠　　嗯！

众石匠　　半个月？师父。

陈国强　　我自有阵仗。明天一早，备料开工。

众石匠　　是。

第二场　　偷经学艺

　　　　　　【时间：七月十五。

　　　　　　【地点：凤凰山石厂。

　　　　　　【众嫂子忙碌做饭。十二媳妇包粽子，为赖以生存的陈
　　　　　　家行业祈福。

曲　　七　　"粽"情歌唱
　　　　　　　琼江水，清又清，
　　　　　　　端阳粽子甜抿抿。
　　　　　　　手儿裹来眼儿望，

心心相念求太平。

陈小缘　哇，这么多好吃的。

曲　八　安居美食

陈小缘　柴火鸡、坨坨鱼，

又香又糯没法提；

酸酸的坛子肉带着皮，

一口咬下油珠珠往下滴；

五二四红苕不剥皮，

（白）五月栽，二两重，四寸长，这个可爱珠儿啦，一口咬下去。

（唱）巴到心坎，烫得好安逸。

【陈小缘伸手抓食物，被嫂子打手。

【众石匠抬着石头。方豪杰上，听见号子声，躲藏……

众石匠　重开青石化祥龙。抬起！

曲　九　抬石歌（川中石工号子）

众石匠　嗨——嗨——嗨咗、嗨咗、嗨那个咗，嗨那个咗咗。

男人是座山，

道义铁肩担；

不怕千斤重，

就怕脚走偏；

嬉笑怒骂天下事，

双眼向前看。

嗨——嗨——嗨咗、嗨咗、嗨那个咗，嗨那个咗咗。大师兄，小心！

【方豪杰跟在众石匠身后偷学技艺。

大师兄　天上你明晃晃，

众石匠　地下水凼凼；

方豪杰　地上有水。

大师兄　左边一朵花，

众石匠　顺手摘掉它；

方豪杰　路左边有桠枝，叫后面左边的石匠顺手摘丢。

大师兄　天上的鹞子飞，

众石匠　地下是一大堆；

方豪杰　地上有一泡牛屎。

大师兄　两板夹一缝，

众石匠　踩桥莫踩空；

方豪杰　上桥了，不要踩空了。

大师兄　七月半，

众石匠　鬼乱窜；

方豪杰　这是啥子意思？

大师兄　前头一朵梅花开，

众石匠　后面有条狗跟来。

方豪杰　（回头）后面有条狗跟来？没有呀。

　　　　【转至陈家祠堂边，立即放下抬石，齐回头。

众石匠　就是你！

方豪杰　我？

大师兄　偷师学艺，

众石匠　坏我行规。

大师兄　咋办？

二师兄　刺瞎双眼。

方豪杰　刺瞎双眼？

三师兄　除非改名换姓。

方豪杰　改名换姓？

二师兄　你回头看，这是啥地方？

方豪杰　祠堂。

二师兄　这是我们陈家的祠堂。

方豪杰　啥意思？

二师兄　跟师父姓"陈"，就要在祖宗面前，三叩九拜行大礼。

大师兄　改姓做石匠——说得轻巧吃根灯草，他这种东西师父
　　　　会要？

　　　　你晓不晓得啥子人才能当石匠？

方豪杰　我啷个晓得呢？

众石匠　嘴还犟，听倒！

　　　　【一把将方豪杰抓住，玩弄教训，你推我搡，边讲边
　　　　羞辱。

　　　　【方豪杰被弄得晕头转向。

曲　十　石　匠

大师兄　石匠石匠，

　　　　筋炸骨响；

　　　　站起是座山，

　　　　躺下是道梁。

　　　　夜路不怕鬼，

　　　　阴间斗阎王。

众石匠　石匠石匠，浑身力量；

　　　　站起是一座山，躺下是一道梁。

大师兄　（白）这小子贼眉鼠眼，骨瘦如柴，怎能当石匠？

众师兄　爬远些哟。

大师兄　听嫂子说，陈小缘送饭被他娃碰见，看见我家幺妹他眼

睛定起，连魂都丢了。

三师兄　这叫啥？

众石匠　癞蛤蟆想吃天鹅肉。

大师兄　把脑壳给你想偏了。

二师兄　咹个办？

大师兄　按规矩，刺瞎眼睛，把他赶出陈家沟。

【年轻人被绑上，陈国强上。

陈国强　到这里干啥？

方豪杰　过路。

陈国强　屋头有些啥人？

方豪杰　孤儿。

陈国强　哪里的人？

方豪杰　打破砂锅问到底噻，关你们啥事？

众石匠　敢嘴犟。

陈国强　告诉你，我隔土能看花生，你就是不说我也晓得。

方豪杰　冲壳子。

陈国强　冲壳子？你是重庆南山的人，是不是？

方豪杰　是又怎样，三两棉花去纺一下，本人南山长大，好久怕
　　　　过事？

【陈国强与大师兄耳语后，转身下。

大师兄　弄。

【后台端上一碗酒，二师兄喝一口朝一根錾子喷了一口
　　　　酒，端送到方豪杰嘴边。

大师兄　年轻人，蛇有蛇道，行有行规，莫怪我心狠手辣。来，
　　　　喝一口，淉一下肚，就不晓得疼了。

陈小缘　（上）住手！

二师兄　陈小缘，这是规矩。

曲十一　规矩

陈小缘　太阳出来照山坡，

　　　　东边起嘛西边落。

　　　　长大的妹娃要出嫁，

　　　　羽丰的鸟儿要出窝。

　　　　使劲的石匠喊号子，

　　　　枝头黄鹂好唱歌。

　　　　规矩都自天地出，

　　　　哪有戕害降灾祸？

　　　　学艺不成情谊在，

　　　　广洒甘露花儿多。

大师兄　幺妹，唱得有道理，但，规矩是祖师爷定的。

二师兄　违背规矩就是大逆不道。

三师兄　违背规矩就是不忠不孝。

众师兄　违背规矩就要天诛地灭！

陈小缘　规矩不能害人！

大师兄　小子，不刺瞎眼睛也可以，你去跪求我家师父，改名换
　　　　姓就可以。

方豪杰　来吧，老子坐不改名，站不改姓。

众师兄　咄，他还有点像个石匠。

三师兄　（上前看他的头）哇，这小子脑壳上有三个旋。

众师兄　难怪比牛还犟，比鬼还精，文钱没得，死爱闹热，今天
　　　　碰到规矩，该你倒霉！

陈小缘　他又不懂这规矩。

方豪杰　我懂！

陈小缘　懂个屁，嘴壳子硬。

大师兄　幺妹，这不能怪我们。他是懂规矩的。

　　　　【取出錾子朝方豪杰的眼睛慢慢刺去。音乐紧张而起。

陈小缘　【上前制止。

　　　　师兄，爷爷讲，石头那么硬，都有菩萨心肠，你们不能这样！（众石匠拉住陈小缘）

二师兄　来，行规矩！

　　　　【后台：乡长驾到！（乡丁随乡长上）

乡　长　（鼓掌）好好好，没有规矩不成方圆。陈家沟石匠个个懂规矩。

众石匠　呃，乡长最明白！

大师兄　乡长，你是来要货的？

乡　长　不要货，要人。

大师兄　半个月未到，这个不是我们不懂规矩。

乡　长　这是小规矩，我今天讲的是大规矩。

众石匠　什么规矩？

乡　长　天下兴亡——

大师兄　呃呃呃，乡长，一手交钱一手交货，哪个扯哪个远咯。

　　　　【飞机马达声响起，由近及远。

乡　长　远？听到没得？你们难道不晓得天下兴亡之理？

大师兄　呃呃呃，乡长莫说那些，石匠不识字，从小看川戏；台上有道理，哪个懂不起。

众石匠　天下兴亡，匹夫有责。

乡　长　那就对了——现在而今眼目下，前方战事吃紧。蒋委员训令："地不分南北，人不分男女，全民抗战。"陈家沟的石匠个个懂规矩，人人深明大义，理当成为我党国之栋梁。所以今天……

大师兄　乡长！这个我们做不了主。

三师兄　（机灵地一转眼，从二师兄手里接过酒）嘿！乡长运气
　　　　好，来来来，睁开你的眼。

乡　长　睁啥子眼。

三师兄　慧眼。

乡　长　慧眼？睁开做啥子哦？

三师兄　慧眼识英雄。

乡　长　英雄？

三师兄　看！我家老幺，仪表堂堂，虎背熊腰。我等兄弟正为他
　　　　办壮行酒。喝完这酒碗，你马上送他见阎王，（众人笑）
　　　　哦，上战场。

众师兄　（如梦方醒）就是，就是。

三师兄　来，兄弟，人生一世，义气二字。呃，到了行伍那个堂
　　　　口要先去拜码头，莫要给老子们拉稀摆带。

　　　　【乡长上前打量，幺妹打岔。

陈小缘　乡长，钱拿来。

乡　长　啥子钱？

陈小缘　上次赶望龙场你欠我的泥脚杆花生钱。

乡　长　搁到哦！
　　　　茄子不开假花，石匠不说假话。
　　　　（指着年轻人）他这叫虎背熊腰？这叫仪表堂堂，嗯？

陈小缘　就是。干精精瘦壳壳，一顿要吃八钵钵。送去当兵，吃
　　　　垮将军。

乡　长　本乡长裁定——陈大、陈二、陈三、陈四、陈五、陈
　　　　六、陈七、陈八、陈九、陈十、陈十一、陈十二石匠光

荣成为国民革命军十二军十二师十二旅十二团十二营十二连十二排十二班战士。

四师兄　我是瞎子。

五师兄　我是聋子。

六师兄　我是哑巴。

众师兄　乡长，我们都有残疾。

陈小缘　对对对，乡长，泥脚杆花生就算我们送给你啦。

乡　长　没吃完！为了党国，还给你。

　　　　【将泥脚杆花生递给幺妹，石匠们忍不住笑。

　　　　好了，我这点嗜好就戒了，现在而今眼目下，外敌当前，关系亡国灭种，哪个再装聋作哑，他就是国家的罪人。本乡长早就发现，你们在这里躲壮丁！

三师兄　我真是疯的。

二师兄　我真是瘸的。

四师兄　我真是瞎的。

七师兄　我真的屁股痛。

乡　长　话都说到这份了，如果还要装，那就真是装屁股痛了。

众师兄　（嘲笑）那，你咋不去？

陈国强　（上）咳！

众石匠　【立刻站好。毕恭毕敬。

　　　　师父！

陈国强　是啊，乡长，你咋不去？

乡　长　自古乱世出枭雄。

众师兄　（不相信）——白嘴猫儿，是不是又想吃壮丁钱。

乡　长　本乡长也算得一方豪杰，笑话。

陈国强　乡长，你就莫说笑话了，你的心思我晓得。今天，你就把这对飞天祥龙抬走吧，不耽误你。

乡　长　耽误我啥？

陈国强　升官发财呀，不过，话要说在前头。

乡　长　啥话？

陈国强　它是我陈门开山之祖亲手所錾，先宗古法，鲁班造化。陈门石匠的镇山之宝，自古以来千金不换。

乡　长　莫开玩笑。

陈国强　说到做到。

大师兄　师父当真？

陈国强　你不当真，今天乡长就要给你当真。

众石匠　【众石匠跪求。

　　　　人在宝在，师父，镇山之宝，谁也不能抬走！

陈国强　道义！诚信！老大老三！

两师兄　师父！

陈国强　抬走吧。

众石匠　师父，师父……

陈国强　你们——

众石匠　我们死也不让他抬走。

陈国强　都给我站开！

众石匠　师父。

陈国强　乡长大人。

乡　长　三爷，你听我说。

陈国强　不说了，只求乡长大人到时候高抬贵手，到时，让我陈家赎回命根子，抬走。

　　　　【陈国强不忍再看，挥手让弟子们抬走……飞机轰鸣声，由远及近。

大师兄　　师父！

　　　　　　【将师傅扑倒！一声巨响，尘烟飞起。陈国强奋力起身，
　　　　　　惊呆了。

陈国强　　（痛苦地）飞——天——祥龙！我的镇山之宝！

　　众　　师父！

乡　长　　我今天不是来取飞天祥龙的，我是来找壮丁的。

陈国强　　老子晓得。

大师兄　　师父，我愿去。

三师兄　　我愿去。

众石匠　　我们愿去。

乡　长　　说了半天你们不信，这下信了嘛，日本人都弄到家门口
　　　　　　来了！

　　　　　　【陈国强看着被毁的传家宝和灰土蒙面的弟子。

陈国强　　乡长，我陈家只留一半做种，杀敌报仇，陈家出一半！

大师兄　　师父，我去！

三师兄　　我去！

众师兄　　我去！

陈国强　　不要争了，老规矩。

大师兄　　划拳。

三师兄　　抓阄儿。

众石匠　　甩骰子。

乡　长　　不要闹了，陈国强，覆巢之下焉有完卵，留一半有啥用？

陈国强　　你总要给我留几个种嘛。

乡　长　　留种？留种好当亡国奴？

陈国强　　我不管。

乡　长　　陈三爷，陈国强，你想留种，是乡长我体谅，可是你们

陈家是安居的石匠行。石匠行道都如此，我咋个向父老
交代，咋个给上峰交代，要是有朝一日真的当了亡国
奴，我们咋个给子孙交代，咋个去见皇天之上的列祖
列宗？

【又是飞机轰鸣，人人横眉冷对，个个义愤填膺。大师
　兄、众师兄、方豪杰抄家伙。

大师兄　他妈的。

【一阵呼啸之后的巨响，顿时场面混乱，火光冲天，尘
　土飞扬，陈氏祠堂坍塌，"鲁班传世"匾额在硝烟中隐
　隐可见摇摇欲坠……列祖列宗的牌位一地狼藉。陈国强
　满脸苍白，神情无主，战栗不已。

陈国强　列祖列宗——后生不孝哇！

众石匠　（气愤地）狗日的小日本！

曲十二　天下兴亡匹夫担

陈国强　天不欺善你杀善，

　　　　人善人欺怒冲天。

　　　　高举铁锤杀盗贼，

　　　　天下兴亡匹夫担。

陈国强　乡长，国难当头，我陈家一门——

大师兄　保家卫国，杀尽日寇！

众师兄　保家卫国，杀尽日寇！

乡　长　本乡长将与陈家壮丁一起，同赴战场，冲锋陷阵，奋勇
　　　　杀敌！

陈国强　乡长，这帮娃娃就交与你了。

乡　长　国民革命军十二位陈家沟战士！

众师兄　到！

方豪杰　乡长——还有我。

乡　长　你？再吃几年白米干饭。

方豪杰　乡长！

陈国强　往下站。

乡　长　来人，通颥本轮壮丁会合乡公所，即日开拔，奔赴
　　　　前线！

　　　　【乡公所哭声一片，又现唐朝"咸阳桥"。陈门媳妇牵衣
　　　　不放，话凥无语，"三娃子""他爹""七哥""三
　　　　舅"……

　　　　【陈国强取出钱袋。

陈国强　乡长，把这个带上。

乡　长　陈三爷，这是买壮丁的钱。

陈国强　哦——用不着了，留着你们路上当盘缠，就算我陈
　　　　家……

乡　长　请陈三爷庶心，本乡长——绝不给安居丢脸！白嘴猫关
　　　　键时候雄得起。

陈小缘　乡长，这个也带上。

乡　长　泥脚杆花生，幺妹呐——回来再吃吧，再不赊账了。

陈小缘　乡长，把我的哥哥们都带回来。

　　　　【媳妇们的哭声，动人心扉。

　　　　【军号隐隐，幺妹急急，一一嘱咐，依依难舍，泪湿
　　　　衣衫。

曲十三　哥哥你慢慢走（小媳妇十二人和陈小缘）

众　女　哥哥你慢慢走，

　　　　幺妹的话凥没说够。

陈小缘　哥哥你累了莫坐冷石板，

哥哥你饿了要啃热馒头，

哥哥你瞌睡莫睡当风口，

哥哥你赶路要向大路头，

哥哥你走小路要打草把蛇赶，

免得咬到鲜血流。

众　女　哥哥你慢慢走，

幺妹的话儿没说够。

陈小缘　你走后，哪个来穿我做的新布鞋？

你走后，哪个来吃我煮的坛子肉？

你走后，有人欺负哪个来庇佑？

你走后，爷爷想你哪个经佑？

你走后，那么多的石头哪个抬得走？

众　女　哥哥，你慢慢走，

哥哥，你慢慢走……

【陈小缘跌倒，方豪杰扶起陈小缘。

众　哥哥——慢慢走。

第三场　拜师入门

【时间：一月后。

【地点：凤凰山石厂。

【场景：陈国强在打石头，方豪杰跟着幺妹上。

方豪杰　幺妹，我有点怕。

陈小缘	爷爷心肠软，你只要扭倒不放，他就会开口。
方豪杰	扭倒不放？
陈小缘	想不想学？不学我就不管了。（要走）
方豪杰	呃呃呃，我想学。
陈小缘	记倒哈，扭倒不放。

【方豪杰上前跪下。陈小缘偷看。

方豪杰	师父。
陈国强	莫乱喊！
方豪杰	师兄们走了一个多月，粗活细活你一个人累，我想——
陈国强	你想干啥？
方豪杰	拜师。
陈国强	莫乱想，你不是说坐不改姓站不改名吗？
方豪杰	为学手艺，我愿意。
陈国强	你愿意，你愿我不愿。
方豪杰	为啥？师父。
陈国强	莫乱喊。

【方豪杰没撤，看幺妹，幺妹示意"抓倒"。

方豪杰	师父。
陈国强	给你说莫乱喊。
方豪杰	我想喊。
陈国强	你歪、你恶，吃核桃不吐壳。你是长了三个旋的人，又犟又精，我咋个教得下你，我的方大少爷。
方豪杰	师父你晓得我姓方？
陈国强	我还晓得你有个绰号叫"方脑壳"（四川方言，即不转弯，一根筋），你爹——
方豪杰	我爹？

陈国强　你爹还拜我做干爹，你说为啥？

方豪杰　为啥？

陈国强　他是条汉子，待人谦和，做事踏实，英勇北伐，血洒疆场，一身正气，你呢？

方豪杰　我？

陈国强　偷鸡摸狗，争强好胜，还想学手艺？门都没得。

　　　　【陈国强起身，幺妹示意"扭倒"。方豪杰一把抱住陈国强的腿不放。

陈国强　松手。

方豪杰　不。

陈国强　给我松手。

方豪杰　不。

陈国强　我叫你松手。

方豪杰　不松。

陈国强　嘿，吃屎的把拉屎的马倒喃？你是蚂蟥缠到鹭鸶脚。

陈小缘　（赶出来）爷爷，这就是你不对了。

陈国强　哪个喊你多嘴的，废话少说。

陈小缘　要说，要说，就是要说！祖上规矩，传男不传女，传内不传旁，好不容易碰到个愿意改姓陈的娃儿，你又不传。现在的陈家沟，村村关门闭户，处处草枯人稀，爷爷呀，你的手艺等到跟你去天堂。

陈国强　好好好，算爷爷拗不过你，那你先问他，问他为啥要学手艺？

陈小缘　你为啥要学手艺？

方豪杰　（叩头）我母亲说了，学艺不成打一辈子单身。

陈小缘　哼哼。

陈国强　笑啥子笑！没得手艺——就打光棍儿，家规还行！

方豪杰　母亲临终时，叫我来凤凰山的。

陈国强　偷鸡摸狗不争气，我问你。

陈小缘　爷爷，你不是喊我问得嘛？

陈国强　啊，是喊你问啦，不但要问，还要给我问清楚。

陈小缘　好，（正要问）爷爷，你喊我问啥子呢？

陈国强　你问他错在哪里，认不认错？

陈小缘　我来问你，错在哪里，认不认错？

方豪杰　不守规矩，偷师学艺——错了；

　　　　犟嘴任性，死不改口——错了；

　　　　骨瘦如柴，不像石匠——错了。

陈国强　骨瘦如柴不怪你，连年兵荒马乱，到处忍饥挨饿。

　　　　犟嘴任性，偷鸡摸狗改不改？

方豪杰　我改我改我改。

陈国强　你给我记倒，做男人要有三宝：一要有副好身子，二要
　　　　学门好手艺，三要存点私房钱。

陈小缘　爷爷，为啥要存私房钱？

陈国强　男人家的事你莫管，做饭去。

陈小缘　是，莫管。【翻白眼下。

陈国强　男人在外，身上没钱，要丢自家女人的脸咯。

　　　　记倒！

方豪杰　记倒，记倒，一定记倒，师父收我啦？

陈国强　撇脱，不懂规矩。

　　　　要行拜师大礼。

方豪杰　大礼？

陈小缘　看你吓得，这老头吓你的，他是在考验你。

陈国强　住嘴，你个死女娃子，哪个哄他，我堂堂的……

陈小缘　堂堂的爷爷大人，（神秘地）你和大师兄说的话，我都
　　　　听到了。

陈国强　你这个鬼丫头。

陈小缘　（悄悄地）你放心，我没有给他说。

陈国强　格老子原来——

陈小缘　快喊师父。

方豪杰　（嘶声长叫）师——父——

　　　　【真情溃堤，响彻天际，荡气回肠，伏地不起，乐声中
　　　　雷电作证，济济一堂，行拜师大礼。

　　　　【收光。

　　　　【光启。

　　　　【硝烟弥漫，炮声隆隆，枪声此起彼伏。乡长和十二名
　　　　石匠满身鲜血和尘土。

乡　　长　大师兄，子弹打完了，还剩最后一颗手榴弹。

大师兄　狭路相逢勇者胜，操家伙。

众石匠　是。【乡长和十二名石匠操起铁锤、钢钎冲向敌阵，悲
　　　　壮的音乐响起。铁锤向鬼子们的头上砸去。

　　　　【收光。

曲十四　切磋琢磨

方豪杰　錾尖火花长长久，

　　　　有了手艺不用愁；

　　　　一生只做一件事，

　　　　浮雕圆雕沉雕影雕镂雕透雕都学透。

到那时看我方豪杰的本领，

切磋祥龙灿星斗。

【方豪杰专心学艺，陈国强见后生手艺日精，看在眼里，

却一桩心事浮上眉间。

曲十五　号子声声在耳侧

陈国强　徒儿举门报国一年整，

号子声声萦绕在耳侧。

梦中常见徒儿嬉笑打闹，

吉凶难料音信绝。

（白）方豪杰聪明勤快人才好，将孙女许他承祖业。陈

门手艺近百代，岂能毁在我手断根脉。

【陈小缘挎篁子上。

【方豪杰低头干活，陈小缘轻轻地拍了拍方豪杰肩。

陈小缘　鹅肉汤看着不冒气，

最烫是在那心窝里。

哎——开饭了。

【天空中响起日本的飞机声。

【陈国强手搭凉棚，朝天上看。

陈国强　（小声地）小日本，狗日的王八蛋！

陈小缘　（大声地）开饭了——

陈国强　没长耳朵哇？

方豪杰　师父叫我？

方豪杰　又吃饭了？哎，我不吃。

陈小缘　为啥不吃？必须吃。

【把一块食物塞到方豪杰嘴里。

方豪杰　师兄们在前方打仗，我在这里吃不下。

陈国强　（心事重重，走来）吃吧。吃了才有劲，没劲不能叫
　　　　男人。

方豪杰　师父，我吃。

陈国强　丫头，爷爷和他说点事。

陈小缘　我要听。

陈国强　呋。

陈小缘　哼！偷偷摸摸的。

　　　　【陈小缘噘着嘴下。

方豪杰　师父，啥事？

陈国强　你也老大不小了，你父亲生前和我给你定了一门亲事。

方豪杰　师父，徒儿现在一心学手艺，我娘说——

陈国强　你娘说，学艺不成打一辈子光棍。

方豪杰　嗯。

陈国强　师父问你，跟倒师父姓后不后悔？

方豪杰　徒儿高兴还来不及。

陈国强　婚姻大事就得听我的。

方豪杰　听。

陈国强　你觉得我家幺妹怎么样？

方豪杰　漂亮、能干！

陈国强　性情好不好？

方豪杰　好。

陈国强　老汉想——

方豪杰　师父，我娘说，学艺不成打一辈子单身。

陈国强　啊——我晓得你不会同意，我想幺妹也不得干，那就算
　　　　我没说。

陈小缘　（羞涩地上）我同意。

方豪杰　师父，只是，前方还在打仗。

陈国强　打仗，打仗，小日本把炸弹都投家头来了。老子不能坐倒等死、亡种。我做主了，把喜事给你们办了，不然就打起铺盖卷，有好远滚好远。丫头——

陈小缘　爷爷。

陈国强　陪他去，看他打不打铺盖卷。

【转身自己抽烟。

方豪杰　师父。

陈国强　先莫乱喊，砍了树丫子免得乌鸦叫。

方豪杰　幺妹——

陈小缘　说出来嘛。

方豪杰　我想听师父的话。

陈小缘　哪句话，是不是打铺盖卷那句？

方豪杰　不！我愿意好好照顾你。

陈小缘　（害羞）哪个要你照顾？

陈国强　这还差不多。

第四场　闹婚别情

【地点：陈国强家。

【场景：小媳妇们做着针线，眼睛盯望着远方。三嫂内外张罗。

三　嫂　莫发呆了，要是想都能把男人想回来，我们就坐着想个够。

众媳妇　那怎么办嘛？

三　嫂　替冤家尽孝。

众媳妇　咋个尽孝嘛？

三　嫂　你去帮幺妹梳妆，你去挂灯笼，你去切菜，你去砍柴，
　　　　你去搬桌子。都干起来。

众媳妇　要得，三姐。

　　　　幺妹梳妆了。

　　　　【架着陈小缘梳妆。

曲十六　幺妹梳妆

众媳妇　幺妹镜前来坐下，

　　　　五指并拢梳头发。

　　　　前头梳个剪刀架，

　　　　后头梳个紧紧扎。

　　　　剪刀架儿按不垮，

　　　　紧紧扎来又经挼（挼　四川方言读：ruá）。

陈小缘　烽火连天办喜事，

　　　　五味杂陈乱如麻。

　　　　不知哥哥们生与死，

　　　　叫我怎能不牵挂？

三　嫂　没有轿子无吹打，

　　　　且把炸弹当礼花。

　　　　先将大枣吃一把，

　　　　早生贵子早当妈。

　　　　生儿就生十二个，

　　　　个个长得似石塔。

　　　　当石匠，人人夸，

要问娃他妈是哪一个，

肯定是我陈家沟的幺妹顶呱呱。

曲十七　大红灯笼高高挂

方豪杰　大红灯笼高高挂，

小石匠今天要成家；

幺妹美若天仙女，

此生此世半步不离她。

众　女　要得，要得。

方豪杰　春天为她采百花，

夏天为她把扇打，

秋天陪她看月亮，

冬天为她暖被褥。

众　女　要得，要得。

方豪杰　挣得钱来全交她，

家务事儿我全包下。

若让幺妹吃上半点苦，

阎王把我扔下油锅炸。

众　女　要得，要得。

【后台：新人拜堂了！

【鞭炮齐鸣，锣鼓喧天，方豪杰牵着陈小缘走进殿堂。

乡　长　【缠着绷带，垂头丧气，手拿铁锤）陈三爷——我回来了。

陈国强　（小声地）就你回来了，他们呢？

乡　长　他们——好！好！都是好样的。三天三夜，弹尽粮绝，我们手持铁锤、钢钎冲入敌阵，杀得敌人东躲西藏，抱头鼠窜。

石工号子 | 161

陈小缘　　然后呢？

乡　　长　　我们被敌人团团围困，敌人让我们投降，可以免一死。
　　　　　　可是，我们十三人背对背靠着，哈哈大笑，大师兄拉响
　　　　　　了手榴弹，我们十三人与小日本同归于尽。

陈国强　　同归……

陈小缘　　于尽了？

　　　　　　你还活着——

陈国强　　【一把抓住乡长的衣领。

　　　　　　你这个白嘴猫，你不是给老子吹雄得起吗？你不是给老
　　　　　　子吹绝不丢安居人的脸吗？你不是给老子吹一定给陈家
　　　　　　沟争光吗？老子的徒弟们呢？

乡　　长　　陈三爷，我对不住您。那天，我没被炸死，被赶来增援
　　　　　　的八路军救了，这有把铁锤，惩罚我吧。

　　　　　　【跪下。天空中响起日本的飞机声。

陈国强　　【接过铁锤。

　　　　　　狗日的小日本，老子跟你拼了。

乡　　长　　（站起来）都趴下。

　　　　　　【一把按倒方豪杰夫妻，一声巨响。陈国强倒下。众人
　　　　　　慢慢爬起来。

陈小缘　　【扑倒在爷爷身上。

　　　　　　爷爷——

方豪杰　　【逐个摇动两具尸体。

　　　　　　师父——

　　　　　　乡长——

　　　　　　【捡起地上的枪。众嫂子阻拦。

曲十八　　叫我怎么活命怎见人

陈小缘　见鲜血闻噩耗万箭穿心，

　　　　一个个离我而去皆至亲；

　　　　再也得不到爷爷的爱，

　　　　再也见不到哥哥们的身影。

方豪杰　陈小缘，我要走。

陈小缘　你哪里去？

方豪杰　当兵！

陈小缘　你走了，我怎么办？

　　　　（摇曲十八）

　　　　父亲北伐早丧命

　　　　爷爷捧我在手心；

　　　　十二个哥哥陆续到我家，

　　　　百般呵护百般疼；

　　　　没享到陈小缘一天福，

　　　　一个个离我到天庭。

　　　　如今你又要抛弃我，

　　　　叫我怎么活命怎见人？

　　　　【方豪杰扭头便走。

　　　　【陈小缘歇斯底里。

陈小缘　死冤家。

　　　　【陈小缘晕厥，三嫂率众将方豪杰按倒在地，用绳索绑。

方豪杰　【一声怒吼，面色大变。一跃而起，屹立于血光之中，

　　　　众人惊愕，方豪杰步履沉重坚定，在场个个呆若木鸡，

　　　　方豪杰缓缓回头忽然下跪泣不成声。

　　　　师父——

　　　　【跪下，叩头。

幺妹，等我回来，陪你一辈子。

【音乐《哥哥你慢慢走》再次响起。

第五场　刺目感恩

【地点：凤凰山。

【场景：山野，清明雨烟，遗妇祭魂，朝东叩香，陈小
缘掩面而泣……

【音效：（童音）"清明时节雨纷纷，路上行人欲断魂。"

【场景：江河流水，苦遗妇孀；陈小缘形只影单，望断
江水。

【音效：流水声，寒风阵阵。（童音）"胡萝卜蜜蜜甜，
看到看到要过年。"

曲十九　向天祈求

陈小缘　挂红灯迎新辞旧，
　　　　寒夜孤灯泪自流。
　　　　问爷爷天堂可有坛子肉？
　　　　问兄长天堂可有安居酒？
　　　　我有巧手做佳肴，
　　　　为啥不把我带走？
　　　　指望小冤家为我解千愁，
　　　　他却离我而去报国仇。
　　　　家恨国仇何时休？

枕冷衾寒何时是尽头？

前世烧了断头香，

有情人难聚首。

向天求，

断肠人最怕添新愁。

心伤透，

来世投生不往石匠家里投。

来世不做女儿身，

变块石头无忧愁。

【潸然泪下。

【三嫂子拉着方豪杰，群嫂簇拥上。

三嫂子　幺妹，看是哪个来了。

【幺妹上，喜从天降，一时不知所措。

【明月初上。

三嫂子　这回哪个敢要再走，我们就要打断他的脚，刺瞎他的
　　　　眼睛。

众嫂子　对头。

陈小缘　三嫂子。

三嫂子　哦哟，还没有打就心痛了，我们走了，小两口有好多话
　　　　要说。

陈小缘　嫂子，走啦？

三嫂子　不走，不走等倒讨嫌啦，走走走走。

【众嫂子下。

方豪杰　幺妹！

陈小缘　小冤家！我不是做梦吧？

【扑过去。搂着。

方豪杰　幺妹，我现在是国军少校营长了。

陈小缘　我不管，回来了还敢走不？

方豪杰　你说呢？

陈小缘　你要敢走，幺妹我这回情愿把你咬死。

方豪杰　愿意让你咬，只要你不心疼！

陈小缘　臭——我才不咬。

曲二十　死也不松开（如胶似漆的双人舞蹈，表达夫妻久别重逢
　　　　的喜悦）

伴　唱　世上哪有秤离砣，

　　　　有老公的女人才快活；

　　　　你是棵大树，

　　　　我是你树上的果。

　　　　你是铁锤，

　　　　我是一块石头等你来打磨；

　　　　你是高飞的雄鹰，

　　　　我做影子陪你到天涯海角。

方豪杰　幺妹——

陈小缘　小缘好苦。

　　　　【更阑静，夜色深，烛影摇红，宁静和温馨，将久别人
　　　　儿搂进怀抱。

　　　　【灯光处，嫂子们心潮难平，各守窗棂，为陈家祈福，
　　　　为丈夫续梦，祈祷神灵对陈家的护佑，一颗颗美丽而淳
　　　　朴的心，汇成石匠刚毅汉子的港湾，汇成代代薪火相传
　　　　的美好意愿。

　　　　【马蹄声碎，撕破黎明。方豪杰向外探望。

　　　　【陈小缘拦住方豪杰。

陈小缘　我不会让你走！

军　官　【持马鞭上。

　　　　陈营长，上峰有令，国共内战爆发，让你速回重庆，升你为上校匪长。

方豪杰　不！我要兑现我的承诺。

军　官　你想抗命吗？

方豪杰　我是一个石匠，说话必须算数，抗战胜利了，我要照顾我的幺妹。

军　官　公然抗命，等着你的将是军事法庭！

方豪杰　军事法庭，我知道。

　　　　【抓起桌子二的银针。

军　官　你想干什么？

　　　　【拔枪。

　　　　把你手中凶器放下。

方豪杰　一根錾子把你吓成这样，一看你就没有上过战场。你看我，怎么用錾子。

　　　　【他把錾子插进了自己的一只眼睛，又拔出来插进另一只眼睛。

　　　　痛快！痛快！

军　官　不可救药，自毁前程，自绝于党国。

　　　　【下。马嘶鸣。马蹄声由近及远。

陈小缘　豪杰，小——石——匠。

　　　　【热血染红天际，石匠，雕塑般彩霞尽染。

曲二十一　合　唱

　　　　　号子啸，天地黑，

　　　　　云雾滚滚风悲咽。

满江红，浪涛起，

涌流不尽义士血。

山不低头水难断，

顶天立地方豪杰。

尾　声

【时间：现代。

【地点：陈家沟。

【场景：盲人方豪杰（老年），戴着墨镜，手持铁锤、钢
钎修着磨盘。旁边放着长烟管。方豪杰低声吟唱。

陈小缘　小石匠，想啥子呢？

方豪杰　想我的手艺，想我这一生呗。

　　　　陈小缘——给你提个意见，我都这个年纪了，你还在叫
我小石匠。

陈小缘　那我叫你啥子？你这把年纪了，还没有收到一个徒弟！
不叫你小石匠，还叫大师父啊？

【飞机声响起，方豪杰握紧铁锤站起来。

陈小缘　太平盛世了，是我们自己的飞机。

【后台：爷爷、奶奶——

陈志义　（上）爷爷、奶奶，我回来了。

陈小缘　怎么才走半年又回来了？

方豪杰　该回来的一定会回来！

陈志义　想你们了呗。

陈小缘　外面的世界那么好，还会想我们？

陈志义　外面再好，也不是家。我找了一家工厂打工，靠力气吃
　　　　饭，老板说得靠脑壳赚钱。我讲诚信，老板非要违约。
　　　　我讲道义，他指责我不计成本。唉，道不同不相为谋。

陈小缘　条条蛇都会咬人，没有一样事情简单。

陈志义　当老板有啥子了不起，胆子大一点，朋友多一点，独门
　　　　本事有一点，包装漂亮点，就是会吹一点。

方豪杰　这一点，那一点，少了哪点都不行。

陈志义　我在外面转了这几个月，终于明白，我只缺两点。

陈小缘　啥东西？

陈志义　爷爷说，做男人得有好身体、好手艺和私房钱，我只缺
　　　　后面两样。我要跟爷爷学手艺，传承石匠精神。

方豪杰　学手艺？得经考验。

陈志义　（拿起錾子　递给爷爷）这是錾子，我不会眨眼睛。

方豪杰　啊，你看，这小子想跟我学手艺，还得把我抹干吃尽。

陈小缘　都是你把他惯的。

陈志义　（跪下）爷爷——师父，奶奶——师娘。

陈小缘　臭小子，乱辈了。

陈志义　师父、师娘在上——请受徒儿一拜。

陈小缘　哎！

陈志义　你看，我已经邀请我们沟里的年轻人都回来，用陈家沟
　　　　的石匠精神，打造真正的飞天巨龙。

　　　　【一群年轻人上。

重复曲三　开山号子

　　　　开山啰——

嗨吆嗬——嗨，嗨吆嗬——嗨！

凤凰起舞乌云散，

铁锤敲开沉睡的山。

双手老茧记载千年的故事，

挺直的脊梁万年不弯。

手艺似那琼江水，

星移斗转永流传。

嗨吆嗬——嗨，嗨吆嗬——嗨

嗨咗、嗨咗、嗨咗、嗨那个咗，嗨那个咗咗。

【静场。静光。人声。

领　天上你明晃晃，

众　地上水凼凼；

领　左边一朵花，

众　顺手摘掉它；

领　天上的鹞子飞，

众　地上是一大堆；

领　两板夹一缝，

众　踩桥莫踩空……

（注：该剧由遂宁市川剧团、安居艺术中心联合出品，于
2019 年 11 月上演）

阿苏儿历险记

（儿童剧）

时　　间：冬天。

地　　点：森林里。

人物表：雪花仙子，森林里的仙子，谁能得到她给的六个"雪之
　　　　　灵"，谁就会有一颗勇敢的心。

　　　　大　圣，书中的齐天大圣，从书中出来时，跟阿苏儿在
　　　　　一起历险，慢慢地成长为有本事、勇敢、聪明
　　　　　的齐天大圣。

　　　　阿苏儿，小鹦鹉妹妹，机智聪明，爱看书。

　　　　鹦　哥，小鹦鹉哥哥，大个子，胆小，遇事没有主张。

　　　　嘻　嘻，水牛，老实、憨厚，不动脑筋，人说是啥就
　　　　　是啥。

　　　　红　毛，鸡婆婆，爱占小便宜，为了小利帮人说谎。

　　　　跳　跳，小松鼠，可爱。

　　　　猫警长，威严。

　　　　卡　鲁，狡猾的野猫，缺点是贪杯。

　　　　咕咕喵，凶恶的鹰，为了成为大力士炼大力神丹。

【幕前曲。

森林里

森林里，雪花飘，

白雪世界真奇妙；

风险大，快乐多，

机智勇敢不可少。

第一场　鹦哥遇险

【场景：冬天，森林。白顶红墙的小房子。雪花漫天飞舞。

【小鹦鹉阿苏儿和鹦哥在家写作业。推开窗户。

鹦　　哥　　下雪了，下雪了，阿苏儿，你看，下雪了！

阿苏儿　　啊——下雪了！

鹦　　哥　　走，哥哥带你去堆雪人，打雪仗。

阿苏儿　　哥哥——爸爸妈妈说，小朋友不能单独出去玩儿，外面
　　　　　　有坏人。

鹦　　哥　　怕什么？我是男子汉，走。

　　　　　　【拉着阿苏儿开门奔跑，打雪仗，堆雪人，把一根胡萝
　　　　　　卜插到雪人的头上，把帽子戴到雪人头上。

伴　　唱　　冬天到，穿棉袄，

　　　　　　森林里，雪花飘。

　　　　　　堆雪人，打雪仗，

　　　　　　欢欢喜喜真热闹。

卡　鲁　我是一只大野猫，我的名字叫卡鲁。喵——

鹦　哥　【害怕地，运起来。

　　　　阿苏儿，什么声音？

阿苏儿　一只猫叫，把你吓成这样。

卡　鲁　这冰天雪地的，哪去找鹦鹉？有了，这里正好有两只小
　　　　鹦鹉。

　　　　【蹑手蹑脚走过去，鹦哥发现了，边跑边喊"快跑"。

鹦　哥　阿苏儿快跑，是野猫卡鲁。

　　　　【阿苏儿一边跑一边喊"救命"。快要被抓住了，鹦哥的
　　　　书掉在地上，阿苏儿捡起书。

阿苏儿　（大声地）齐天大圣救我。

　　　　【齐天大圣从书里跳出来，从后台拖出一个九齿钉耙上。

大　圣　俺老孙来也，谁敢欺负阿苏儿和鹦哥？

卡　鲁　嘿嘿，哪来的破猴子？快快让开，再不让开，我就吃
　　　　了你。

阿苏儿　齐天大圣，用你的金箍棒打他。

　　　　【大圣刚一举起来就摔倒在地。

阿苏儿　错了，这是猪八戒的兵器。

　　　　你快变成老虎咬他。

　　　　【齐天大圣原地转了几圈，喊了一声"变"，也没有变成
　　　　老虎。

卡　鲁　哈哈，什么齐天大圣？就是一只徒有虚名的破猴子。看
　　　　我抓住你们。

阿苏儿　快跑。

　　　　【阿苏儿、齐天大圣和鹦哥一起朝家奔跑。他们跌跌撞
　　　　撞跑回家，刚要关门，卡鲁赶到，推门。三人合力把门

关上。

卡　鲁　看来，硬来不行，只能智取了。

　　　　（狡黠地笑）嘿嘿，我有主意了。（下）

阿苏儿　齐天大圣，你那七十二般变化的本领呢？你的金箍
　　　　棒呢？

大　圣　（惭愧地）对不起，阿苏儿，我是书中的齐天大圣，什
　　　　么都不会，卡鲁说得对，我徒有虚名。

阿苏儿　你回到书里去吧。我不要你了。

大　圣　啊——宝宝好伤心。

　　　　【齐天大圣望了望阿苏儿和鹦哥，自卑地往下走。

大　圣　（垂头丧气，自言自语）我什么都不会，我徒有虚名。

雪花仙子　大圣，齐天大圣。

大　圣　你叫我吗？我什么都不会，我徒有虚名。

雪花仙子　你什么都会，就缺一颗勇敢的心。

大　圣　勇敢的心？可怎么才能找到勇敢的心。

雪花仙子　只要想做，一定会做成功。每做成一件事我就奖你一
　　　　　枚"雪之灵"，收齐六枚，你就会有一颗勇敢的心。

大　圣　真的吗？

雪花仙子　真的，快去吧！大圣。（下）

大　圣　是！雪花仙子姐姐。

阿苏儿　鹦哥，你还是男子汉吗？遇到坏人比我还跑得快。

鹦　哥　阿苏儿，对不起，我怕。

阿苏儿　你怕什么？

　　　　【窗外，一声猫叫。鹦哥躲到了阿苏儿的背后。不敢作
　　　　声，阿苏儿关上窗户。

卡　鲁　【穿着黑色西装，带着博士帽，夹着一本书，问观众。

我是谁？

对，我是野猫卡鲁。

不对，我现在是卡鲁博士了。小朋友们，我像不像博士？

要抓到阿苏儿和鹦哥，必须骗他们把门打开。

（敲门）有人吗？

阿苏儿　你是谁呀？

卡　鲁　我是卡鲁博士，是你们爸爸妈妈请的家庭教师。

鹦　哥　是——老师？（准备开门）

阿苏儿　（对鹦哥）爸爸妈妈从来没有给我们请什么家庭教师，一定是骗子。

鹦　哥　（犹豫）对，是骗子。

阿苏儿　你，转过身去，让我看看。

　　　　【卡鲁转身，露出长长的尾巴。

苏、哥　（二人齐声）你是野猫卡鲁，刚才我们差点被你抓住，你是骗子。

卡　鲁　孩子们，卡鲁老师从来不骗人。刚才，老师是吓唬你们的。没想到，你们胆小如鼠，哪里像雄鹰的孩子？

阿苏儿　不对，我们不是鹰的孩子，我们是鹦鹉。

鹦　哥　我们是鹦鹉。

卡　鲁　鹦鹉就是鹰。你们不信？问一下忠厚老实的水牛嘻嘻吧。

　　　　【挥手示意水牛嘻嘻上来。

嘻　嘻　其实，我也不知道。

　　　　（对观众席）小朋友们你们知道吗？鹦鹉是不是鹰。

　　　　听不见，大声点。

可卡鲁说，鹦鹉就是鹰。

（对屋里）阿苏儿、鹦哥，鹦鹉就是鹰。

鹦　哥　（得意地拍着翅膀）鹦鹉就是鹰。

阿苏儿　不是，不是。

卡　鲁　重要的话要说三遍。

【挥手示意红毛上来。

红毛鸡婆婆，你来告诉他们。

红　毛　（上）我收了卡鲁的葵花子，拿人手短，吃人嘴软。我
　　　　只能说谎话了。

（对屋里）阿苏儿、鹦哥，鹦鹉就是鹰。

卡　鲁　孩子们，红毛鸡婆婆是不会说谎的，对吧？（对观众）
　　　　小朋友们。

【在嘴边竖起一根指头，"嘘！"

（对屋里）阿苏儿、鹦哥，你们弯弯的嘴巴像那月亮，
你们美丽的翅膀能够飞到白云上，你们尖利的爪子可以
提起一道山梁，你们就是翱翔蓝天的鹰。

【阿苏儿和鹦哥照完镜子，很得意，在屋子里做飞行状。

卡　鲁　孩子们，是鹰就应该飞上蓝天，不应该像小麻雀一样，
　　　　天天躲在家里。开门吧，孩子们，老师带你们去飞行。

嘻、红　（对观众）小朋友们，阿苏儿和鹦哥能像鹰一样飞行吗？
（摇头，一起下。）

卡　鲁　会，一定会。

鹦　哥　飞——飞行啰。

【阿苏儿打开门，鹦哥第一个跑出去，被卡鲁一把抓住。

阿苏儿见势不对，抱着书，往旁边跑走了。

鹦　哥　阿苏儿——救我。

阿苏儿　救命啦，救命啦。

　　　　【边跑边喊着下。猫警长听到呼救声，跑上前来四处
　　　　查看。

猫警长　谁在喊救命？

卡　鲁　【把鹦哥藏在身后。

　　　　没有，没有，是我喊着玩的，（学着阿苏儿尖叫）救命
　　　　啦、救命啦！

猫警长　没事瞎叫什么？（生气地下）

卡　鲁　（威胁鹦哥）你，不准吱声，你要敢喊叫，我就马上吃
　　　　掉你。

　　　　【鹦哥拼命地哭，水牛嘻嘻听见哭声，走上来。卡鲁捂
　　　　住鹦哥的嘴，把鹦哥藏在身后。

嘻　嘻　什么声音？

卡　鲁　我好像也听到什么声音，可能是风吧。

嘻　嘻　好奇怪的风。（下）

鹦　哥　（自言自语）老师说，遇到坏人要学乖一点，先顺从他，
　　　　让坏人放松警惕，然后见机行事。
　　　　我知道了。

卡　鲁　你知道什么了？

鹦　哥　卡鲁，其实，你并不是天生的坏人，对吗？

卡　鲁　不对，我已经饿了三天了，我要把你的眼睛挖出来卖钱
　　　　买面包。

鹦　哥　你想吃面包？

卡　鲁　是啊。

鹦　哥　我家有很多面包。奶油的、肉松的，牛角面包、丹麦面
　　　　包、可颂，还有最流行的脏脏包。

卡　鲁　别说了，我口水都流出来了，我要吃脏脏包，在哪里？
　　　　快告诉我。

鹦　哥　你放了我，我就告诉你。

卡　鲁　好吧。你告诉我，我就放了你。

鹦　哥　一言为定。

哥、鲁　（动作）拉钩，上吊，一百年不许变。

鹦　哥　在我家厨房里。

卡　鲁　我得先把你绑起来，藏到屋后的山洞里。

　　　　【卡鲁绑鹦哥，推到屋后的山洞。

　　　　进去吧，你！（下）

鹦　哥　卡鲁，我们是拉了钩的。

卡　鲁　我是个大骗子。孩子，永远不要听骗子的话。

　　　　等我吃饱了，再去抓阿苏儿。嘿嘿！

第二场　寻找咕咕喵

　　　　【场景：森林。白雪。水晶城。

　　　　【阿苏儿气喘吁吁的，边跑边向身后看。

阿苏儿　跑不动了。

　　　　【坐在石头上，摸出书。

　　　　齐天大圣，你到哪里去？

大　圣　（跌跌撞撞上）阿苏儿，我来了。

阿苏儿　大圣，我们怎么办？卡鲁马上追来了，怎么救我哥哥？

大　圣　雪花仙子说，只要想做，一定能做成。我想想，对了，找一位大力士一定能打败卡鲁，救出鹦哥。

阿苏儿　看，前面是水晶城。我们去找大力士。

大　圣　我跟你跑了半天，好饿啊，我走不动了。

阿苏儿　森林里小松鼠喜欢藏松子，一个小松鼠一年要藏一万多颗。小的藏在树底下，大的埋在空旷地。走，我们去找。

伴　唱　雪花雪花飘满地，

　　　　我的午餐在哪里？

　　　　肚子饿得咕噜叫，

　　　　哪能找到香松子？

阿苏儿　（高兴）我找到松子了。

大　圣　（高兴）我也找到松子了。

跳　跳　（愤怒）什么人？敢偷我跳跳的东西。

阿苏儿　跳跳，我是阿苏儿，不是小偷。野猫卡鲁抓走了我的哥哥，现在到处抓我。我跑到这里，请你帮帮我。

跳　跳　啊，阿苏儿，可怜的小鹦鹉。

阿苏儿　（吃）好香好脆的松子呀。我好渴啊，哪去找点水就好了。有了，这满地的雪，可以解渴。（捧起一把雪）小朋友们，我能吃雪吗？

大　圣　小朋友们说，野地里的雪不能吃。

阿、跳　为什么？

大　圣　（摸出放大镜）看，雪花里有绿色、黄色、褐色的斑点，还有很多灰尘颗粒。是细菌、病毒、重金属颗粒。千万不要吃雪，吃了会生病的。

阿苏儿　可我渴死了。

大　圣　（灵机一动）有了，山那边有一棵梅子树，上面有很多
　　　　　　又大又红的酸梅，咬上一颗，酸酸的，甜甜的。

阿苏儿　跳跳，跟我们一起去摘话梅。

跳　跳　可这是冬天，哪里有话梅？

大　圣　走吧，我有办法。（他们一起跑着）

伴　唱　小话梅，圆又圆，

　　　　　红彤彤，酸又甜；

　　　　　高高挂，摘不完，

　　　　　能充饥，又解馋。

大　圣　我不渴了。

阿苏儿　真的，我也不渴了。

大　圣　哈哈，这叫望梅止渴。这个办法好，我们在外面渴了，
　　　　　如果找不到干净的水，就想又酸又甜的话梅，想着想着
　　　　　就不渴了。

阿苏儿　真好，哈哈……（阿苏儿旋转着，掉地洞里了）哎哟！

大　圣　阿苏儿，掉地洞里了。把手伸过来抓住我。

　　　　　【阿苏儿伸手，大圣拉不动。

跳　跳　女生真麻烦。

　　　　　【上来抱住大圣的腰继续拉，仍然拉不动。

　　　　　（对观众）小朋友们，谁想当助人为乐的好孩子？快上
　　　　　来帮帮忙。再来一个。

　　　　　【上来三个开始玩拔萝卜。

伴　唱　拔萝卜，拔萝卜，

　　　　　嘿哟嘿哟，拔萝卜，嘿哟嘿哟，拔不动。

　　　　　小松鼠，快快来，快来帮我们拔萝卜。

　　　　　拔萝卜，拔萝卜，

嘿哟嘿哟，拔萝卜，嘿哟嘿哟，拔不动。

小妹妹，快快来，快来帮我们拔萝卜。

拔萝卜　拔萝卜，

嘿哟嘿哟，拔萝卜，嘿哟嘿哟，拔不动。

小弟弟，快快来，快来帮我们拔萝卜。

拔萝卜　拔萝卜，

嗨咗——阿苏儿得救了。

阿苏儿　　（鞠躬）谢谢！

雪花仙子　谢谢！你们都是热心助人的好孩子，我给你们每人发
　　　　　一个"雪之灵"。

　　　　　【给每一个参与救援的人胸前贴一枚"雪之灵"。

　　　　　我还要给阿苏儿、跳跳和大圣每人再给一枚"雪之
　　　　　灵"。

　　众　为什么？

雪花仙子　阿苏儿知道在野外找到食物的办法，跳跳懂得分享，
　　　　　把好吃的送给大家，大圣知道在野外不能吃雪的道理
　　　　　和望梅止渴的办法。

　　　　　【给每人胸前再贴一枚"雪之灵"。目前，阿苏儿一
　　　　　枚，跳跳两枚，大圣两枚。

阿苏儿　谢谢你们，请回吧。我们还要去水晶城找大力士。

　　　　　【观众回到座位。

伴　唱　水晶城，亮晶晶，

　　　　　多么美丽，多么透明，

　　　　　大力士，在哪里？

　　　　　找你找得好艰辛。

　　众　水晶城到了！

【阿苏儿敲门。

嘻　嘻　谁在敲门？

阿苏儿　是我，阿苏儿。

嘻　嘻　啊，是阿苏儿，你不是跟卡鲁学飞行去了吗？

阿苏儿　卡鲁是个大骗子，他抓走了我的哥哥鹦哥，我们来水晶
　　　　城找大力士救鹦哥。

嘻　嘻　哦，可怜的孩子。

　　　　【打开城门。

　　众　谢谢，水牛嘻嘻。

嘻　嘻　不用谢。这事都是因为我而起，我得将功补过。我知
　　　　道，我们水晶城有一位大力士叫咕咕喵。

红　毛　什么人这么大胆，敢找咕咕喵？

阿苏儿　是我，红毛鸡婆婆。

红　毛　啊，是阿苏儿，你不是跟卡鲁学飞行去了吗？

　　众　卡鲁是个大骗子，他抓走了鹦哥，我们找大力士救他。

红　毛　这事都是因我而起，我得将功补过。我知道，大力士叫
　　　　咕咕喵。正在练功，他正在找鹦鹉的眼睛，炼大力神
　　　　丹，吃了就可以天下无敌。你们千万不要去找他。

阿、圣、跳　【不知所措。

　　　　　我们该听谁的？

咕咕喵　哈哈哈哈，我正要找你，你居然送上门来了。我正在找
　　　　鹦鹉的眼睛，用它炼大力神丹，吃了可以天下无敌。

　　　　【阿、圣、跳吓得惊慌失措。

大　圣　（站到前面）我是齐天大圣孙悟空，你是什么妖怪？

咕咕喵　我道是谁呢？原来是书里的齐天大圣啊，你什么本事都
　　　　没有，还不回到书里去？别来管闲事。

大　圣　雪花仙子说，只要想做，一定能够做成。我不怕你。

咕咕喵　你，不怕我？算了。

　　　　我只想抓住小鹦鹉。

　　　　【扑上去抓住阿苏儿。

大　圣　阿苏儿，躲到我身后来。

　　　　【阿苏儿上去抱住大圣的腰。

　　　　小朋友们，咕咕喵要抓阿苏儿，快上来帮帮我们。

　　　　【玩老鹰抓小鸡，咕咕喵假装累了，倒在地上。

众　　　（众人全然不知）啊，我们赢了！

雪花仙子　（上）谢谢你们，你们都是勇士，我给你们发"雪之
　　　　　灵"。

　　　　　【除阿苏儿，给台上每人胸前贴一个"雪之灵"。

大　圣　（对台上观众）你们请回吧。

　　　　【台上观众回到座位，咕咕喵一下站起来。

咕咕喵　哈哈——不用点小计谋还抓不住你。

　　　　【扑上去抓阿苏儿。

大　圣　快跑！

　　　　【阿、圣、跳在前面跑，咕咕喵在后面追。

　　　　【跳跳拦住咕咕喵，被他打翻在地；红毛想拦住咕咕喵，
　　　　也被他打翻在地。

咕咕喵　等我抓住阿苏儿再回来收拾你们，快关城门。

　　　　【圣、跳跑出城门，阿苏儿被抓住。城门关上。

跳　跳　大圣，怎么办？大力士没找到，阿苏儿又被抓走了。

大　圣　我也没办法。

跳　跳　你不是齐天大圣吗？你的本事呢？

大　圣　雪花仙子说：只要想做，一定能够做成功。金箍

　　　　　　棒，变。

　　　　　　【没见动静。

跳　跳　算了吧，你回书里去吧，我也该回家了。

　　　　　　【大圣踩在一块冰上，摔一跤，朝冰踢了一脚。放大镜
　　　　　　被摔出来。

大　圣　我有办法了。

跳　跳　你有什么办法？

大　圣　【捡起放大镜。

　　　　　　用放大镜把太阳光收集起来，对准水晶城，就可以把水
　　　　　　晶城融化。

跳　跳　可这么点大的放大镜能行吗？

大　圣　当然不行，这满地的冰，可以做一个超级放大镜。

跳　跳　这个办法好。

伴　唱　把伸开的五指捏在一起，

　　　　　　把太阳的光辉聚在一起，

　　　　　　把全部的能量聚在一起，

　　　　　　我们将是天下无敌。

大　圣　做好了。

　　　　　　【把超级放大镜高高举起，对准水晶城。

　　　　　　小朋友们，我们一起喊——融化——融化！

　　　　　　【水晶城垮了，咕咕喵拖着阿苏儿也跑出来。

咕咕喵　齐天大圣，你毁了我的水晶城，我跟你没完。

大　圣　你恃强凌弱，快快放了阿苏儿，要不我就烧光你的毛。

咕咕喵　我不相信，你没有那本事。

　　　　　　【大圣把超级放大镜高高举起，对准咕咕喵，咕咕喵身
　　　　　　上冒烟，捂住屁股跳。

咕咕喵　大圣饶命、大圣饶命！

大　圣　要我饶你，得答应我两个条件。

咕咕喵　只要你不烧我的屁股，一百个条件都可以答应你。

大　圣　你，放了阿苏儿。

咕咕喵　【犹豫。

　　　　这个——

　　　　【大圣再举起超级放大镜。

咕咕喵　我放、放、放嘛。

大　圣　还有，你得同我们一起去救鹦哥。

咕咕喵　谁叫鹦哥，我不认得。

阿苏儿　就是我哥哥。被野猫卡鲁抓走了。

咕咕喵　这个野猫卡鲁，成事不足，败事有余，我叫他去抓鹦
　　　　鹉，谁叫他去抓鹦哥。

　　　　【大圣再举起超级放大镜，咕咕喵赶紧捂着屁股。

阿苏儿　鹦哥就是鹦鹉。

咕咕喵　我错了，我错了。

大　圣　以后还敢欺负小朋友吗？

咕咕喵　不敢，不敢。

大　圣　走，救鹦哥去。

咕咕喵　是、是、是，遵命，大圣。

雪花仙子　（上）大圣用冰制成凸透镜，摧毁了水晶城，制服了
　　　　咕咕喵，功不可没，得发两枚"雪之灵"。

大　圣　我已经有四枚"雪之灵"了。

雪花仙子　还差两枚"雪之灵"，你就会有一颗勇敢的心。

阿苏儿　大圣，加油。小朋友们我们一起给大圣加油，好吗？

　　　　大圣，加油！

第三场　营救鹦哥

【场景：森林，山洞。咕咕喵、大圣、阿苏儿、跳跳骑着一条大青虫（可用充气道具）。

合　　齐心协力，步调一致，勇往超前，打败卡鲁。
　　　齐心协力，步调一致，勇往超前，打败卡鲁。

阿苏儿　前面就是我家了。
　　　鹦哥，我们来救你了。
　　　【推门，到处找。没有见着鹦哥。
　　　鹦哥不见了。

跳　跳　会不会被卡鲁吃了？

阿苏儿　（哭）鹦哥，我要鹦哥。

大　圣　快，我们四处去找。

阿苏儿　小朋友们，你们见到鹦哥了吗？

众　　鹦哥、鹦哥。（众人四处喊着，匆匆下）

卡　鲁　【提着酒瓶摇摇晃晃上。
　　　酒是粮食精，越喝越年轻；
　　　酒是粮食做，不喝是罪过。
　　　高高山上有头牛，两个角来一个头；
　　　四个蹄子有八瓣，尾巴长在屁股上。
　　　今天喝酒不开心，抓到阿苏儿，我要抽她筋。

阿苏儿　（上，吓一跳）啊。（准备回转，被卡鲁看见）

卡　鲁　哈哈，众里寻她千百度，得来全不费功夫。找了她半天，她居然自己送上门来了。你过来，我不会吃了你。

阿苏儿　不，我才不相信你这个大骗子呢。鹦哥呢？你不交出来，咕咕喵马上就要找你算账。

卡　鲁　小姑娘，我告诉你——抓鹦哥，就是咕咕喵的意思。他要用鹦鹉的眼睛炼大力神丹，吃了可以天下无敌。

阿苏儿　咕咕喵已经被我们制服了。他正在找你。

卡　鲁　哦哈哈，哦哈哈……

阿苏儿　你笑什么？

卡　鲁　我就是个大骗子，我会相信骗人的话吗？

阿苏儿　（对观众）小朋友，我骗卡鲁了吗？

卡　鲁　（对观众）骗人可不是好孩子！

阿苏儿　信不信由你。

卡　鲁　你要我相信你，请你走近我，告诉我，你们是怎么制服咕咕喵的。

阿苏儿　（走近卡鲁）我告诉你吧。

　　　　【卡鲁一把抓住阿苏儿。

卡　鲁　这下，我看你往哪里跑？

阿苏儿　救命啦，救命啦。

众　人　（上）卡鲁，你住手。

卡　鲁　你们都往后退。要不然我就吃了她。快点！

咕咕喵　卡鲁，快把阿苏儿放了吧。

卡　鲁　咕咕喵，你、你、你。

众　　　放了阿苏儿，放了阿苏儿！

卡　鲁　来吧。我才不怕你们人多呢。

　　　　【一把抓住阿苏儿，伸出长爪子在空中晃动。

大　圣　大家冷静，让我想想办法。过来，你们都过来。

【大家一起围过来听大圣说悄悄话。

雪花仙子说，只要想做，一定会做成功。明白了吗？

众　明白。

跳　跳　【朝卡鲁走过去。

卡鲁，我是好孩子，我不会惹你生气。你喝酒没有下酒菜，我这里有松子，又香又脆。

卡　鲁　【吃松子，喝了一口酒。

啊——味道好极了！

跳跳真是好孩子，看你这么懂事，今天我就不吃你了。

跳　跳　你把阿苏儿放了吧。

卡　鲁　放她，放了我吃什么？我都三天没吃饭了。

大　圣　饼干，又香又脆的饼干。

卡　鲁　饼干？给我点。

大　圣　给你。

【大圣把饼干递过去，卡鲁吃饼干，喝酒。

啊——味道好极了。

【开始摇摇晃晃，倒在地上。大圣、跳跳跑上前去，一把按住卡鲁，阿苏儿跑开。

【咕咕喵上前一把抓住阿苏儿。

咕咕喵　哈哈——这叫欲擒故纵，声东击西。

阿苏儿　救命啊，救命啊。

咕咕喵　都别动。

（指着大圣）你，把超级放大镜扔过来。

【大圣扔过超级放大镜，咕咕喵捡起超级放大镜，高高举起，对准大圣。

咕咕喵　哈哈，把卡鲁放了。

　　　　　【大圣放了卡鲁，卡鲁跑向咕咕喵。

　　　　看看我烧你们的屁股。融化——融化！

　　　　　【天空突然变暗。没有太阳，放大镜就不能聚光。

　　　　怎么不灵了？

大　圣　哈哈，这是我的宝镜，不会听坏人的。

　　　　　【跳跳和红彡抬着金箍棒从大圣一侧上。

跳　跳　大圣，金箍棒买了。

大　圣　只要想做，一定会做成功。

　　　　　【接过金箍棒，试着抡起来，越来越熟练。举棒就朝卡
　　　　鲁打去。卡鲁倒下，被水牛嘻嘻抓住。咕咕喵见势不
　　　　对，扔掉放大镜撒腿就跑。大圣捡起地上放大镜照咕咕
　　　　喵。天空亮了，咕咕喵屁股冒烟，跪在地上叩头。

咕咕喵　大圣饶命，大圣饶命！

大　圣　以后还敢欺负人吗？

咕咕喵　不敢不敢，真的不敢了！真奇怪了，我怎么用超级放大
　　　　镜就不灵呢？

大　圣　想知道吗？我告诉你，没有太阳放大镜就不能聚光。

咕咕喵　可为什么我用的时候就没有呢？

大　圣　因为你做了坏事，太阳公公不喜欢你。哈哈哈哈。

咕咕喵　我以后不再做坏事了。

大　圣　快去找鹦哥！

　　　　　【众人四处找，喊着"鹦哥"。

　　众　小朋友们，你们见到鹦哥了吗？

阿苏儿　卡鲁，鹦哥在哪里？

卡　鲁　这个——

【大圣举起金箍棒。

卡　鲁　鹦哥被我藏在山洞里了。

大　圣　水牛嘻嘻，你去救人。跳跳，你去报警。

　众　我们找到鹦哥了！

【鹦哥和众人一起上

红　毛　（上）找到了，找到了。

　　　　鹦哥、阿苏儿，我对不起你们。

猫警长　（上）卡鲁、咕咕喵，你们这两个坏蛋。

红　毛　猫警长，把我也带走吧，我不该占小便宜，更不该说谎
　　　　话，这个错误差点要了鹦哥的命。

嘻　嘻　（上）我也向大家道歉，我不动脑筋，别人说什么就是
　　　　什么。我这个毛病差点害了鹦哥的命，对不起，对
　　　　不起。

猫警长　人都会犯错误的，改了就是好人。

鹦　哥　谢谢大家救了我。

【大圣惭愧地准备下。

　众　大圣，你上哪里去？

大　圣　我回书里去。

　众　为什么？

大　圣　我到现在才只得到四个"雪之灵"，还差两个。我找不
　　　　到"勇敢的心"了。

雪花仙子　大圣，等等，我给你两个"雪之灵"。

大　圣　为什么？

雪花仙子　你爱动脑筋，靠智慧打败了卡鲁，靠勇气舞动金箍棒
　　　　战胜了咕咕喵。所以该发两枚"雪之灵"。对不对，
　　　　小朋友？

【大圣从身上取下四枚"雪之灵"，与雪花仙子送的两枚"雪之灵"放在一起，一朵朵洁白的雪花飘向天空，变成一颗笑脸的心。

大　圣　我成功了，我有"勇敢的心"了！

　　　　【舞动金箍棒、翻筋斗。

雪花仙子　只要想做，一定能够做成功。

　　　　（对观众）孩子们，你们相信吗？

　众　我想做，我成功！我想做，我成功！

雪花仙子　以后——

　　　　不要轻易相信陌生人的话，记住了吗？

　　　　遇到困难大家一定要相互帮助，记住了吗？

　　　　卡鲁、咕咕喵，以后不能再做坏事了，记住了吗？

雪花仙子　以后——

　　　　遇到坏人，要像齐天大圣那样，勇敢、镇静、多动脑筋。记住：只要想做，一定能够做成功。记住了吗？

　众　我想做，我成功！我想做，我成功！

　　　　【众人一起跳起了欢快的舞蹈。

伴　唱　我们都有好本领，

　　　　还有一颗勇敢的心。

　　　　只要我想做，

　　　　坚持一定行。

（注：该剧由遂宁市杂技团排演出品。2019 年 11 月上演。）

给玛丽的信

（话剧）

时　　间：1920 年代末。

地　　点：成都、上海。

人物表：敬隐渔，18－24 岁。

　　　　玛　丽，19 岁，女学生。

　　　　思　琪，20 岁，女学生。

　　　　王司令，50 岁。

　　　　王胡子，土匪头子，40 岁。

　　　　黑巴儿，土匪。

　　　　郑振铎，《小说月报》主编，26 岁。

　　　　文先生，30 岁。

　　　　神　父，40 岁。

　　　　母　亲，50 岁。

幕前词：1901 年 6 月 13 日，在四川遂宁县城文星街一家中药铺
　　　　的后厢房里，一个男婴呱呱坠地。双亲给他起的名字叫
　　　　显达，日后他却以"敬隐渔"的名字驰骋于国内外文
　　　　坛。他八岁那年被送进地处深山的天主教修院，七年的
　　　　修院学习成绩超群，拉丁文习练得犹如母语，希腊罗马

经典烂熟于心。在修院的高墙深院之中，少年的他对祖国的传统文化兴趣浓郁，学之不倦。而他十五岁时毅然离开修院，随后在成都进修，因此他牢牢地打下了中外语言文化浓厚的基础。

敬隐渔不但是文学奇才，而且是热忱的爱国者。在文学巨匠罗曼·罗兰鼓励下，首译其代表作《约翰·克利斯朵夫》。也正是在罗兰的帮助和鼓励下他将鲁迅代表作《阿Q正传》首译为西文，把鲁迅推向世界，把中国现代文学推向世界。对于这样一位为中国文学做出突出贡献的奇才，我们不应遗忘……

使天下惊方不愧奇男子，诚心救国此之为大丈夫。

序

【音乐：（主题歌）隐渔翁，少年独钓千江雪。千江雪，寂寞声色，谁识豪杰？潦倒还唱青天阔，清肠踏破空颜色。空颜色，黄昏谁伴？有西江月。

【场景：白鹿修院的主楼，高高的石梯，在夜色下模糊昏暗。

【音效：新年的钟声响起，鞭炮声四起。

【后台：（童音）过年了！

【画外音：玛丽，亲爱的，过年了，你还好吗？这封信我不知道该往哪里寄。你还在为我担心吗？还在为我流泪吗？记得我曾告诉你，我从小被送到修院做修士，在那段漫长的日子里，我亲眼看见了神父对同胞的羞辱与谩骂，亲耳听闻他们对中国文化的诋毁，我害怕，我无所适从。有一次，我无意间看到了一本《诗经》，那些美好的诗句让我疯狂地爱上了那种美妙的意境，修院强势的精神压迫也阻挡不住我对中国文化的追求与渴望，直到有一天……

【场景：舞台一侧，少年敬隐渔正捧着一本《红楼梦》阅读，丝毫没发觉神父出现在身后，神父抢过书。

神　父　《红楼梦》，这样荒唐淫乱的书你也敢读，敬隐渔，你忘了立下的三绝了？

敬隐渔　我没有忘。

神　父　那你背给我听。

敬隐渔　绝色，不结婚；绝财，不能有个人财产；绝意，绝对服从，不能有个人的意愿。

神　父　哼，明知故犯，罚你去抄写《圣经》十戒。

敬隐渔　神父，我是中国人，在学习《圣经》的同时，我也应该学习我们中国自己的文化。

神　父　我已经说过很多次了，我们是主的仆人，你必须老老实实地听从主的安排，你的法文和拉丁文成绩都是优等，不需要学习中国的文化。记住，你若再违犯禁令，必将对你严惩。

敬隐渔　神父……

神　父　哼！（离开）

敬隐渔　身为中国人不了解中国文化即是忘本背宗，这修院压抑我的本性，禁锢我的思想，让我无法呼吸……（呐喊）

我要离开这里，我要离开这里！

【敬隐渔跑开，光暗。

【画外音：亲爱的玛丽，你知道的，我这一生最幸运的就是遇到了你。我逃离了修院后，来到了成都。在这里我度过了三年如饥似渴的学习生活，不知不觉中，我发现已是身无分文，抬眼望去，在这里我举目无亲。那一天我是凄惨的。我饥肠饿肚，虚脱乏力，再也走不动了；那一天我是幸运的，因为圣母玛利亚把你带到我身边……

第一幕　少年·雪

第一场

【服装：女学生服（两套），修士服。

【音乐：清脆的鸟鸣。

【道具：水，点心，书本。

【人物：敬隐渔，玛丽，思琪。

【时间：冬天，早晨。

【场景：公园，假山。玛丽吊嗓子。敬隐渔踉跄而上，然后倒地，手上的书本掉落一旁。

玛　丽　（惊异）哎呀，这里怎么躺着一个人？他死了吗？（摸）还有气。

思　琪　玛丽，我们不能管他，万一他死了，他的家人赖上我们，可怎么说得清楚？

敬隐渔　唉——唉——

玛　丽　（上前摸敬）哎呀，他这么烫！喂，你醒醒。这是公园，哪去找水？你等等啊，芋子叶上有露水。

　　　　【敬隐渔喝水慢慢苏醒，看见玛丽，不好意思。

敬隐渔　大姐，我这是在哪里？

玛　丽　这是杜甫草堂啊，你真不知道吗？

敬隐渔　杜甫草堂？我怎么到这里了？

思　琪　是啊，你怎么到这里了？

敬隐渔　我跑了两天，没有吃一口东西。

玛　丽　这是妈妈给我准备的早点，给你。

敬隐渔　这……谢谢。（狼吞虎咽）

思　琪　你从哪里来？

敬隐渔　彭州。

玛　丽　彭州？

敬隐渔　是的，彭州。有个白鹿乡，那里有个修院？

思　琪　你是小和尚？

玛　丽　思琪……

思　琪　（悄声对玛丽）我逗他呢。（对敬隐渔）你是小和尚吗？

敬隐渔　不是。

思　琪　那你是小道士？

敬隐渔　不是。

思　琪　那你是什么？

敬隐渔　修生。

思　琪　修生？不就是洋小和尚吗？

敬隐渔	不是，跟你说不清楚。
玛　丽	生活这么美好，怎么去做了……？
敬隐渔	生活所迫。我三岁丧父，家里穷。母亲是虔诚的教徒，在我八岁那年，她把我献给了天主。
玛　丽	啊？那你家是哪里的？
敬隐渔	我家在遂宁，三个哥哥陆续到外面做学徒，谋生去了，唯一的姐姐嫁人了，她才十四岁，就嫁到重庆去了。母亲靠做针线维持生活。
玛　丽	真可怜，那你怎么出来的？
敬隐渔	我是逃出来的。
思　琪	逃出来的？
敬隐渔	是的。修道院要传播西方文化，不允许我们有自己的思想和文化，要让中国这头狮子永久地睡下去。
玛　丽	所以，你就逃出来了。
思　琪	就是不想当洋和尚呗！
敬隐渔	我本来是想申请退学的，可他们不让。那里没有色彩，要么黑色，要么白色；那里没有欢笑，只有钟声和忏悔。七年了，就像机械一样重复每一天。我就像被关在一个黑箱子里，看不到光，听不到声音。我想家，想念亲人，想看到更广袤的天地，想追求自己的梦想，所以我逃出来了。
玛　丽	对！我觉得你是该出来，追求自己的梦想。你叫什么名字？
敬隐渔	敬隐渔。尊敬的敬，隐蔽的隐，渔翁的渔，你呢？
思　琪	洋和尚还打听女孩子的名字？你猜。
敬隐渔	这怎么猜？

玛　丽　你学过《圣经》，知道圣母的名字吗？

敬隐渔　你叫玛丽亚？

玛　丽　没有"亚"。

敬隐渔　你叫玛丽？多美，多圣洁。你是我接触的最美的女孩。

思　琪　她是最美的女孩，那我呢？

玛　丽　你，还接触过其他女孩？

敬隐渔　没有，你们是我第一次讲话的女孩。

思　琪　那你以后见了其他的呢？

敬隐渔　你们还是最美的。

玛　丽　我母亲也信天主教，是她给我取的名字。

敬隐渔　其实，我赞成每个人都应该有信仰，人如果没有信仰，
　　　　是最可怕的。

玛　丽　那你现在有什么打算？

敬隐渔　我不知道……我现在想去找份工作，自己养活自己。

思　琪　那你会什么？

敬隐渔　我……好像不会什么，我只会法文和拉丁文，喜爱中国
　　　　诗词。

玛　丽　哦？法文？
　　　　（用法文问）你相信有上帝吗？

敬隐渔　（用法文回答）我相信一切都靠自己。

玛　丽　你的法语真的很标准啊，就像我认识的法国神父一样。
　　　　对了，我认识成都法语学校的校长，他们正要找法文老
　　　　师呢。

敬隐渔　法文老师？我行吗？

玛　丽　一定行的，他们正好要找懂法文和中文的老师。

思　琪　（捡起地上的书本）这是你的吗？（看、读）"隐渔翁，

少年独钓千江雪……"

玛　丽　（接过书本看）这是你写的？

敬隐渔　（不好意思）是的，是我离开修院后写的。

玛　丽　"隐渔翁，少年独钓千江雪。千江雪，寂寞声色，谁识
　　　　豪杰？"写得真好。

敬隐渔　你太过奖了，谢谢你帮我。

玛　丽　不用谢的，你，你很优秀。

敬隐渔　你……我从未遇到过像你这样善良、美丽的……

　　　　【玛丽捧着书本，仔细端详敬隐渔，两人目光相对。

思　琪　走吧，我们带你去试试。

　　　　【走了几步，发觉他们没跟上。

　　　　你们两个干吗呢，走啊。

　　　　【歌声起，女生独唱"千江雪，寂寞声色，谁识豪杰"，
　　　　悠扬清澈。

　　　　【玛丽和敬隐渔相视一笑，跟着思琪走了。

　　　　【音乐接主题曲，舒缓优美。

第二场

　　　　【时间：一年后。

　　　　【场景：同上。

　　　　【道具：一束鲜花。

　　　　【人物：敬隐渔，玛丽。

　　　　【左灯光启，玛丽来回走动，幸福地等待敬隐渔。

敬隐渔　（抱着一束玫瑰）玛丽。

玛　丽　（跑过去）隐渔，你迟到了。

敬隐渔　送给你，喜欢吗？我又收到哥哥的信了。

玛　丽　太好啦，又有什么好消息？

敬隐渔　好不容易联系上家里，三哥说家里还好，三哥显春支撑
　　　　着家传的药铺，四哥显耀还在教会做事，母亲健康我也
　　　　就放心了，姐姐出嫁了妈妈有些不放心，等我有时间一
　　　　定要回家看看，安慰一下母亲。

玛　丽　好啊！等你忙完我陪你一起回去。

敬隐渔　好啊，你跟我一起回去，我带你去吃广德寺外的豌豆凉
　　　　粉，我小时候母亲带我吃过，保证你喜欢。

玛　丽　哦，那我一定要尝尝。

敬隐渔　还有我们遂宁的油汁豆腐干，与众不同啊。我再带你乘
　　　　船垂钓涪江。啊，斜阳挂在嶙峋矗立的山顶上，船头翻
　　　　着红浪，渐渐插入山影。山眉间的栈道小得和山石参差
　　　　的曲线相萦……卧龙山吐出一弯新月散发光辉……呀！
　　　　玛丽！人生最大的幸福就是同自己眷恋的人在一起！

玛　丽　你讲得真美，我想马上就和你一起放舟涪江了，将来我
　　　　们就去你的家乡，在那里幸福地生活。

敬隐渔　幸福地生活？

玛　丽　怎么了隐渔，你不愿意吗？

敬隐渔　我当然愿意。可现在军阀混战，家乡已经千疮百孔，那
　　　　一阵阵令人惊恐的枪声，到处满目疮痍，民不聊生啊。

玛　丽　可我们也没办法，做不了什么啊。

敬隐渔　不，我能做。玛丽，很抱歉我一直没告诉你，其实……

玛　丽　其实什么？

敬隐渔　其实我想辞了法文学校的工作，先到上海去学习机械制
　　　　造，然后到法国去深造。

玛　丽	啊，为什么？你十八岁就担任了法文专门学校的教授，人人都称赞你少年英俊，聪明能干。
敬隐渔	玛丽，我不想在这乱世中偏安一隅虚度一生，几位政界的朋友都鼓励我到法国去学机械，他们供给我的学费，又许我回国来当兵工厂的厂长，我想振兴全川的工业，我想学习机械，我想实业报国。
玛　丽	那我呢？我怎么办？
敬隐渔	我想过了，等我学成回国，就接你到上海，我们一起生活。你愿意吗？
玛　丽	这，这太突然了，我不知道……我想到出去就害怕，隐渔，你能不走吗？
敬隐渔	我还没有最后决定什么时候走，因为舍不得你，我也很犹豫。
玛　丽	隐渔……

【两人相拥。思琪拿着信件过来。

思　琪	玛丽、敬先生你们在这，给，这是你的信，从遂宁来的。
敬隐渔	（看）三哥写的。（越看脸色越不对，痛苦）不，不，天哪！
玛　丽	怎么了，隐渔，怎么了？
敬隐渔	（痛苦）不，不……
思　琪	（捡起信读）四弟，紧急地告诉你，遂宁城里北洋军跟滇黔川靖国联军争地盘，天天打仗，母亲在家休息时，被流弹击中……
玛　丽	（接）身亡……天哪！
敬隐渔	（愤怒）该死的军阀，为什么不让老百姓过上安稳的日

子，还说推翻了清王朝就好了，可现在天天打仗让人怎么活啊？

玛　丽　隐渔，你别太难过，保重身体。

敬隐渔　我要报仇，我要回去报仇。

【敬隐渔要走，被玛丽和思琪拦住。

玛　丽　隐渔，冷静，你先冷静。

敬隐渔　我怎么冷静，我的母亲啊！

思　琪　敬先生，那些是军阀，人多势众，有枪有炮，蛮不讲
理，你这样回去是送死啊。

玛　丽　是啊，隐渔，思琪说得对。不能这样去送死啊。

敬隐渔　那我怎么办？此仇不报妄为人子，可我到底该怎么办
啊？玛丽，你说我该怎么办？

玛　丽　我，我不知道。

敬隐渔　思琪，你说呢？

思　琪　我也不知道啊。

敬隐渔　天哪，我到底该怎么办？

玛　丽　隐渔，君子报仇十年不晚。你现在要冷静下来，想好对
策，你不是想去学习机械制造，想办兵工厂吗？你就先
去实现你的理想，等将来有能力了，再去报仇。

敬隐渔　实现理想，再去报仇。对，你说得对。母亲的死让我更
深地懂得了国破家何在的道理，我一直想出去，现在我
更是坚定了到法国留学的决心。我现在都快憋死了，在
死之前我要挣扎几下。我要出国，玛丽，你跟我一
起走。

玛　丽　我？隐渔，现在我还不能跟你一起去。

敬隐渔　为什么？

玛　丽　　我父母都在戎都，我还不能离开他们，而且我现在跟你走，只能拖你的后腿。

思　琪　　是啊，敬先生，你到一个人生地不熟的地方去闯荡，前途未卜，玛丽要是跟你一起那不是遭罪嘛。

敬隐渔　　那倒是啊，我的前途未卜，不能让你跟着遭罪。

玛　丽　　隐渔，我了解你的为人，理解你的决定。我从爱上你的那一天起，就准备好分担你的命运，虽然我不能跟你一起去，但我的心会一直跟你在一起，我等你。

敬隐渔　　好。不过，我此去路途艰辛，万一……你就不要等我了，那会牺牲你的大好青春。

玛　丽　　不，我会等你！（紧紧地抱着花束）

　　　　　【音乐起，男声独唱"潦倒还唱青天阔，清肠踏破空颜色。空颜色，黄昏谁伴？有西江月"，高亢嘹亮。

　　　　　【不同光区，敬隐渔和玛丽挥手道别。

　　　　　【光暗。

第二幕　寂寞·寻

　　　　　【场景：警备司令部王司令官邸的客厅，豪华陈设。

　　　　　【道具：沙发一组，书桌，高背靠椅，留声机，红酒，高脚杯两只。

　　　　　【人物：敬隐渔，王司令，王胡子，思琪，勤务兵。

　　　　　【画外音：我最亲爱的玛丽，这是我离开你以后写的第一封信。你记得我俩在草堂寺最后一次见面的光景吗？你倚在我身边，夕阳照着檐下藤上的月月红，映着你紧致的颈项，尖尖的下巴，高高的鼻子，长长的睫毛……亲爱的玛丽，离川的路途越远就越发地想你。在路上，我还曾遇到土匪的抢劫，他们将我身上的银圆都抢走，还说要割我一只耳朵。万幸的是有人救了我，并带我到了上海。我初见的上海在绵雨凄风之中好像是野兽的崖窟。好在我认识了很多同乡，加入了以同为四川人的郭沫若为首的创造社，写作和编辑书刊。可不幸的是军政府把书局查封了。正在进退狼狈的时候，有人请我到平民女学校去教法文，还把我介绍到四川同乡王司令那里去做事。我不知道能为他做什么……亲爱的玛丽，我想你了。

王司令　（与王胡子上）人靠衣衫马靠鞍，你穿上这身军装，匪气立马减掉三分。

王胡子　是的，是的，多亏大哥栽培！多亏大哥栽培！自从大哥让我当上这个文管处处长，我猪鼻子插葱——装洋相，也要装得文气一点。

王司令　一笔难写个"王"字嘛。我在四川时就听说龙泉山有个王胡子，打家劫舍，功夫了得，小孩子听到你的名字都不敢哭，是真的吗？

王胡子　不敢当，不敢当。也是为了活下去呀。

王司令　现在，你既然投靠了我，是你效忠本座的时候了。我吩咐你的事办妥了吗？

王胡子　报告司令，已经按照您的吩咐，把平民书局查封了，这帮子文化人真是胆大包天，居然敢写文章骂您，我看是活得不耐烦了。

王司令　行了，这帮子秀才，手无缚鸡之力，胆子可不小。不给点颜色，他们不知道厉害。对了，我吩咐你给我找个四川同乡来做我的心腹秘书，你找到了吗？

王胡子　找到了，大哥！我托人找了个四川小老乡，叫敬隐渔，据说懂几国洋文，又很能干，包您满意。我当土匪的时候抓过他，还差点割他一只耳朵。

王司令　好哇！好事办成，重重有赏。

王胡子　不过据说此人心高气傲。昨天打电话到文管处，质问查封平民书局的事，我就把他约来了，能不能制服这头小倔驴，还得您亲自出手。

后　台　报，敬隐渔先生到。

王胡子　说曹操曹操到。

王司令　软硬兼施，再倔的驴也会低头。

王胡子　我在四川跟敬先生有点过节，就回避回避了。

王司令　请进。

　　　　【敬隐渔遛来。

敬隐渔　拜见王司令。

王司令　你就是敬隐渔？

敬隐渔　是，我是敬隐渔。

王司令　（打量）不错，不错，哈哈哈……隐渔啊，我早就听说了，你是个能人，小小年纪就会几国洋文，还当过省城的法文学校教授。今日一见，果然一表人才，意气风发。来，请坐，看茶。

　　　　【勤务兵端茶上。

敬隐渔　隐渔不才，承蒙司令厚爱了。

王司令　你现在在做什么啊？

敬隐渔　我现在在"中法国立工业专门学校"学习，将来想去法国学习机械，回国后开办兵工厂。

王司令　好啊，有理想。如果每个青年都像你这样有抱负、有作为，国家兴旺指日可待。

敬隐渔　隐渔现在只是愿做点想做的事而已。

王司令　想做的事？

敬隐渔　是的，司令。我的母亲在混战中身亡，家人流离失所，我在来上海的路上还遇到了土匪抢劫，这就是乱世带来的伤痛。一个小匪说得对，"哪个手里有枪，哪个就是王法"。所以我想办兵工厂，自己造武器，改变这混沌乱世，建立新秩序。千百年来，我的家乡遂宁皆以遂心安宁著称，在战乱中却变成了血腥痛苦之地。

王司令　老弟啊，你有所不知，哪是只有遂宁才这样？你看现在的中华民国，哪里不是混乱无序啊。老弟啊，我忠告你一句，保住自己最重要，别想那么多。

敬隐渔　（独白）鲁迅先生批评得对，国人已经麻木了，只要是大家的事，不论好事坏事都觉得与自己无关，好像过路的看客。

王司令　老弟呀，不是不管，我也想管，可是，铁打的帽子，流水的官，都是过客，我只要平安无事，哪管它洪水滔天？今天，我请你来有事相商。我打算资助你，学成之后回来做我的助手。

敬隐渔　司令，我可无功于你。

王司令　我比曹孟德还爱惜人才。

敬隐渔　司令，我无权无势，帮不了你什么。

王司令　我当初出来闯荡的时候也是白手起家，举目无亲。你的运气比我好。

敬隐渔　可是，我已经决定出国了。

王司令　我知道，我资助你去学习制造兵器，学成回国办一个兵工厂，他们打仗，我卖武器，可以大发一笔横财，到时我俩共享利益。你看——怎么样？等学成归来，我继续扩大队伍，那时候，你我定是富中富人上人啊。

敬隐渔　司令的远大抱负让隐渔钦佩。但隐渔自认为才疏学浅，帮不到司令什么。

王司令　（不悦）哦，那你是拒绝了。你说你的理想是办兵工厂，我支持你，你还不满足吗？

敬隐渔　不敢。司令，通过我到上海以后的感受，其实我当初的理想已经有了改变，如今的中国，既要有实业，更要有进步的思想，思想的禁锢和落后同样唤不醒沉睡的雄狮。我今天愿意来拜见司令，主要是有一件事情，平民书局出的书介绍进步思想，很受读者欢迎，你们警备司令部的文管处为什么把它查封了？

王司令　文化人也不要以为写点文章就可以让中国变好。不如干些实业，空谈误国、实干兴邦啊。

敬隐渔　实业固然重要，但就如一个强壮的人，你给他吃再多的补品，如果脑子有病，或者像牲口一样不知道思想，最后只会任人宰杀。文人所做的事，就是唤醒他们，正如鲁迅先生所说，唤醒"沉睡在黑屋子里的人"。

王司令　好啦，好啦！我们就不要空谈了，还是谈一件实在的事吧。我现在官运亨通，天天要跟政界、军界、外国租界打交道，我需要一个忠心耿耿、办事机灵、能说洋文的

	秘书，最好又是四川老乡。有人向我推荐了你敬隐渔，怎么样？你跟着我，不但待遇优厚，而且前途无量。
敬隐渔	司令要我帮你做事之前，请先答应我一件事，那就是把平民书局的查封令取消。
王司令	看你说到哪儿去了！你是司令，还是我是司令？好吧，这事咱们暂且搁下，我有件紧急公务去办，你坐坐，再想一想，三思而后定。

【思琪上。

思　琪　爸爸！

王司令　思琪，今天没出门？这大上海这么精彩，年轻人不要整天宅在家里，出去才有出路。

思　琪　我晚上去百乐门。您有客人？（看见）敬隐渔！

敬隐渔　思琪，是你？

王司令　哦，你们认识？

思　琪　是啊，在成都我们就认识了。

王司令　那正好，你劝劝他，让他当爸爸的秘书。

思　琪　真的？太好了。

王司令　那你们聊，我有公务要办。

【王司令离开。

敬隐渔　思琪，想不到在上海能遇见你，更想不到这是你的家。

思　琪　我们一家从成都搬到上海三个月了，爸爸说不安逸，听不懂上海话，想找一位四川青年做助手。没想到王处长找的人就是你，真是太好了。

敬隐渔　你跟玛丽还联系吗？

思　琪　当然，我们可是好朋友，经常联系。那你呢，给玛丽写信吗？

敬隐渔　我常常给她写信，真的想她啊。

思　琪　你们呀，你想我我想你真肉麻，想又不在一起，分又割舍不下。

敬隐渔　别这么说，思琪！

思　琪　怪不得玛丽那么喜欢你，你看你像个小女孩，还脸红。好吧，不说了，我们轻松轻松，喝一杯吧。

【思琪斟酒一杯递给敬隐渔。

敬隐渔　我不会喝酒！

思　琪　男人不喝酒，白在世上走，这是我爸说的。我觉得男人女人都应该喝点酒。酒精可以让人兴奋，可以让人浮想，可以让人敢梦。我们这个民族已经没有梦了，像你这样的有志青年实在不多了。来，为你忧国忧民的梦想干一杯。

敬隐渔　（呷一小口）思琪小姐，我真的不会喝酒。

思　琪　什么都是学会的嘛。法语、拉丁语你生下来就会吗？法国，那是个浪漫天堂，不会喝点红酒岂不扫兴？（敬隐渔渐渐抬头看着思琪举杯）既来之则安之，你先不要想那些烦心的事。来，我们跳一曲。

【思琪走去开留声机，舞曲悠扬。思琪走回来请敬隐渔跳舞。敬坐在座椅上不动。思琪使劲拉，敬勉强起身。

敬隐渔　思琪，你知道我的身世，我从来就没有学过这种交谊舞。

思　琪　哎呀！不会跳，人家教你嘛。没有别人，放开来跳，这样，这样，贴紧点。

【敬隐渔喘不过气来，使劲从思琪怀里挣扎出来。

敬隐渔　思琪，你别这样，你明知道我和玛丽相爱。

思　琪　（调侃）我比玛丽的条件要好得多吧。如果那天在公园遇到你的不是玛丽，而是我，相爱的不就是我们了吗？

敬隐渔　思琪，你怎么这样说，你可是玛丽最好的朋友。

思　琪　你生气了，我只是开个玩笑。

敬隐渔　思琪，怎么能开这种玩笑？

思　琪　好了，别生气，我到上海这么久，难得遇到熟人，跟你开个玩笑。你要是再生气，我可也生气了。

【王司令正好进来听见。

王司令　（从后台冲出来，呵护思琪）什么？你小子敢惹我的宝贝女儿生气。敬隐渔，我让你当官你不干，你真是个木头疙瘩，不识抬举！（转向后台）王胡子！

思　琪　爸爸，不是这样的，你误会了。

【王胡子从后台急忙跑出来。

王司令　误会什么？我看这小子就是欠揍。王胡子，你看你找的什么人！

思　琪　王处长，这没你的事。

敬隐渔　王胡子？原来王处长就是你！

王司令　怎么？你们早就认识？

敬隐渔　认识？在四川就是他绑架了我，抢走我的钱，还差点割了我的耳朵。你们倒真是兵匪一家。思琪，没想到是这样，我走了，再见。不，再也不见！

【敬隐渔气愤地离去。思琪急得哭起来。

王胡子　小姐，别生气，文化人就是粪坑里的石头——又臭又硬。

思　琪　（打王胡子一个耳光）你还说，都怪你这个土匪。（跑下）

王胡子	大哥，你看小姐打我。

王司令　（狠狠给王胡子一个耳光）滚！

【胡子出门以前，咬牙切齿。

王胡子　敬隐渔呀，敬隐渔，你让老子不好过，老子也不能让你
　　　　过好！

【光暗。

【起音乐。定点光中，玛丽拿着信看。

玛　丽　亲爱的隐渔：来信都已收到，知道了你的近况，我很担
　　　　心。你有理想有抱负，可身在激流之中，要特别地当
　　　　心。我常需走在草堂寺中，在我们常坐的凭栏处向远方
　　　　眺望，仿佛觉得你就在眼前。你静静地看着我，倾听我
　　　　说话。我叫你不要看得那么痴，你微微一笑，你还是那
　　　　么安静地看着我。我们携手回去的时候，地上已隐约速
　　　　写着新月的影子。隐渔，我想你啊，希望你能保重自
　　　　己，实现理想。记住，我等你，等你。

第三幕　青天·阔

【画外音：亲爱的玛丽：你的来信让我欣喜万分，看着
你的信我开心得每个细胞都在欢唱。玛丽啊！除了你以
外，世间是多么空虚！我在王司令家，遇见了思琪，她
是你的好友，我不说什么，可她的父亲王司令查封了平
民书局，想以此阻挡历史前进的脚步，遮掩民众进步的

声音。但是他的卑劣行径注定要失败，因为历史的前进步伐无人能挡。我现在发现，文学是革命的呐喊声，能够喊出我内心的澎湃。我写了小说、诗歌，翻译法国文学大师罗曼·罗兰的作品。你知道吗，玛丽，日子虽然过得艰难，可我找到了心灵的皈依。

【场景：上海法租界法国公园。敬隐渔穿着褶皱不堪的西装，坐在池边一株柳树底下发呆，慢慢啃着干面包。烦闷地来回踱步，关上门躺在两条黑而臭的破被上，昏沉沉地睡着。洗衣的女人倒下的浊水。敬隐渔爬起来，抖动棉被。右邻的皮匠修着鞋子，供奉着一尊佛像，烛光摇曳。

房　东　　敬先生，你该缴房租了。

敬隐渔　　（翻了翻口袋，没有一分钱）先生，请宽限几天，我一并给你。

房　东　　你就可怜可怜我吧，我也是做工的。再收不到房钱老板要把我赶走。

郑振铎　　（敲门，上）请问敬隐渔先生住这里吗？

敬隐渔　　正是，请问先生是？

郑振铎　　我是郑振铎，在《小说月报》和商务印书馆供职。

敬隐渔　　《小说月报》的总编？西谛兄！久仰，久仰！

郑振铎　　我是专程来拜访你，也给你送稿酬来。你的信和稿件我们刚刚收到。我们欢迎你给文研会的《小说月报》投稿。你寄来译文《李俐特的女儿》，是法兰西小说，我们已经决定采用。

敬隐渔　　这怎么使得？大总编光临寒舍。你看我这地方连坐处都没有，实在失敬。西谛兄，你知道的，我在上海中法国立工业专门学校读书时，是有奖学金的，生活不成问题。制造武器固然重要，但是我不愿痴迷于欧洲发明的奢侈品和杀人工具，这些只是一小撮资本家和军阀用来发横财或者镇压不幸的穷人的，我真的希望这段革命快些过去，自私的政治、投机的意识、所谓现代文明的腐败奢华，全都随之而去吧。我觉得国家要强盛必须要有新的思想。我发现文学才是我的归宿。

郑振铎　所以你就离开了学校，专门从事文学创作。读了你的大作，我在想不认识你的人一定会觉得，作者是位学富五车的长者，知识那么丰富，思想那么深邃，辞那么优美，看到才知道却是一位翩翩少年。"渐渐秋满了公园，碧绿的草坪铺上了金毯；我的黑西装也变成了污黄色。凋叶逐悲号的秋风飘荡，我的枯瘦的影儿也在秋水里战栗。红鱼儿一对对游泳到我影边，吹碎着日光，在笑我的孤独。"真是太美了，你是为文学而生的。难怪郭沫若先生称赞你是文学天才。

敬隐渔　见笑了，同郑总编、郭沫若先生、鲁迅先生相比，我还没有入门。

郑振铎　敬先生不必过谦，如不嫌弃，请多赐稿，《小说月报》将按字给稿酬。

敬隐渔　谢谢先生。你看，这是我征得法国作家罗曼·罗兰先生的同意刚翻译的一部他荣获诺贝尔文学奖的作品《约翰·克利斯朵夫》，请你过下目。

郑振铎　啊！是大文豪罗曼·罗兰先生的大作，我正想着这件事，没想到你已经译好了，你是第一个把罗兰先生的作品翻译成中文的。（翻着稿子念）"江声如号，破岑寂而上，侵侵乎，有驾驭万物之势。于是沁濡他的思想，萦绕他的梦寐，涤浴他的身体。"妙哉！你的译文文字非常清新，语言非常生动，节奏铿锵有力。

敬隐渔　我最受感动的是罗曼·罗兰先生刻画的克利斯朵夫，他自由不羁和桀骜不驯的独立精神，对爱情忠实而又诚挚，像清教徒般的廉洁。这对摧毁了帝制和过于陈腐的我的同胞们，正可作为一剂不可多得的良药。

郑振铎　好，你的大作，我带走了！马上回去排版刊登。

敬隐渔　郑先生，我这里还有一封罗曼·罗兰先生写给我的信，我想这封信既是写给我的，也是写给我们这一代中国青年乃至全体中国人民的《约翰·克利斯朵夫向中国的弟兄们宣言》。（此处用法语念一段）应该把罗曼·罗兰的友谊心声传达给广大公众。我马上把它翻译成中文，希望贵刊把它发表出去。

郑振铎　真是太好了，敬先生，我们《小说月报》正需要像你这样的文学青年，我真诚地邀请你加入我们文研会，成为我们的成员。我们还将把你的小说《袅娜》《养真》《玛丽》《宝宝》等作品一一发表。

敬隐渔　谢谢先生。

郑振铎　那我就不打扰你创作了，改天我再来拜访。

敬隐渔　先生走好。

【郑振铎兴奋地离开，房东过来。

房　　东　敬先生。

敬隐渔　来得正好，给，你的房钱。

房　　东　太好了，这下我也好给老板交差了。哦，差点忘了你的包裹。

敬隐渔 （拆信）退稿？《创造周刊》被查封了，这还让人说话吗？我得去找他们理论理论。（下）

【敬隐渔拿着包裹欲走，文先生拄着文明棍进来。

文先生 哟，敬隐渔住这里？啧啧……大才子怎么住这个破地方？

敬隐渔 难道只有住在南京路上，才是文人吗？

文先生 呵呵，言辞犀利，不愧是敬隐渔。

敬隐渔 还没请教？

文先生 鄙人姓文，平日创作小说和翻译外文。

敬隐渔 哦，您就是文先生啊，久仰大名。不知有何贵干？

文先生 闻听敬先生精通法文，鄙人特来邀请敬先生到女子学校授课，同时，一同翻译法文。

敬隐渔 文先生的大作我也曾拜读过，不过风格各异，道路不同。文先生的随波逐流，为权贵摇旗呐喊，遮掩丑恶，请恕隐渔不敢苟同。

文先生 敬先生，"我们一直寻找的，却是自己原本早已拥有的；我们总是东张西望，唯独漏了自己想要的，这就是我们至今难以如愿以偿的原因"。"人生最遗憾的，莫过于轻易地放弃了不该放弃的，固执地坚持了不该坚持的"。

敬隐渔 这些都是柏拉图的名言。是的，我曾经拥有过，现在一无所有。但是，我不后悔。

文先生 文学可不是谁都可以走的路。你得有文凭，有背景。你看我，我到美国留过学，又是中国文学研究会的会员，每千字要值十个大洋。如果你真的要走这条路，你可以先读读我创作和翻译的小说。（敬隐渔接过书，翻看。）

敬隐渔 （独白）这种不通的创作和自哄哄人的翻译，我一天可以写好几万字；倘若我努力一个月，就可以回成都，我和玛丽一生的衣食住都够了。

文先生　达尔文说适者生存。

敬隐渔　先生教导的是，可是，我只想做文人，不能做文痞。

文先生　柏拉图说如果不幸福，如果不快乐，那就放手吧；如果舍不得、放不下，那就痛苦吧。

敬隐渔　文先生，"极度的痛苦才是精神的最后解放者，唯有此种痛苦，才强迫我们大彻大悟"。这是我写的一篇小说，请先生指教。

【双手送到文先生手上。

【文先生掏出一支雪茄，划燃一根火柴，把稿子点燃，然后用稿子点烟。敬立即抢夺，用脚踩灭。

敬隐渔　你！

文先生　老弟呀，这个社会首先要懂得包装，哪怕买个假洋文凭也行，假头衔也可以，不行，认个干爹，当人家女婿也可以啊！像你这样啥都没有，哪个读者会买账？

敬隐渔　你！

【王胡子持手杖，穿着上校军装，黑巴儿跟随。敲门，文先生很谦恭地接了他的手杖。

文先生　贵客，贵客！我说今早起来听到喜鹊叫。来来来，敬先生，我介绍一下，这是你的同乡，王司令的代表，你认识的。

敬隐渔　认识，当然认识。

王胡子　啊——哈哈哈！又见面了，敬先生，真是山不转路转，路不转人转啊。

敬隐渔　冤家路窄。（起身）

文先生　用词不当，用词不当，应该叫机缘巧遇。

王胡子　敬隐渔。你听好了，你伙同周全平、倪贻德办了个《洪水》杂志，对吧？

敬隐渔　是，又怎样？

王胡子　妄议朝政，煽动暴力，王司令责令查封《洪水》杂志，相关人员接受调查。

敬隐渔　哈哈！一本杂志就把你们吓成这样？我们没有什么远大的计划，也没有什么巨大的野心，更没有什么伟大的主张，只是因为看不惯眼前的丑态，遏不住自己的心情，而又找不到可以让我们自由地发表思想的地方，才引来了这股《洪水》。它是情火浇不息，懊恼排不开，羞辱忍不住，愤恨扫不去的呐喊。只要思想没有绝灭，自己的话只有自己说。

王胡子　只要我王胡子在，就没有你说话的份。

敬隐渔　你不要忘了自己的身份，土匪。你没有资格跟我讲话。

王胡子　没错，老子是当过土匪，可现在却是国军的军官，这叫识时务者为俊杰。是官就要管事，是官就要管人。如果不识相，可别怪我不认老乡。

　　　　我问你一问题，所有的人刚醒后会想着改变世界，但你知道我醒来后第一件事是想什么？——想去茅房，拉屎。哈哈哈哈！

敬隐渔　（旁白）呸！他那苍茫的容颜如今盖上了一层最讨厌官场的假面具了！我的头昏了，我每次走人群中回来，总觉得我的人格愈低降了！这帮流氓！

王胡子　敬先生，王司令有请，走吧。

敬隐渔　道不同不相为谋，请转告王司令，隐渔承蒙错爱，不堪重任。你们请回吧。

文先生　　酸，文人呀。（摇头）

王胡子　　酸秀才，不识抬举，还不给我面子，早晚老子收拾
　　　　　你。哼！

敬隐渔　　慢走不送。

　　　　　【王胡子、文先生、黑巴儿生气地离开。

敬隐渔　　这些土匪文痞，再待在这我都觉得无法呼吸了，我要离
　　　　　开这里。

　　　　　【光暗。

　　　　　【定点光下，郑振铎手拿船票等待，敬隐渔拿着行李走
　　　　　过来。

郑振铎　　隐渔兄！

敬隐渔　　西谛兄！

郑振铎　　船票已经买好。你的小说集《玛丽》要作为文学研究会
　　　　　丛书之一出版，你的《约翰·克利斯朵夫》和罗曼·罗
　　　　　兰序言的译稿，还有童话《皇太子》将要在《小说月
　　　　　报》发表，我把版税和稿酬都替你预支了。除了买船
　　　　　票，应该还略有点余用。……哦，还有，房东让我交给
　　　　　你的信。（从怀里取出递给敬）

敬隐渔　　（接信看）是思琪让人送来的，说文管处的王胡子借口
　　　　　我在小说《玛丽》里说得不妥。说我是危险分子，已经
　　　　　派人来抓我，拿我治罪。

郑振铎　　哪一句不妥？这个稿子是我亲自编的。

敬隐渔　　"倘若我要学医，我要发明一种猛性的毒药，掷到海水
　　　　　中，毒尽一切众生"，"倒不如仍学机械，造一颗绝大
　　　　　的炸弹，把地球一下炸毁"。

郑振铎　这是小说中人物的语言，我觉得写得好呀。他们真是神经有问题。

【众人紧张，不知所措。

自从镇压了五卅运动，他们越来越猖狂。隐渔，不能再耽搁，马上登船。

敬隐渔　好，此时一别，必有归期。我爱我的祖国，我敬隐渔还会站在中国的土地上呐喊的！再见。

第四幕　颜色·空

【画外音：亲爱的玛丽：在上海没有我的生存空间，中国没有我可去的地方，我只有去国外，这并非逃避，而是跳出比山来看山。我到了法国，我得到了罗曼·罗兰先生的大力帮助，顺利地完成了学业，可我迷失了方向。中国人在这里是低下的，是被压制的。我呐喊，我反抗，得到的却是更严厉的压迫。

【场景：法国埃菲尔铁塔。人头攒动。敬隐渔在广场上演讲。

敬隐渔　没想到，今天，殖民战争重启，中国的港口被列强封锁。在万县、南京、汉口，成千上万的中国民众，老人、妇女、儿童、无辜者、弱者，手无寸铁，毫无自卫能力，甚至不知道军舰这个庞然大物是什么，去在看热闹时就被英美军队炮轰、炸伤、屠杀，甚至粉身碎骨！

这是兽性的发作，仅仅为了看鲜血流淌而杀人。借口，纯粹是捕风捉影。什么必须保护他们的国民，这是在维护他们的权威和特权。他们还声称这是为了打倒苏联的布尔什维克主义，可他们却不敢碰一碰苏联。共产主义、和平主义，中国难道没有权利按自己的意愿行事吗？

我们至今使用的自卫武器只不过是宣传和罢工。在上海、汉口，我们热情的青年宣传者、大学生、工人、商人在演讲、在罢工，却被英国军警逮捕、打伤、监禁、枪杀、砍头……这些殉道者却非常镇静，虽然，他们没让刽子手掉下一滴眼泪，却唤醒了我们的同胞，英雄主义迅速发芽，他们高呼着"保卫祖国"走上刑场，向生者告别……

神　父　（上）他疯了，他居然跑到我的国家来捣乱。

随　从　他还起草了《告比利时人民书》，迫使我们的盟友与中国进行修约谈判，损害了我们的既得利益。

神　父　（阴险地一笑）哼！我要让他付出代价。

　　　　【警哨响起。警察将敬隐渔强行穿上病号服。

敬隐渔　我没有疯，你们才疯了，你们疯狂地屠杀、疯狂地掠夺、疯狂地迫害中国人。

随　从　神父，敬隐渔与文学泰斗罗曼·罗兰的关系非常好。罗兰夸他是新中国真正有用之才。

神　父　你说得对，这种人不能留在法国，他的能量太大。让上海王司令去驾驭他吧。

第五幕　黄昏·暗

【画外音：亲爱的玛丽：五年了，从到法国的意气风发，可那里不是我的土地，不是我的同胞，那里不属于我。我在他们眼里格格不入，他们说我病了，不顾罗兰先生的反对，把我病遣回国。到现在离开的黯然神伤，我，哎……不过这样也好，我回到中国，站在自己的土地上，起码离你近一些。亲爱的玛丽，我想你了……

【场景：警备司令部王司令官邸的客厅，豪华陈设。

【道具：沙发一组，书桌，高背靠椅，留声机，红酒，高脚杯两只。

【音效：汽笛长鸣。

【定点光下，敬隐渔提着行李箱走出，黑巴儿迎上去。

黑巴儿　敬隐渔，你已经回到上海，在这上面签个字，我们好回去交差。

敬隐渔　（签完字，苦笑）哈哈哈哈！想当年，我踌躇满志。讽刺啊，现在却丢盔弃甲，一无所有，所有的理想都成了泡影，我有何面目去见我的玛丽？

【王胡子得意地过来。

王胡子　敬隐渔，敬先生，你终于回来了，想必我兄弟俩你还记得吧？

敬隐渔　你们这两位我倒是想忘也忘不掉啊。

黑巴儿　大哥，少跟他啰唆。敬隐渔，听着，五年前，你从我大哥王胡子手里借了五十个大洋，说好了一年翻一番，现在五年了，翻五番，一五得五，二五一十，五五二十五，一共二十五个大洋。拿来！

王胡子　滚，滚，滚开，黑巴儿，亏你还念过两年私塾，加减乘除都不会，咋越算越少？五五二百五。二百五十个大洋。这里有契约，你可抵赖不了。

敬隐渔　那五十个大洋本来就是当年你们从我身上抢走的。

黑巴儿　是你主动送给我大哥王胡子的，他现在可是王司令的军代表了。

敬隐渔　哼，土匪就是土匪，不可理喻。

王胡子　行了，闲话少说，你的运气不错，听说你回来了，王司令特命我们请你来了。

敬隐渔　原来如此。拿着。（把行李箱递给黑巴儿）

黑巴儿　你……（欲动手，被王胡子拦住）看你得意到几时。

王胡子　请吧。

敬隐渔　前面带路。

　　　　【定点光暗。王司令家。

　　　　【王司令坐在沙发上看卷宗。

后　台　敬隐渔先生到。

王司令　有请。（见到敬隐渔）哈哈……隐渔老弟，留洋几年，神采依旧啊，想必学成回国，可以大展身手了。

敬隐渔　司令，五年了，隐渔一事无成，实在惭愧，不敢面见江东父老啊！

王司令　年轻人不碰壁是不会成熟的，回来就好。隐渔啊，今天

　　　　　　请你来主要是谈谈跟你合作办厂的事。这几年，你虽然
　　　　　　对我不理不睬，但我的心中却一直惦记着你，我比曹公
　　　　　　还爱惜人才的啊。

敬隐渔　　司令，实不相瞒，我已经转变了办兵工厂的念头，现在
　　　　　　国家乱，国民苦，光靠一两个工厂不能解决问题，要想
　　　　　　不被外敌欺辱，自己必须强大起来。我觉得在目前世界
　　　　　　大趋势下，单靠个人是无法让中国站立起来，必须团结
　　　　　　所有的力量才能……

王司令　　行了老弟，我以为你出去几年会有所改变，怎么还是一
　　　　　　副悲天悯人的样子。还是那句话，他们打仗，我们造武
　　　　　　器来卖，大发横财，我们狠狠捞上一笔。

敬隐渔　　司令，这是发国难财，要不得，国家兴亡匹夫有责，
　　　　　　我……

后　　台　　思琪小姐回来了。

　　　　　　【思琪和玛丽走进来。敬隐渔看见，惊讶、惊喜，激动
　　　　　　地颤抖。

敬隐渔　　玛丽！

玛　　丽　　（惊讶、喜悦）隐渔！你回来了？

敬隐渔　　玛丽，我回来了，我回来了……

　　　　　　【两人紧紧相拥。

玛　　丽　　隐渔，你终于回来了，我不是在做梦吧？

思　　琪　　没有做梦，敬先生真的回来了。

王司令　　你们认识？

思　　琪　　爸爸，他们是恋人。

王司令　　哦，恋人？有意思。

敬隐渔　　（轻轻推开）玛丽，当年我踌躇满志，如今黯然回国，

　　　　　我实在无颜见你。

玛　丽　（抱住）不，隐渔！你回来了就好！

敬隐渔　我，让你失望了。

玛　丽　不！你在法国这五年所做的一切我都知道，你见到了你
　　　　心中的偶像——罗曼·罗兰，他给你写过几十封信，这
　　　　是让多少中国青年羡慕的事啊。你把《阿Q正传》《函
　　　　谷关》翻译成法文，让西方世界知道了鲁迅先生和郭沫
　　　　若先生，也让他们认识了中国，你是让中国文化走向世
　　　　界的第一人。"万县惨案"后，你代表民国政府起草
　　　　《告比利时人民书》，以理服人，让中比条约不得不废
　　　　止。你完成了在里昂和巴黎的学业。这些都不是一般人
　　　　能够做到的。

敬隐渔　可是，我是被法国遣送回来的。

玛　丽　这有什么丢人的，总比自己一人回来安全，更让我放心。

敬隐渔　你不怨我？

玛　丽　傻瓜，我怎么会怨你。

王司令　哈哈哈……今天可真是喜庆的日子，隐渔老弟回国，又
　　　　见到相爱的恋人，这是可喜可贺的事啊。

思　琪　玛丽，你终于得偿所愿了，真为你高兴。

玛　丽　谢谢你，思琪。

敬隐渔　玛丽，你怎么会在这儿？

玛　丽　是思琪上个月到成都玩，找我陪伴，她回上海的时候劝
　　　　我一起来，我想了想，说不定你回国会到上海，于是就
　　　　跟她一起来了。没想到今天终于把你等回来了。

敬隐渔　玛丽，谢谢你等我那么久。

王司令　有道是，人有四大喜：久旱逢甘霖，金榜题名时。洞房

花烛夜，他乡遇故知。玛丽小姐，今天可是你双喜临门啊。

思　琪　哦，爸爸，还有什么喜事？

王司令　我早打算和隐渔老弟共同开办兵工厂，他的知识技术加我的权势财力，就坐等财源滚滚，这不又是一件喜事吗，哈哈哈……

敬隐渔　对不起王司令，你们把玛丽接来，我表示真诚的感谢。但办兵工厂之事恕难从命，现在时局混乱，造出枪炮大打内战，发的是国难财，苦的还是我们这些老百姓，隐渔志不在此，更不愿见到自己造的武器伤及无辜，涂害国土。

王司令　这么说你是再次拒绝了？

王胡子　敬隐渔，你不要不知好歹，王司令大人大量已经放过你一马，你还真是冥顽不灵，信不信老子收拾你。

思　琪　爸爸，不要这样勉强敬先生，算了吧。

王司令　算了？开办兵工厂可是我谋划了很久的大事，一直找不到合适的人来做，想不到敬隐渔突然就回来了，我怎么能放弃啊。乖女儿，这里没你的事，你上楼去休息。

思　琪　不，爸爸，求你不要难为敬先生了。

王司令　思琪啊，你要搞清楚，不是我难为他，是他难为我啊。敬隐渔，我再问你一次，答不答应？

玛　丽　隐渔，这可怎么办？

敬隐渔　玛丽，这事违背我良心的事，我真的做不到。

玛　丽　没关系，我支持你，我一直都支持你的。

王司令　还在那卿卿我我，看来你们爱得很深啊。王胡子。

王胡子　是，司令。

王司令　把玛丽小姐带走，让敬先生好好想想。

王胡子　是。

　　　　【王胡子和黑巴儿拉玛丽，要带走。敬隐渔拦住。

敬隐渔　你们要干什么？还讲不讲道理？

王胡子　讲理？老子原来就告诉过你"哪个手里有枪，哪个就是
　　　　王法"。这就是道理。

玛　丽　不，我不跟你们走，隐渔，隐渔……

思　琪　爸爸，爸爸，求你了，不要伤害玛丽。

王司令　我现在不会把他们怎么样，不过，敬先生如果想不通的
　　　　话，那就不好说了。

思　琪　爸爸……

王司令　走开，思琪，你要是再阻拦，我就马上把你送到国外
　　　　去。走，跟我上楼去。王胡子，你没吃饭吗？一个女人
　　　　都带不走。

　　　　【王司令把思琪拉走。

王胡子　是，司令。带走。

　　　　【王胡子拦住敬隐渔，黑巴儿拽开玛丽。

敬隐渔　你放开我，土匪，土匪。

王胡子　敬隐渔，你还记得我说过要收拾你吗？你小子几次给我
　　　　难堪，让我没面子，现在你们落我手里了。玛丽小姐长
　　　　得真漂亮啊，今晚上我们兄弟可就大饱艳福了。

敬隐渔　（怒急）土匪，流氓，放开我，你们敢动玛丽，我就跟
　　　　你们拼了！

　　　　【敬隐渔同王胡子厮打……厮打中，敬隐渔狠咬王胡子
　　　　的手，王胡子惨叫松手，敬隐渔去将黑巴儿拉住。王胡
　　　　子气急掏出手枪，对着敬隐渔开枪，玛丽冲到敬隐渔身

前挡住。栓响，众人惊呆，玛丽缓缓倒地……

敬隐渔　（扑过去，搂着玛丽）玛丽，玛丽呀！

　　　　【王司令和思琪听见枪响跑上。

王司令　王胡子，你他妈的怎么开枪了？

王胡子　司令，我，我，我只想吓唬吓唬他，走火了。

王司令　走个屁的火，废物，滚！

　　　　【王司令、王胡子、黑巴儿离开。

思　琪　玛丽，玛丽，你怎么了？

敬隐渔　走开，走开。

思　琪　敬先生……

敬隐渔　我叫你走开，不要碰我的玛丽，（呜咽）不要碰我的
　　　　玛丽。

思　琪　对不起，对不起。

　　　　【思琪跑开。

　　　　【敬隐渔抱着玛丽起身离开。

　　　　【光暗，定点光下。

敬隐渔　玛丽，我的玛丽，是我害了你。

玛　丽　（困难地）隐渔，活着，活下去！（咽气）

敬隐渔　玛丽啊——！活下去……哈哈哈，嘿嘿嘿！活下去，你
　　　　走了我怎么活下去……

　　　　【把玛丽掉落在地上的十字架，放在她胸前。

　　　　【光暗。

尾声　西江·绝

【地点：上海街头。

【情景：敬隐渔在街上东倒西歪地走着，在大街上傻笑。

　　　见到女人就喊：玛丽！

敬隐渔　（对思琪）玛丽！玛丽！

思　琪　（与文先生手挽手上）这个人好面熟。

文先生　他，你都不认识？就是那个书呆子敬隐渔。

思　琪　敬隐渔？他成了这个样子了？（慢慢走过，回头）

文先生　你认识他？

思　琪　我……算了，我们走吧。（下）

【场景安静，在敬隐渔的叙述中，玛丽和母亲交替出现。

敬隐渔　（独白）亲爱的玛丽：噫！我的竹炉倒了，我的破屋被
　　　　烧了一个洞，臭烟熏满了破屋，萧条的北风吹不开愁
　　　　去，却吹散了我的希望。看这香烟如缕，围绕着辉煌的
　　　　电光，流水般的汽车塞满了街头，这一切在我眼中都是
　　　　黑色的，在这个黑色的世道中，我时而清醒，时而混
　　　　沌……玛丽，你倒在了我的怀里，但我宁愿相信你是去
　　　　天堂等我。你是在天堂等我吗？

玛　丽　隐渔，我的爱人，天堂在你的梦中，我在你的梦中等
　　　　你……

敬隐渔　玛丽，我的玛丽，是你吗？

玛　丽　是我啊，我是你的玛丽。隐渔，你知道吗？在等你的无数个日夜里，我的思念是幸福的，我常常走在草堂的小路上，回想我们依偎的情景……

敬隐渔　在月下，在花中，最甜蜜的一吻！你抱着我的颈项，你倒在我的肩上流泪。风细，花香，月影儿正浓……

玛　丽　你紧紧地搂着我，你的温热的颊贴着我的颊……

敬隐渔　天地万物都融化在了我俩的接吻里……我现在唯一能感觉到的，是最甜蜜的一吻！我们在家乡过着幸福的生活……

玛　丽　隐渔，这样的幸福，希望能够激起你活下去的勇气，我走了，我走了……

【一声枪响，击碎了敬隐渔的幸福回忆。

敬隐渔　不，不，玛丽，你别走，玛丽……

【母亲出现。

母　亲　隐渔，显达，我的幺儿啊。

敬隐渔　母亲？是我的母亲在唤我吗？

母　亲　我的孩子，你还好吗？我想见你啊。

敬隐渔　母亲，我也想你啊，自从八岁离家，我就没有断过对你的思念。

母　亲　我的儿啊，这些年你一个人在外学习、漂泊，我没有照顾到你，你怨恨我吗？愿主保佑你平平安安，无灾无难啊。

敬隐渔　不，我没有怨恨你，我的母亲，家中贫困，你送我走也是无奈。我怨恨的是那些无法无天的军阀，怨恨那些无德无能的文痞，怨恨那些恃强凌弱的匪人，怨恨那些对外敌卑躬屈膝的懦夫，我怨恨这暗无天日的世道……平平安安，无灾无难？这样的世道怎么平安，怎么会无灾无难啊……

母　亲　我的儿啊，我走了，愿主保佑你平平安安，无灾无难啊。

【又一声枪响，击碎了敬隐渔的回忆。

敬隐渔　不，不，不……这枪声，为什么一次又一次地伤害我，夺走了我的母亲，也夺走了我的玛丽，为什么啊——！我流尽了眼泪，这泪水冰冷冰冷……好冷啊！这海水一定是冰冷的！我想起家乡的涪江，那里的水是温暖的。我想起灵泉寺的清泉，是清甜的。我想起龙背坡上的风，是带着芬芳的。我亲爱的玛丽，我想家了，我想母亲了，还想你啊！我曾满怀实业报国、文学报国的理想，可都被这残忍血腥的现实击碎，击碎了……这天空是黑色的，这世界是黑色的，我希望这黑色之后是晴朗清明的天地……我只希望将来我的家乡富足平安，我的亲人幸福安康，完成我没有完成的夙愿，成为真正的遂心安宁啊！可我等不到那一天，等不到了……凄凉的今天是我这可怜生命的末日！告别这昏暗无光的世道，去到遂心安宁的归处，我的玛丽，我的母亲在那里等我，我来了，我来了……

【音效：鞭炮。

【后台：新年了！

独　唱　隐渔翁，少年独钓千江雪。千江雪，寂寞声色，谁识豪杰？潦倒还唱青天阔，清肠踏破空颜色。空颜色，黄昏谁伴？有西江月。

【敬隐渔在凄美的歌声中，缓缓走向深处……

幕尾词　年仅 29 岁的敬隐渔走了，在当时那个暗无天日、混乱无序的世道中，带着绝望消失在黑暗深处……今天，我们在和谐安宁、阳光灿烂的日子里，当铭记这位为中国文学走向世界做出突出贡献的奇才，他是遂宁的骄傲！是四川的骄傲！是中国的骄傲！

（注：该剧由奔喜剧工作坊出品。2016 年 10 月在敬隐渔国际学术研讨会期间演出。2017 年由四川传媒学院、凤凰学院等高校复排，获四川省首届大学生戏剧节优秀剧目奖。）

剧

评

领导、专家、观众点评、热议

（根据记录整理）

　　川剧《苍生在上》于 2018 年 10 月 30 日在四川艺术职业学院首演，于 11 月 18 日参加第四届川剧节。两次演出后，有关领导、专家对剧进行了点评，观众自发地进行热议。现将口头发言和书面发言整理如下：

第一部分　口头发言记录

　　郑东风（四川省纪委副书记）：结构合理，主题突出，典型呈现。国是大情怀，家是小情怀。

　　两个半小时，看的时候不觉得长，但按戏剧规律有点长。

　　熊隆东（达州市委常委、市纪委书记、市监察委员会主任）：这部戏很成功。一是题目取得好。这是主题，民为贵、君为轻。民本思想是中国传统文化中极其重要的思想资源。"民贵君轻"是孟子提出的社会政治思想。意为从"天下"来看，民是基础，是根本，民比君更加重要，是孟子仁政学说的核心。《苍生在上》通过讲述清代清官张鹏翮的故事，通过跌宕起伏的冲突设计，表达了人民至上的观点。

二是内容选得好。习近平总书记指出："我们要牢牢把握我国发展的阶段性特征，牢牢把握人民群众对美好生活的向往。"党的十八大以来，以习近平同志为核心的党中央提出了以人民为中心的发展思想。这一重要思想，继承发展了我国优秀文化传统，继承发展了我们党执政为民的理念，是中国特色社会主义发展思想的最新成果，开创了马克思主义人民观的新境界，推动了中华优秀传统文化创造性转化和创新性发展。张鹏翮是清官，是百姓心中的青天、好官。他出名在川外，几百年来人们没忘记他。他的士子情怀，追求人民至上、生命至上的价值观到今天仍有巨大价值。

党的十九大报告中，"人民"一词共出现 203 次。集中体现了我们党的初心和使命，为中国人民谋幸福，为中华民族谋复兴。

张鹏翮是古代官员，他的故事要为我所用：他坚持真理、修正错误；治河治本，标本兼治。剧中的家、国、情处理得很好。正能量、顺民心，好人得到好报，坏人得到惩处，打击腐败。

陈智林（四川艺术职业学院院长、四川省剧协副主席）：今天非常开心、高兴，《苍生在上》是我看到的品位高、题材好、立意好的优秀作品，凝聚人心和士气。我非常敬重张鹏翮。一个地方应该有一个人物，形成地方的标志。

黄冬（亚洲传媒集团香港文旅卫视行政总裁）：剧很好，可以推向香港、台湾市场。我可以穿针引线，负责联系。

提点建议，全国巡演时要提升舞美。

丁鸣（四川省剧目工作室主任）：《苍生在上》题材好、编剧好、导演好、音乐好、舞美好、团队演唱好、人气好。投入了真情，学榜样演榜样，塑造舞台形象。具有精品的底子，到目前，是我在川剧节看到的最好的一部戏。

这个戏体现了熊书记的文化情怀。体现了遂宁的文化自信，为弘扬廉政文化和传统文化结合，名人名家与民生情怀结合，找到了一个很好的平衡点。近几年，遂宁川剧团接连推出几部大戏，这部戏达到了一个新高度，是一次重大突破。

今天这个会是讲细节，对如何精雕细刻，走向精品具有重要意义。

一、跳出戏来谈川剧。习总书记在十八大、十九大都高度关注文艺工作。中央省市县区都出台了相应政策。弘扬传统文化已经做好了顶层设计。要落地，必须靠地方政府和主管部门。政府是主体责任，也要有川剧人的担当。要利用好这个有利时机振兴川剧。川剧已经到了岌岌可危的地步，川剧学员只有二百多人，川剧可能走向博物馆。下一步，我们要抓住习总书记对传统文化的关心这个有利时机，把川剧做大。

川剧团有为应有位。不能只干事，没有应有的位置。如何去解读中央和省上的政策，我们的主管部门要会去说服领导。

二、对《苍生在上》的意见。不要放弃这个题材，要不断打磨、提升，日臻完善。这个戏拿到中国艺术节上去还有差距，与《易胆大》《尘埃落定》也有差距。要成为一流的作品，才能在中国艺术节上夺得好成绩。要有时间打磨，要有经费投入。自贡的

《还我河山》四年了，到现在还在不停投入打磨。戏是磨出来的，是在演的过程中打磨出来的，科学判断自己的力量，遂宁要有保留作品，常演常新的作品，要有精力、财力投入。把好的作品演下去。

我对这个戏充满期待。在第四届川剧节中，编、导、演、音乐、舞美都是完整的。缺点是在细节上。经典的品质在细节上，精致的演绎，要有精益求精的精神。

《清风颂》可以让它传唱起来，进入中小学生的传统戏曲唱段。这是大家期待的。

遂宁川剧团这么好，队伍不能散，阵地不能丢。习总书记特别重视传统文化，多次讲到保护传统文化的重要性，提出了很明确的要求。最近，他为港珠澳大桥剪彩后，专门参观了粤剧博物馆，可见总书记对传统文化的重视。

严福昌（四川省文化厅原副厅长、戏剧家）：振兴川剧，我提了12个字："振奋精神、振作士气、振兴川剧。"我看了两次《苍生在上》，包括在温江的首演和在成都锦城艺术宫参加第四届川剧节的专场展演，遂宁市川剧团让我看到川剧的振兴，在川中率先的崛起。第四届川剧节每场都看了，这部戏接近尾声，是一个凤尾，很漂亮、丰满，中期评价很高。

我的评价是：张鹏翮是一代完人。这部戏接近完美。

给遂宁点赞。遂宁地处川中，是川剧的重镇。过去遂宁的几个文化局局长都写戏，任衡道、王本杰、任本秋等写了很多有名的戏，陈立局长从一个军人转业到地方搞文化，也写川剧，这是遂宁的传统。领导带头，还有做不好的事吗？最近陈立的剧本《萤火》获第32届田汉戏剧文学奖，得这个奖很难，这让我看到了振兴川剧的希望。他执笔的《苍生在上》起点很高，刚才几位专家说得很好，我完全同意。

遂宁十多年前有个广告很有名：遂州酒好没法说，不喝硬是睡不着。这体现了四川人的精神，可以借鉴。张鹏翮是皇帝身边的人，这么多年不倒，一定有他的独到之处，下一步如果要提升，可以在这方面再下点功夫。

遂宁市委、市政府对川剧很重视，在财政不宽裕的情况下拿出几百万元搞川剧大戏，参加第四届川剧节，体现了遂宁市委、市政府高度的政治敏锐性和文化自信、自觉。遂宁市川剧团阵容如此之强，行当如此之全在省内为数不多，这是遂宁高度重视的结果，不容易。

《苍生在上》这个题材很好，历史题材、现实意义，遂宁市委、市政府抓这个题材抓得很准，很及时，与现实呼应。编剧很用心，把人物研究得很透，在四川很有代表性。

建议：第七场加一段词，就是四川人的崇高精神境界，让四川人自豪，达到动人心弦的目的。

遂宁还有几个好演员，老旦、刀马旦很不错，可以在以后的戏中利用起来。

六、七场合并，把乡愁融进去，激发四川人的自豪感。

这个戏舞台简练、饱满，在四川绝对能排在第一方阵，是一流的，但离国家的文华奖还有差距。如何抬一点，再加 0.1 分，向高峰攀登。

舞美要进一步完善，"拒马"宜虚拟，现在太实。演员应吸取其他表演方式。

尹文钱（《四川戏剧》主编）：遂宁市川剧团创作演出的川剧

《苍生在上》品位高、基础牢、演情演技演理，打动人心。许多年未曾见这样穿透人心的四川戏剧——皇天后土、苍生在上。

郭勇（四川省艺术研究院副院长）：好戏、大大的好，好川剧，真的好看，大家的掌声说明了一切。

蒋素梅（梅花奖得主）：《苍生在上》是一部好戏，是遂宁，也是四川近二十年来的一部好戏。遂宁应该有这样一台戏了。我期待了很多年。真心祝贺！

曾绍义（四川大学中文系教授、硕士研究生导师）：提两点建议：一是建议组织该戏到全省巡演。止步于此，可惜了。二是建议把张鹏翮的事迹拍成电视连续剧，让更多的人了解张鹏翮。

杜林（四川省剧目工作室副主任）：这个戏让我心潮澎湃。我是遂宁人，张鹏翮这个人我一直在了解、关注。当戏中说到"遂宁"时，下面观众的反应是热烈的。

我是第一次看到以胡琴为全本的新编川剧。西皮、二黄，跟京剧很像。我也是第一次看到以花脸为核心人物的戏，眼前一亮。

用九个字来表达：戏引人、艺惊人、情动人。

从事戏剧工作几十年，到现在看过的戏有上千部，川剧《苍生在上》是少有的好戏。是这次川剧节编、导、演最统一的、比较完整、整体都比较好的戏，真的难得。

"君上、国上、苍生在上"，这是在剧场，我坐在熊书记后边，我听到他在跟旁边的领导介绍剧情。这是这个戏的特点和优点。艺术跟时代发生关系，跟导向发生联系。

这个戏的核心是"清风扇"，核心路段应有"扇""家""国"。父亲的教诲是对家风的传承，是对国家前途的忧虑。一把清风扇，清廉记心间。要有一首《清风颂》。这是人民的期盼，是党心的要求。

有几个细节注意：拱手要统一，男左手在上。

圣旨不能单手拿，应跪接、双手捧。这是传统文化，演就要演像。

泛光太严重，切场时，观众在轻轻问，这些工作人员在干啥。

结尾处，皇帝应把张鹏翮扶起来，群众再唱。一定要让观众看明白，皇帝原谅了张鹏翮。

第八场皇帝的两段唱有点多余，只保留干净的"道白"，千斤道白，四两唱，皇帝的戏应更加紧凑。

刘宁（四川省剧协秘书长）：遂宁文化局领导有参与创作的传统。陈局长下了功夫，观众的掌声说明一切，这个掌声是发自内心和自愿的，不是引导的。总结七个字：情满、戏顺、艺惊人。

男一号刘世虎很放松，入戏深。观众用再多的赞美之词，对这个戏来说，都能够承载得起，编、导、演、音乐很棒。我看了其他戏大都是卡拉OK式的。

一点建议：清风扇不能卖，是张鹏翮如何做人、如何做官的遵照。

杜建华（四川艺术研究院原副院长、戏剧理论家）：看了

《苍生在上》这个戏很振奋，神清气爽，感觉最提气。终于看到一部心情舒畅的戏。这个戏是第四届川剧节举办以来最受欢迎、鼓掌最多的戏。都是由衷的，其他戏多是引导鼓掌的。这个戏让我看到了恢复、振兴川剧的希望。遂宁川剧团的《周八块》是无论如何都不可以迈过去的。《苍生在上》出手起点就很高，不在其之下。

把古代人的传统和当代社会现实表达结合很恰当，对人物的掌控能力、表达能力都很好。古代人物在舞台上说什么话，与现代产生心灵碰撞是一种高度技巧，分寸拿捏得特别好，有的戏总有一种隔离感。

《苍生在上》不仅为川剧提供了一个好戏，可以拿到全国去竞争，而且与其他清官戏不雷同，完全可能站到全国的舞台中央。

这个戏的导演节奏把握有很大进步，现在很多戏都在跳舞，不跳舞过不去。而《苍生在上》把不必要的都去掉了，继承了优良传统，干净大气，走的是一条正路，每次演出都有完美的提升。

我要为演员点赞。有角儿的气象。舞台上的沉稳大气，不靠花花草草，始终抓得住人，凭表演、凭唱功，胡琴戏为川剧五种声腔发扬光大。

建议：筹款还债把扇子卖了，这值几个钱？扇子是传统精神，是家风、国风，是老父亲的教诲。扇子是筋骨，是老祖宗留下来的精神财富，不能卖。

炸坝是很大的事，应加一句"不是两个方案之争，荆大人、于大人、董大人建的坝在当时有很大贡献，可现在积沙太厚，造成河床升高，年年决堤"。或在说明书里说清楚。也可以在屏幕上打上字幕。遇弯取直确实要伤很多良田，有弯就有良田。治水几千年，没有一体化的治理是不可能治好黄河的，张鹏翮的《治河全书》现在还在京东网上热卖，体现了中华民族的精神传递。

云珠的唱有点困难。要在唱功上下功夫。

舞台不够亮。

廖艺力（青年戏剧评论家）：我来晚了，没有看到第一场，但是我仍然感到这个戏很美，很漂亮。一般来说，编剧的情怀是《苍天在上》，而这个戏是《苍生在上》，一字之差，立意更高。戏中的皇上、公主都是历史决定的。

这个戏恢复了戏剧的本质，大胆采用了中国式的写意（除结尾时有点艳）。

张鹏翮的主观能动性有点弱，他是承受、没有反抗，山东官员势力太强，他应主动作为。

木兰（中国网记者）：《苍生在上》真是太感人了！现场观众有很多人都是流着泪从头看到尾。《苍生在上》从编剧到演员，每个人都在用真情塑造着角色，每个人都付出了最艰辛的努力！这是遂宁重磅推出的大型优秀历史川剧，是遂宁弘扬传承优秀传统文化的一个重大成果。我们要向编剧和演员们深深致敬！感谢你们为大家奉献了震撼灵魂的《苍生在上》！心中有苍生，苍生才是天，真心为百姓，百姓才是地。

我们这次到遂宁又收获满满，从《苍生在上》剧组，我们再次看到遂宁的风采和遂宁人闪光的品质。遂宁这片热土与我们有情，遂宁这片家园与我们有缘。采访的过程，就是学习的过程。遂宁不仅有先贤祖辈的修身齐家治国平天下之风，更有新一代继往开来的家国情怀。我每次到遂宁，都被那些真情的故事深深感动！所以，我们要向你们学习致敬！要向遂宁学习致敬！

　　樊明君（四川省川剧院创编室主任）：《苍生在上》用川剧的方式，把一段清冷的尘封往事，变成了一个温暖的艺术品，把一个相隔久远的清代官员变成了一个活在近前的舞台人物形象。川剧《苍生在上》最有价值的地方在于成功塑造了张鹏翮这一个具有独特个性的舞台人物。

　　一部成熟的作品，一部能流传下来的经典作品，一般都具有这样四个特征：一是有一个或两个独特而鲜活的舞台人物形象，比如《巴山秀才》中的秀才、比如《曹操与杨修》中的曹操和杨修；二是有一个或两个因成功扮演独特人物而声名鹊起的出色演员；三是有一个编剧或者导演，因其一度或二度创作而引人关注；四是有一段脍炙人口、被广泛传唱的经典唱段，比如《徐九经升官记》中的"当官难、难当官"。这四者是构成一部成功剧作的基础条件，不可能说有一部作品家喻户晓了而剧中人物和演员以及编导者却无人知晓。

　　从《苍生在上》演出呈现的效果看，这部戏初步具备了成为一部好作品、精品佳作的基础条件，首先，张鹏翮这个人物形象是独特的、有生命力的。主要体现在张鹏翮不是一个概念性的人物，而是一个个性鲜明、行事独特的人物，张鹏翮的人物个性在"常平仓借粮"和"卖家产还皇粮"等戏份上得到充分的体现。

　　张鹏翮是借粮而不是我们经常在戏剧舞台上看到的"调粮"，借粮体现的是张鹏翮不同于其他清廉官员的个性，他用智慧借来的粮，又体现了剧作者"皇天后土、苍生在上"的主题立意。"常平仓借粮"一场也是该剧编剧唐稚明、陈立写得最为出彩的一场，张鹏翮与守备唐成武在场上一文一武，一忠一智，在二人你来我往的较量中，体现出张鹏翮编圈圈说服对手"以民为上"的"政治智慧"。

其次，扮演张鹏翮的主演刘世虎，以花脸行当粗犷而又细腻的身架、须生行当深邃而又缜密的行腔以及沉稳而又灵气的表演，把善于周旋而又敢于承担的张鹏翮这个人物鲜活地立在舞台之上。

第三，川剧《苍生在上》的总导演蔡雅康、执行导演郑德胜在全剧风格把握上呈现出来的大气、一致，在舞台调度及戏曲本体手段的活用及川剧音乐在传统胡琴腔上的创新运用等也使该剧具有了独特的个性气质和艺术魅力。

文学和戏剧都被称为人学，塑造新颖、独特、鲜活的典型人物和舞台艺术形象，并借人物以抒情怀、传思想，是文学与戏剧作品的价值追求。川剧《苍生在上》主角张鹏翮性格鲜明、形象丰满、有血有肉。全剧题旨立得住、人物树得起、思想有品格、人物有性格、演出有质感、角色有情感、故事有温暖、编导有情怀、音乐有创新，好戏，一出编、导、演、乐、舞均有亮点与出彩的好戏。

罗弋（西芯小学六年级学生）：《苍生在上》讲述了清朝一位官员被皇上派往黄河附近治水赈灾的故事。官员为了治水重用了一位曾经医为亲属犯罪而被牵连罢官的阿山，又大胆地借用了皇上常平仓的三十万石粮食用来赈灾，从而被皇上罢官，并责令他在两年内把粮食还入粮仓。他的父亲被迫卖掉祖业，并在饥荒劳累中死去。最后皇上出巡的时候发现黄河水患得到治理，老百姓争相推着粮车帮他运粮。这部剧让我认清了当时朝廷的腐败，也被主人公为民着想的精神所打动。

罗成武（中铁二局职工）：《苍生在上》是一部脍炙人口的新编川剧。一开始，"白茫茫齐鲁大地遍地洪荒"，灾民无数，饿殍遍野，残酷的情形将治理黄河的河道总督张鹏翮推到台前，赈灾、治河刻不容缓，治河是职责所在，赈灾却是燃眉之急，为苍生，先赈灾再治河，采用以工代赈；治河急需良才，而所得人才却是有污点的，是用人还是用才，为苍生，不避祸以德服人用其才；灾民每日饿死三千，府库却因地方官欺上瞒下空空如也，为苍生，不避死罪往军库借皇粮；治黄河炸河坝，触犯地方官僚集团利益，为苍生不顾个人得失，受陷害被罢官依然戴罪治河；皇上巡视，一众官员趋炎附势，为苍生，不惜开罪同僚，指出河患的根本在于官僚贪腐的这个人祸。

剧中，主人翁的唱腔铿锵有力，将张鹏翮的浩然正气展示得淋漓尽致，博得观众阵阵喝彩。最后，主人公在乡亲们的拥戴下还上皇粮，跪地双手上托接着伏地而拜而全剧终，向上苍倾诉，向苍生拜谢，意境深远。

郭晓琼（成都日报集团）：大型川剧《苍生在上》以清朝康熙年间名臣张鹏翮忍辱负重、一心为民治理黄河水患为故事背景，颂扬了他"矢志端方，持身廉洁"的高尚情操。整台戏无论表演、音乐、唱腔、舞美、服装都精彩纷呈、感人肺腑。川校同窗蔡雅康担纲导演，感动，骄傲！

李鑫（四川大学）：塑造一个英雄必定需要三步，第一他必定是心怀天下、大公无私、英勇无畏；第二他必定会为民请命、以身犯险、惨遭厄运；第三他必定受人民拥护、存于危难、青史留名。由遂宁市川剧团呈现的《苍生在上》依然是在此三部曲下塑造出了一位为天下苍生不顾自身安危的清官张鹏翮。

就《苍生在上》而言，其故事的时代特性正是延续了数千年封建社会的属性，在那如此固化、单一的社会意识下依然产生了心怀天下、为民献身的张鹏翮，为求安稳、不愿变动的巡抚，阴险狡诈、搜刮民脂民膏的知府，不重名利、足智多谋的阿山等一系列各具特色的人物，足以证明人物个体意识虽依托于社会，但却远远高于社会意识、丰富于社会意识；就封建历史发展而言，不同时代都具有不同时代的个体意识代表，虽各具时代特性，但总的个体意识仍离不开封建制度下共同的社会意识，可以归纳为修身齐家治国平天下，也可总结为学优则仕，但不论如何总结，总会发现缔造整个社会意识的上层建筑都运用了一个模棱两可的概念，即是青史留名！

古来英雄人物太多，其英雄事迹虽可歌可泣，但寻其源头，终究逃不过青史留名这个枷锁，由于封建社会意识对历史名誉的抬高，青史能否留名更成了约束古人最深刻的红线。

那么自然而然要思考的问题就是到底"苍生在上"重要还是"青史留名"重要，虽然苍生在上的意识与青史留名的意识并不矛盾，但循其源头便可发现其巨大的差异，"苍生在上"是一种利他行为，而"青史留名"是一种利己行为，虽二者往往同时发生，但其出发点却是背道而驰的。关于利他行为和利己行为孰好孰坏并不是我的重点，我更多想关注的是在塑造人物形象的时候是否该考虑其人物个性的出发点，显然《苍生在上》的编者在构思人物塑造时是忽略了这极其重要的一点，所以就导致了整场艺术呈现、人物个性的演绎缺乏更深层次的核心意识形态的展现。这一点需要后期多多打磨，我相信对于完善该戏，这必将是画龙点睛的一个步骤。

方浩翔（乐山四中高三学生）：字正腔圆的唱腔，精美的服饰，紧凑的剧情再加上《苍生在上》的唱词，显得通俗易懂。我想这部剧反映的就是正义与邪恶之间的较量，两者如影随形相生相克，正义绝不能小觑邪恶，正如剧中张鹏翮小看了那群贪官污吏导致革职。虽然张鹏翮中途受到了挫败，但他有自己的信念，就包含在父亲送的那把清风扇中，最后沉冤昭雪，战胜了对手。因此，正义一定要正视邪恶。

短短的两个小时，仿佛进入了张鹏翮的世界。为官清正的张鹏翮手拿关二爷的大刀放在送礼的阿山脖子上，殊不知阿山也是为了考验他是否值得真心效命。事后两人携手合作，探讨治理水灾的默契，冒死开仓放粮的果断，"天大罪责我承担"依旧在耳边回响。

剧中印象最深的是一心为民的张鹏翮与唐成伍的对手戏，唐成伍这个憨厚幽默的武夫演得十分讨喜。就连观众也被带入角色，也在为张大人难以说服一根筋的唐武夫开仓借粮焦急。而此时，有人暗中勾结欲害张鹏翮，救百姓于水火中的张大人蒙冤罢官，结局为百姓不忘救命恩情为张大人凑粮还债，而那群墙头草也受到应有的惩罚，正义终归战胜邪恶。

张鹏翮的四个"切不可"与其他官员的趋炎附势之性形成强烈对比，博得观众为张鹏翮的独角戏连声叫好。

最后，我认为《苍生在上》这部剧中，张鹏翮整治的不只是泛滥的黄河水灾，还有流离失所老百姓不安的内心，以及如洪水猛兽般的贪官污吏。因为生存环境是天，百姓、粮食、清官也是天。

陈群（中国人民大学）：我觉得一部好的作品不仅能陶冶情操，还能帮助人们树立正确的人生观和价值观。由遂宁川剧团演出的《苍生在上》无疑就是这样的作品！"领略黄河惊涛骇浪，走进历史荡气回扬！"以清朝康熙年间张鹏翮为原型创作的大型历史川剧《苍生在上》，讲述了清正廉洁的一代名臣，不畏官场腐败、不计个人得失、以苍生为上的动人事迹，歌颂了他的为民情怀和责任担当。

"文人风骨天下兼吏，士子弘毅苍生在上！"刘世虎饰演的张鹏翮一身正气，我第一次见到一位演员用唱腔就能传递那么多情感。他的唱腔里有张鹏翮的浩然正气，既能震慑贪腐，又给百姓以希望，浑然天成的声音回荡在锦城艺术宫，那么空灵，又那么雄壮，这就是振聋发聩的声音！直击灵魂，振奋人心！

感谢遂宁川剧团带来这么好的作品！我相信昨晚锦城艺术宫观众饱满的热情和经久不息的掌声就是对你们最好的认可！"梅花香自苦寒来！"加油！

潘乃奇（成都市文艺评论家协会戏剧专业委员会主任）：我几乎参加了第四届川剧节每个展演剧目的讨论。各位专家对《苍生在上》的赞扬之词不是在每一场都能听到的。这个戏接近完美，看完了当时就这个感觉。当时就有交流"好"。好在哪里，说不出来，给我的感动很深，我想这就是严肃表达的结果。作为观众，对优秀剧目会有自己的判断，是一种久违的，很厚重的感觉。我敬畏这个人，敬畏这个戏，想表达的太多，但不敢轻易去碰。

我不知道高峰是什么样。这个戏很像《康熙大帝》的气场。对比之下，我觉得这个戏需要强化一下，让女性角色更优化。在趣味上能否多一点情趣，我感觉太严肃了，从头到尾都很紧张。

另外，张鹏翮应该主动作为，一心为民还应有智慧，我张鹏翮不是好惹的，这样会更过瘾。

编剧这一块基础打得很牢,剧本是一剧之本。其他剧的基础还不够扎实。

从观众的反应来看,导演的调度、音乐、服装、舞美都很戏曲。

总的感觉:崇高的、严肃的、川剧的。

建议:还有提升空间,可能需要用两到三年时间慢慢磨。一定能成为精品、经典。

王顺桥(原温江地区汉剧团团长):皇上、官吏想长治久安,当以天下苍生为念。11月18日晚,一千多座位的锦城艺术宫座无空位,观众(不仅出于礼貌)被廉政、勤政、担当、救民……受诬告、遭打击、倾家产、丧父亲……仍然忠君、为国、爱民……完成治河、救灾艰巨任务的清官张鹏翮及演员精彩的演艺感染,出于内心赞赏而热烈地鼓掌。看完该剧,我赞同剧评团师友的点赞。

我的感受:身在四川,但对四川尚缺详尽了解。我知晓遂宁人杰地灵,是观音故里,出过名人名流陈子昂等、宋瓷。看了遂宁人编、演的《苍生在上》,才知遂宁对国家、对人民做出了更大贡献,更应该宣传、褒奖、学习的廉官张鹏翮。

看了《苍生在上》才知四川小地方遂宁,还存在川剧团,该团选、排、演出了思想性、艺术性、观赏性俱佳的大型戏《苍生在上》,才知遂宁刘世虎嗓音、唱功、表演……非凡,可谓花脸能人。看《苍生在上》才知省、市、县相关领导部门,戏剧院团领导,专家都给力。领导、专家如是给力川剧,振兴川剧大有希望。

盛长滨(戏剧家):原温江地区汉剧团的团长王顺桥的观剧

感最让我感动，印象深刻！一出好剧（尚需打磨）的强大力量和影响真的是难以估量！但愿《苍生在上》这出戏能给遂宁川剧团带来好运！

蔡雅康（四川艺术职业学院副院长、本剧总导演）：领导专家的点评是对我们的鼓励。两个皇帝对张鹏翮的评价如此之高，"天下廉吏，无出其右""卓然一代之完人"。我们希望在戏剧舞台上塑造一个完人，六个字："情怀、担当、清廉"。如果必须去掉只留两个字，就是"情怀"。如果只要一个字，那就是"情"。情是重点。花脸戏、胡琴戏，是一部正剧。扎实把人物立起来。厚重、有力量。导演要把劲使在人物身上。

这个戏进入二度创作时，是一个集体创作的过程。每天集体讨论到夜间一点多，然后分头想、再创作，第二天上午编剧统稿交剧组。这样去提升、精练。其中有很多的冲突、争论，甚至叫斗争，目的都是一个，把戏做好。

我跟遂宁川剧团是第二次握手。这个团的作风很好，第一次见面，我一口气讲了四个多小时，阐述自己的创作主张，剧团没有一个人离开座位，没有一个人玩手机，包括退休的老同志都没有一个离开过。排戏先排主角和人多的，但其他群角、配角都没有一个愿意离开剧场。这种氛围非常好，团风好，一定能取得好成绩。我非常感谢这个好团队。

《苍生在上》2019版会更好。再提升，再梳理，希望能得到专家的指点，下深水，把我们集体创作的圈子再进一步扩大。

这个戏有基础，有前途，有高度，我们一定要抓住不放。对标《变脸》《康熙大帝》《于成龙》。

第二部分　书面评论《苍生在上》

习志淦点评《苍生在上》

　　首先祝贺《苍生在上》成功首演。遗憾的是，我要 12 月初才能回国。巡演时，我再来欣赏。我对剧本的总体印象是，这个本子题材非常好，这个人物非常有个性。这个题材是抓对了，特别是在今天这个时代。好好地抓在自己手上的好题材不放，扎扎实实地按照艺术的规律去做，就可能成为永恒的主题作品。

　　题材很好，人物也很突出，事件也非常集中，具备了很好的精品基础。祝你成功！

习志淦于美国洛杉矶

2018 年 10 月 26 日

　　（注：习志淦：本剧编剧陈立（笔名：巴布）的老师。著名戏剧家、国家一级编剧、中国戏剧文学学会副会长，中国剧协创作委员会委员。主要作品有《徐九经升官记》，中国十大精品工程《膏药章》，《洪荒大裂变》《襄阳米癫》《阴阳错》《阿 Q 正传》《射雕英雄传》《钟馗》等近三十部。其中，《暴风雨》是与香港

导演徐克、台湾名伶吴兴国合作的探索京剧，赴韩国、欧洲和中国香港等地演出，在海峡两岸乃至国际上赢得声名。《美女涅槃》在台湾被移植为京剧、在河南被移植为豫剧。《牵挂》剧组受到李源潮接见，是《苍生在上》剧本指导老师。）

穿越三百年的风骨与担当

——观廉政川剧《苍生在上》

《中国纪检监察报》记者　刘同华

康熙称赞他："天下廉吏，无出其右。"

雍正赞誉他："志行修洁，风度端凝。流芬竹帛，卓然一代之完人。"

这两句评价，说的是同一人：清代被人称为"贤相""清官"的张鹏翮。张鹏翮（四川遂宁蓬溪县人），历仕康熙、雍正二朝，历任刑部主事、苏州知府、浙江巡抚、左都御史、刑部尚书、河道总督、户部尚书等职，官至文华殿大学士兼吏部尚书。雍正元年（1723）拜相，任文华殿大学士。时黄河决口，再往治理。雍正三年（1725），于相位上病逝，谥文端，雍正帝亲自为其撰写碑文。张鹏翮为官五十余年，以身许国，品行高严，清操自守，才干非凡，名满天下，政绩卓然。官高如此，张鹏翮去世，竟没有钱入葬，其清白足见。

廉政川剧《苍生在上》，由四川省纪委监委和文化厅指导，遂宁市纪委监委、市委宣传部、市文广新局和蓬溪县委县政府出品，遂宁市川剧团演出。该剧讲的是张鹏翮为国为民、敢于担当的故事。康熙年间，黄河决堤，张鹏翮受命任河道总督治河。上任途中，他见遍地灾民，饿莩遍野（地方粮库早已被贪墨的官吏"掏空"），灾情紧急，来不及上奏朝廷，私自借出三十万石常平仓粮（而常平仓为皇家粮仓，开仓用粮须由皇帝批准，私借皇粮是大罪）。借出的粮食，发给灾民以工代赈，既解决灾民吃饭问题，又找到了治河的河工。但治河拆除拦河坝触及一些官员的私利，于是他们联名参奏张鹏翮私开皇家粮仓。朝廷罢了张鹏翮的官，命张鹏翮两年内还清三十万石粮，并让他戴罪治河。为了还债，张鹏翮的父亲卖掉了所有家产，在穷困疾病中死去。两年过去了，筹粮还不到一半。康熙巡视黄河，只见黄河通畅、粮食丰收，老百姓们推着小车来替张鹏翮还粮。张鹏翮沉冤昭雪。

故事的剧情并不复杂，只讲了张鹏翮为国为民救灾治河一件事，但是将这段隐藏在历史典籍中的故事挖掘出来，再用川剧替换掉陈年往事冰冷无温度的沉积，而赋之以可感可叹的温情，实属不易。台上是生旦净丑的移形换步，台下是满堂观众的热烈鼓掌，两个小时的演出，让古人与今人、台上与台下，来了一次穿越时空的交流。

下级官员，各怀鬼胎；地方大员，怕担风险；在全省官员的联名参奏下，朝廷大怒；更为揪心的是三十万灾民衣食无着、冻饿待毙。一波接一波的戏剧矛盾冲突，将剧情推波助澜到汹涌澎湃，让观众的审美视野穿行于波峰浪谷之间，制造出审美震撼。上上下下、里里外外把张鹏翮一个人放在火上"烤"。这是一次对良知的拷问。张鹏翮经住了这场大考：救人命，大如天。"心底无私天地宽"。疾风知劲草，在这样的一场风波面前，张鹏翮的风骨让他成为一株青松，将根系深深地扎在中华文化的土地中，随着时代的进步而愈发的郁郁葱葱。

人活一世，不仅要与各种或明或暗的诱惑作斗争，更要与面对急难险重时的去留进退作斗争；前者防的是别人，后者"烤"的是自己；将自己的得失放到良知的天平上去称量，比挡掉别人打来的明枪暗箭要更难。这就是"担当"的不易：无私才能无畏，无私才敢担当。

正如编剧陈立所说："作为张鹏翮的同乡，有一种穿越古今的声音在呼唤，有一种无形的力量在推动，让我们情不自禁去挖掘、去感受张鹏翮的士子情怀，去聆听他心系苍生、清正廉洁、勇于担当的故事。这故事经历三百年风雨，从模糊到清晰，让我们为之惊叹。他是鲁迅先生笔下的埋头苦干、拼命硬干、为民请命的'中国脊梁'。他的故事属于遂宁、属于四川、属于中国，值得人民了解、回味和思考。"

剧中有一幕感人至深：为了补上所借三十万石皇粮，张鹏翮变卖家产，两年还不足半数，这时当地百姓推着独轮车载着粮食来帮张鹏翮还粮。"一轮行天下，两手定太平。"这是一幅描述独轮车的对联，其实又何尝不是剧中情节的写照。民惟邦本，本固邦宁，只有百姓生活安居富足了，国家才会从根本上长治久安。

历史上的张鹏翮，为官清正，心系苍生，不止剧中呈现的这一件事。其任兖州知府三年，查判积压疑案，许多冤案得以昭雪，百姓安居乐业，离任时百姓拦路哭留。任浙江巡抚，清正廉洁，严惩贪官污吏，重视教化以正民风，百姓丰足，后升兵部右侍郎，百姓绘其像于竹阁之上，要子孙后代"勿忘我公之惠政"。任江南学政，公正严明，不少贫寒有识之士得以中选，康熙褒奖他为"天下廉吏，无出其右"。任吏部尚书期间，为了防人说情，张鹏翮在居所厅堂上，树了一尊关公像，周仓持刀威严旁立。每逢有人请托，他就指着塑像说："关帝君在上，岂敢营私徇隐？"请托者自退。张鹏翮曾奉命为副使，随索额图所率使团深入漠北，勘定中俄东段边界，为中俄签订《尼布楚条约》做出了积极贡献。张鹏翮做到了为官一任、造福一方。

川剧《苍生在上》，把一个相隔久远的清代官员变成了一个活在近前的舞台人物形象。借此，我们有了一次解读张鹏翮的机会，在两个小时的手眼身法步、唱念做打舞中，看到一份穿越三百年的风骨与担当。

戏剧，是在现实和历史题材上的艺术提炼，其成功之处在于动人。其动人之处，在于有着大的情怀，交织着爱和悲悯，虔诚而广博。"三派辛勤躬稼穑，百年清白事诗书。宅心忠厚贻谋在，传世淳良积庆余。"这是张鹏翮的一首诗里的四句，从这里，我们或许可以看出他的情怀与心迹：清白淳良，宅心忠厚。

（发表于《中国纪检监察报》2018 年 11 月 23 日）

巧用传统写当下　舞台之上见真功

——观大型川剧《苍生在上》有感

作家　税清静

遂宁，我的家乡，钟灵毓秀人杰地灵，千百年来孕育出了一代又一代英雄遂州儿女。遂宁，因为有观音，因为有陈子昂，更因为有宋瓷，有廉吏张船山、张鹏翮等，使得这座有着一千六百多年历史的文化名城闻名遐迩。而最近又因一部历史题材大型川剧《苍生在上》，再一次让"遂宁"这两个字上了热搜。

我以前不太了解川剧这种传统艺术的，认为这类古老的戏曲形式无非"坐着唱罢站着唱，站着唱完走着唱"，与当今的影视艺术相比，完全没有吸引力。然而，我的这种自以为是的认识却在 2008 年那个冬天被彻底颠覆了。那年 11 月，四川省川剧院赴浙江绍兴参加全国戏剧精品展演，我被领导安排随团"督战"，因为工作的原因，终于在异地他乡第一次观看了由时任省川剧院院长陈智林亲自领衔主演的《巴山秀才》，终于领略了现代川剧带给我的艺术震撼，才知道现在川剧早已从编剧到服装道具和舞台及配乐发生了翻天覆地的变化，充分吸纳和融入了声光电等现代元素。没想到，那次与省川剧院一起出差后，就让我爱上了川剧，同时深感，在省委"振兴川剧"大旗下，我们应该创作生产出更多更好的川剧精品来，更要加大宣传和推广力度，才能让川剧真正振兴。而最近上演的这部大戏《苍生在上》就是一部需要大力宣传推广的精品力作。

大型廉政川剧《苍生在上》，由四川省纪委、省文化厅指导，遂宁市纪委、市监察委、市委宣传部、市文广新局和蓬溪县委县政府联合出品，遂宁市川剧团演出，四川省交响乐团现场伴奏。川剧《苍生在上》以张鹏翮治河为背景，以为民担当、清正廉洁为主线，紧扣"情怀、担当、清廉"，突出"苍生在上"四个字，追求在川剧舞台上塑造"天下廉吏，无出其右""流芬竹帛，卓然一代之完人"的艺术形象，总体定位为"历史题材，现实意义"，宣传"人民至上，生命至上"的价值观。

张鹏翮何许人也？人们为什么要把他搬上舞台？据史料记载，明朝洪武二年（1369），张氏在其入川始祖张万带领下，迁居四川省遂宁县黑柏沟，即今四川省遂宁市蓬溪县任隆镇黑柏沟村，至张鹏翮已经传到第九代。张鹏翮，字运青，曾任刑部尚书、两江总督等，颇有廉名。世宗即位，加太子太傅。雍正元年（1723）拜相，任文华殿大学士。时黄河决口，再往治理。雍正三年（1725），于相位上病逝，谥文端，葬于遂宁县庆元山（今重庆市潼南区小渡镇庆元山），雍正帝亲为其撰写碑文。

张鹏翮一生为官清廉、一身正气，重民生疾苦，深受百姓爱戴。担任兖州知府三年，清正廉洁，查判昔日积压疑难案件，昭雪许多冤案；重视农桑，兴办教育，百姓安居乐业，民风大变，离任时官吏百姓拦路哭留。任浙江巡抚，勤理政务，革除陋规恶习，严惩贪官污吏。重视教化以正民风，禁止摊派减免赋税，赈济灾民保其生活稳定，社会稳定，百姓丰足。升兵部右侍郎，离浙时，百姓感恩戴德，拦路阻轿涕泣挽留，后绘其像于竹阁之上，要子孙后代"勿忘我公之惠政"。任江南学政，他铁面无私，公正严明，所选之才不少为贫寒有识之士。康熙褒奖他为"天下第一等人"。任吏部尚书近十年，为了对付有人来说情、请托，张鹏翮在府邸的厅堂上，树了一尊关圣帝君塑像，周仓持刀威严旁立。神座的侧面，摆一书案。每逢亲朋好友有私事请托时，他便指着塑像说："关帝君在上，岂敢营私徇隐？"有些交谊甚笃的人，硬要求得一好的差使，张鹏翮微微一笑，诙谐地说："周将军手中的青龙偃月刀很锋利，你不惧怕吗？"打消了登门请托者的邪念妄想……尤其是张鹏翮任河道总督时，他深研治河理论，总结前人经验，博考舆图，仔细勘察，提出"开海口，塞六坝"的治河主张和"借黄以济运，借淮以刷黄"的治河设想，采取"筑堤束水，借水攻沙"的做法。康熙倚重张鹏翮治河，称他得治河秘要，谕大学士曰："鹏翮自到河工，日乘马巡视堤岸，不惮劳苦。居官如鹏翮，更有何议？"他的事迹桩桩件件感天动地，不管过去，还是现在，他的做人和做官，都值得广泛学习和大力宣传。

《苍生在上》编剧主创之一的遂宁市文化局副局长陈立说：张鹏翮为官五十余年，立志远大，以身许国，品行高尚，作风严谨，一生精覃，清操自守，才干非凡，政绩卓著，名满天下，时称"贤相""清官"，非常值得我们学习和宣传。作为一名从部队政工系统转业的老政委、地方文化战线的新兵，如何围绕中心服务大局，讴歌主旋律，挖掘、整理、打造宣传地方本土文化，确实比较考手艺。好在《苍生在上》历时多年，在众多艺术人才共同努力下，在各级领导关心关怀和同志们的帮助下终于首演了，作品的好坏自己满意不行，还得让广大观众来评说。

《苍生在上》总导演、四川艺术职业学院副院长蔡雅康先生，

2008年"5·12"地震后，我曾与他一起陪同文化部"心连心"艺术团赴重灾区都江堰、通济镇、白鹿镇等地慰问演出，从此结下了深厚的战友情谊。从那时起，我就发现了蔡先生身上诸多值得我学习的精神品质，他做事认真敬业，为人正直善良，对艺术执着追求。我想他导演出来的戏一定错不了。当然，题材虽好，通过舞台艺术形式来表达，得花费大量财力物力，得靠众多部门和人员的通力合作。丑媳妇始终得见公婆，这出大戏到底如何，得看了再说，得让观众来评判。

2018年10月30日，期盼已久的川剧《苍生在上》终于在成都温江的四川艺术职业学院首演，满场观众由开场时为演员精彩演唱鼓掌，到后来情不自禁地为剧中人物喝彩，为剧情故事叫好，为角色传递的人文情怀欢呼，台上台下角色与观众情感共鸣，高潮迭现。这也大大出乎了我的意料，从观众的反应中，我再次认识到这部作品的编剧和导演的成功，当然更离不开遂宁川剧团全体演职人员的努力，特别是遂宁市川剧团团长刘世虎亲任男一号张鹏翮，他在戏中的表演令人叫绝。

那么，这部又叫座又叫好的《苍生在上》到底写了什么精彩故事呢？《苍生在上》讲述的是康熙年间，黄河决堤，张鹏翮受命河道总督治河。赴任途中，他见三十万百姓无家可归，遍地灾民，饿殍遍野。为救三十万百姓，他与山东巡抚王国昌联名上奏朝廷，奏请拨三十万石粮赈灾救民，但只得到三万石。治河是他的本职，救灾是地方的事，但张鹏翮为民请愿，甘冒杀头之险，巧妙周旋，以山东各级官员一年的俸禄做抵押，借出三十万石常平仓粮，以工代赈，既解决灾民吃饭问题，又解决了治河的河工问题。面对治河，阿山送来包裹，他误以为是行贿，怒斥阿山，结果发现所送之物是困扰黄河的黄沙和石头。

这正是黄河久治无效的根源，张鹏翮撰写了《治河全书》，采取以疏为主，束水攻沙，拆除拦河坝等措施。但拆坝将触及官员的利益，山东官员各怀私心，一致阻止张鹏翮拆坝，联名参奏张鹏翮。康熙帝大怒，罢了张鹏翮的官，所借三十万石粮由张鹏翮两年内还清，并让他戴罪治河。

雨季将致，如果不拆坝，上河可能再次决堤，危及百姓安全。面对山东各级官员的阻挠，张鹏翮精密计算，果断决定拆坝，场面惊心动魄，避免了一场更大的灾难。为了还债，张鹏翮的父亲卖掉了所有家产，在穷困疾病中死去。两年过去了，筹粮还不到一半。康熙巡视黄河，黄河通畅、山东丰收，百姓推着小车来还粮，康熙大悦，张鹏翮官复原职。该剧表现了张鹏翮心系苍生的士子情怀，塑造了清正廉洁、敢于作为、勇于担当的古代官员形象。

要说关于张鹏翮的故事，纵观其为官历程，肯定还有很多很多，甚至还有很多故事比治河更精彩更感人，而且自古以来，中国从来就不缺乏这样悲壮的故事，而《苍生在上》出彩的地方，我认为主要在于真挚的情感表达。自古忠孝难两全，张鹏翮治河被诬陷，父亲变卖家产为其还债，甚至父亲病亡也不能床前尽孝，在如今传统亲情淡薄，忠孝文化丧失的当头，演绎出这么一部催人泪下的人性悲歌，犹如醍醐灌顶非常震撼。

川剧历史悠久，大约是在明末清初发展起来的，是四川文化的一大特色。唐代就有"蜀戏冠天下"的说法。清乾隆年间渐渐形成共同的风格，清末时统称"川戏"，后改称"川剧"。《苍生在上》这部川剧，在剧中透出了浓浓的巴蜀风情。张鹏翮治水故事虽然发生在山东，但打造的却是地地道道的正宗川剧。川剧比不上京剧的条条框框、一板一眼，也比不上昆曲的华美文雅、温婉动人，却具有浓浓的地方特色和生活气息，不拘于传统。巴蜀文化本在中原文化之外，这就造就了四川人不受拘束的想象力，而此剧想象更加离奇，富有感染力。舞台背景中，气势磅礴的黄河长时间出现，却充满了巴蜀山川的蜿蜒和灵秀。浓郁民间风情的长板凳、夯土的硕大木制夯锤等，都流露出巴蜀地区豪迈的感觉。

作为一部遂宁市文广新局主抓的正剧，就是应该正大光明弘扬正气。剧中张家以一把"清风扇"传家，张鹏翮谨记清廉家风，牢记做官为民的生活细节是孝，以关二爷青龙偃月刀驱赶上门送礼之人、变卖家产还债的爱民之举更是廉。"不占不贪却不作为的官配叫清官？对上阿谀奉承，对百姓死活不管不问配叫好官？假公之名肥己之私，达不到目的就诬告忠良者能叫贤臣？足寒伤心、民寒伤国。爱民如子，当以天下苍生为念"，编剧在全剧结尾处借角色张鹏翮之口道出的这段点题韵白充分展示了该剧"历史题材，现实观照"的当代意义。所以，用川剧这样具有四川特色、基层群众有很深的感情基础、有稳定的观众群体的文艺表现方式予以呈现，传递廉政、勤政文化正能量，为激励广大党员干部切实增强政治担当、历史担当、责任担当，务实肯干、廉洁勤政，全面建设小康社会实践中提供精神动力和榜样力量，具有重要的现实意义。

台上一分钟，台下十年功。看得出，在《苍生在上》剧中，每一位优秀的川剧演员，都是掌握"四功五法"的高手，即"唱、念、做、打""手、眼、身、法、步"。遂宁川剧团虽然偏居一隅，在外界没有多大的名头，但正是这样独自蹲守，才保持了川剧这种传统艺术形式尽可能地不被外界打扰和影响，也正是因为这样，才保证了遂宁川剧的原汁原味。刘世虎团长此前我并不曾认识，但其在戏中扮相俊美，表演细腻传神，其一颦一笑、举手投足间尽显专业，尤其是他的声腔起伏变化有致、清新悦耳，他塑造的张鹏翮性格饱满，舞台艺术形象形神俱佳，感染力极强，得到了广大观众和专家充分肯定和一致好评。

此外，《苍生在上》在保持传统的同时，不忘创新，为了得到更好的音效，大胆地将传统的川剧唱腔与现代交响音乐在全剧有机融合；张鹏翮与唐成伍在常平仓前对唱"课课子"时的板凳道具运用与灵活的舞台调度；炸坝时象征黄河水流的黄绸写意舞蹈以及张鹏翮与阿山的胡琴对唱等导演手法，为艺术而审美地传达剧作思想，好听好看地演绎戏剧故事起到了关键的二度创作作用，充分提高了全剧的观赏性、增厚了全剧的艺术质感。

正如著名评论家周光宁先生所说，大型川剧《苍生在上》是一部振聋发聩的成功之作。作品虽取材历史，实则观照当下，其现实意义不言而喻。不管是从事文艺组织工作还是从事文艺创作工作，如何挖掘和使用好历史题材，如何运用传统文艺形式，来观照现实，描绘当下，都值得我们去好好研究和思考。

再一次祝贺《苍生在上》创作、演出成功！

（发表于《中国艺术报》2018 年 11 月 19 日）

《苍生在上》与时代的三个契合

王锡春

大型川剧《苍生在上》即将在遂宁公开演出，群众奔走相告，大有一睹为快的新颖感觉。该剧歌颂了遂宁蓬溪人张鹏翮出任河道总督治理黄河的坚强决心。戏剧角色与时代有三个契合。

一是水道治理，关乎民生。不论是大禹治水，疏通九河，三过家门而不入，在黄河壶口瀑布下方立有大禹神像以祭之；李冰父子治水，留下都江堰润泽成都西坝的千古绝唱；张鹏翮治理黄河泛区保境安民的拳拳之心，无不体现以民为本，注重民生。民以食为天，食以水为命，水利是农业的命脉，利用得好，为人类造福；疏于管理，则泛滥成灾，让民众生活在水深火热之中。当政者应该不遗余力加强治理，张鹏翮正是顺应这一时代要求，把民之想、民之愿、民之患作为己任，造福一方，与新时代的要求注重民生契合，具有鲜明的时代特色。

二是公正廉洁，严于律己。反腐败是人类社会永恒的课题，风清气正是时代的呼唤，古往今来，唯有高风亮节的清廉留名千古，贪腐则留下骂名，古人尚知，今人就更加应该形成自觉。张鹏翮所处时代是清隶乾盛世，封建官吏不乏搜刮民脂民膏以肥私，而以廉吏著称的张鹏翮把自己始终植根于一个大写的"人"的境界发扬光大，致力于解民忧济民困除民患的事业之中，不计个人得失的铮铮铁骨侠肝义胆，成为人人景仰的士大夫，歌功颂德。这与新时代呼唤风清气正的廉洁从政契合，具有警醒的现实意义。

三是敢于担当，知行合一。遇事绕道走，光说不做的假把式害苦了百姓，让人敢怒不敢言，正是当前加强作风建设"强、转、树"的历史必然。张鹏翮身体力行，敢于较真碰硬，解决实际问题，这正是时代赋予的担当精神，只有埋头做事的开拓进取创新，以人民利益为重，人们一定会给予中肯评价，得道多助，则功成名就。反之人们将嗤之以鼻，避而远之，上不得吏部垂青，下不得民众拥戴，淹没在历史洪流中留下骂名。张鹏翮群策群力义无反顾，认准目标力排众难，举全力而矢志不渝，知行合一，成就一番事业，有口皆碑。这与新时代推崇敢于担当的从政理政契合，具有坚强的生命力。

廉政卓然照古今

——对遂宁川剧团《苍生在上》的解读

成都市川剧研究院研究员、戏剧评论家　唐思敏

看了感人很深的演出，在剧场中被舞台魅力所震撼。走出剧场，还被戏中深蕴的内涵情不自禁地引发深沉的再思考。使观赏性与思虑性结合一致，我认为，这便是品位高的戏剧艺术。在第四届川剧节中，2018 年 11 月 18 日晚在成都锦城艺术宫，遂宁市川剧团新创古装川剧《苍生在上》（胡琴）就是这样难得的佳作。在"川剧的盛会，人民的节日"的"川剧节"中，它是耀人眼目的"川剧黑马"，是新时期川剧突出的新收获。包括川剧在内的戏曲是"以歌舞演故事"，故事便成了戏的综合性载体。讲好中国故事，讲好中国历史故事，讲好"巴蜀龙头文化"的川剧的故事，特别用川剧胡琴讲好我国历史长河中优秀人物的故事，就成了决定戏的层级意义和价值取向的关键所在。遂宁市川剧团 2018 年版的《苍生在上》虽是初创首演，但把以张鹏翮为代表的清代康熙、雍正时期的清官廉洁故事，启用了川剧五种声腔之一的胡琴声腔艺术，在舞台上讲得如此热情充沛，酣畅生动，娓娓动听，赏心悦目，启人联想。艺术起步便明显地呈现出了走向成熟的大好态势。这以舞台为根据地说明，川剧《苍生在上》立意

高，起点好，后劲足，远景好，是一个有后热的"潜力股"式剧目。

支撑和推动故事戏剧性发展当然是舞台中心的贯穿性的核心人物，这个人物是决定这出戏质量的高与低、深与浅、重与轻、大与小、短期效应与久远作用的"推进器"与"压舱石"。它是戏核、戏胆、戏命脉。值得倾力点赞的是，从遂宁市级领导到文化主管部门，在反复推敲中对这一艺术命题表现了高度的文化自觉，体现出了高度的文化自信，身体力行地很好地践行了习近平总书记对祖国优秀传统文化，要实现"坚持创造性转化和创新性发展"极其重要的理念精神。遂宁市既立足过往，又深意地观照于当下，从古至今在人杰地灵的遂宁这方热土上，在灿若繁星的先哲的历史长河里，有文学巨匠陈子昂等星光耀目，这次遴选了一位清代廉吏张鹏翮。康熙赞他"天下廉吏，无出其右"；雍正夸他"矢志端方，持身廉洁"。对张鹏翮不仅古有褒奖，今也有热评。《苍生在上》的说明书上写道："近年来，中央纪委、四川省纪委都制作了专题片介绍张鹏翮清廉奉公、一心为民的事迹。这不是简单的历史发现，这是遂宁市洞观历史、意在当下、高瞻远瞩、意韵深远的明智决策，并有落地实施的果断与魄力。"张鹏翮这一历史艺术形象既有历史的热度，又有当下的光彩，首登于川剧舞台，在第四届川剧节中成为"排头兵"团队的优秀新创剧目，观众交口称赞，演出时掌声、叫好声此起彼伏，多次座谈会上都好评多多，由衷称道。因为，《苍生在上》给人们带来的启发和创新，是积极地又一次提示我们既要以敏锐明智的历史眼光回读过往，又要以历史唯物主义的思辨恰切关照现实；既要"演古还古"，又要"古今通透"；既不能以"今人着古装"在舞台上做戏，又要把历史上中华优秀人文精神作"时空破壁"而辐射于当下。今人新创的古装历史剧，无不是用时代眼光对历史、对历史人物的当下解读。历史剧、历史人物一定要历史性地艺术再现，更要有"古今一脉"的心灵共振，力求历史故事、历史人物既鲜活在他们应有的时空之中，又要让辉煌的历史长河的美丽浪花闪耀于今天。这是我们对写历史戏、历史人物的初衷。遂宁市的川剧《苍生在上》，从题材到写人，从舞台呈现到艺术表达，在这次川剧节上都是宝贵的探索，初创便有如此上乘展示，就有着可望的后期"快热效应"，更有着"先走一步"的积极启发作用。

有了好的创作立意，遂宁市还有着"一张蓝图绘到底"的执着举措。良种在，热土有，苦耕耘，花开鲜艳，硕果喜人，便有顺应天成。把深邃的意向转化为生动感人的舞台艺术，并能"心想事成"，这便是从市级领导到演出团队"心向一致""动作一体""落地到位""共建实现"的"艺术创新共同体"。《苍生在上》首创便有令人点赞的演出效果，预期性、践行性、成就感都得了高层面的如愿以偿。这就跟人们带来启示与促动的"排头兵"的作用。这一点面对川剧有待促进的现实，其成果和影响我们千万不要小觑。虽然"假睡的人是很难喊醒的"，但对川剧界众多的各方面的英杰才俊都有"响鼓重槌"的提示效果。这是这段浅识拙文的初心所在。

川剧《苍生在上》（胡琴），以张鹏翮为核心人物，以治理黄河水患为贯穿性事件，以"借粮救民"为陪衬副线，展开清代康熙时期以"国家利益、治水利民"与"个人私利"与"局部得失"的戏剧冲突。这展现了以张鹏翮为代表的历史上的"忠君爱国""廉政文化""清官精神""坦荡做人"等优良的人文品格。《苍生在上》剧本创作的突出成就是可圈可点的。那就是全力地写人，写一个历史上的人，写一个有人文精神的人，并把他置身那样的时代环境、人际关系、为人品质、落差鲜明的矛盾与冲突中。从对大事的果断处理到内心世界的激荡洞开，从国事忠秉到家风传承，从勇于担当到智慧周旋，从坚强硬汉到软磨高手，从鸟瞰铺成到特写独照，从正面对视到侧面陪衬，从慷慨激昂到心静如水……这一切都为了把张鹏翮这个川剧舞台上的新的人物立起来、站得稳，活起来；有看头，有听头，有艺术欣赏又有回思联想。把张鹏翮创造成川剧舞台上独一无二的"这一个"历史艺术形象又一着力点，是在戏剧情节的贯穿中注意了场次场面的对比，注意了浓淡相适、疏密有致、起伏自然。张鹏翮向"常平仓"守备唐成伍借粮，轻松中见心眼，相劝中给压力，手段中无私心，借粮中有返还，动之以情、晓之以理，是一场妙趣生动的好戏，这是剧作家在轻松爽朗中的"俏笔生花"。剧作家也有激情满怀、笔力千钧的驰骋。如张鹏翮冒着杀头的风险决心炸坝，冒着一些同僚为了保住自己田园不被洪水冲毁的当场对面的明争暗斗，忠君、为民、舍己成了他心中至高的引领理念。他是一个志如钢、意如虹、气如山、心如海的响当当的清代廉吏！再如张鹏翮革职后的"戴罪治河"，官场的起伏，遭遇的多舛，世态的况味，命运的苦悲，家道因他破落，前程的渺茫，使他心潮难平，感慨万端，不能自已。这场戏写得铿锵有力。这是《苍生在上》剧本写得摇曳多姿的精彩之处。

戏曲是演员为中心的舞台艺术。唱腔功夫和表演艺术，就成了构建有艺术实力的舞台。《苍生在上》初创首演的出色，是与这个强势优化的演出团队分不开的。以刘世虎为主心骨的遂宁市川剧团，又一次显示了他们舞台上的艺术创造能力。他们都有各不相同的行当功底和演唱表现水准，在合作中用团队的综合强势把《苍生在上》展示得有声有色，有近乎"一棵菜"的相对整体的艺术表现。刘世虎塑造张鹏翮这一艺术形象，他有扎实的基本功，用黑头（花脸）为底功进行出色的行当艺术转化，表演干净、利落、遒劲，恰好适合张鹏翮这个人物性格的特征。他出身富有，做官多年，起伏变幻，官场世态、荣辱更迭、人生况味、无不在心海浪叠交织。他虽是饱经风霜的官场老手，但"忠君为民"是他做官、为人、处世的核心价值取向。刘世虎把这个既复杂又磊落的清代官吏，表现得不概念化、符号化，有意的坚忍，有情的充沛，有勇往直前的拼打，也有反复思虑的踌躇，力争把"这一个人物"个性化、鲜明化、艺术化。他又在细节上下功夫。如听说阿山要来"送礼"，他误认为阿山又是一个逢场巴结上司的人，怒不想见；一旦知道阿山的包袱里面是沙与石，治河理念与自己不谋而合，便吩咐给他"上茶"，稍为停顿，马上高兴地改成说："上——好——茶！"，表现了他的是非观、人才观。这一细节不"细"，有"高、深、妙、绝"的"点石成金"的人物表现。如在"借粮"中与唐成伍的戏中，对板凳的这一道具的应用，既表现人物心情的变化，又用得少而精练，没有卖弄之感。这说明刘世虎用丰富的人生阅历、舞台表演经验，对人物深入而立体化的体悟，从大处着眼，从小处落墨的舞台的创造功力。他是川剧界又一令人瞩目上乘演员。《苍生在上》又一次打开了人们看重他的艺术"窗口"。

扮演阿山的马江鳌，也是一位十分出众的好演员。他对人物内心世界隐含的苦涩的沧桑感和身份地位，都有鲜明而分寸感强的舞台艺术体现。他对治水再艰难也百折不回。被贬去远方植树造林，他依然未熄造林养土、治理水灾的平生志愿。马江鳌的舞台艺术表演呈现，落落大方，一丝不苟，准确到位，把阿山这一有特殊经历、有特殊身份的人物，创造得鲜明生动，给人留下难忘的舞台印象。

苏明德扮演的汪景祺、雷云扮演的王国昌、龚明扮演的端敏、但志生扮演的康熙等，在《苍生在上》中都有非常出色的令人称道的演唱水准和创造艺术形象的不凡能力。正由于有这样艺术性强、综合能力好、默契素质高的强大演出团队，才可能使《苍生在上》在第四届川剧节中有如此亮人眼目和有欣赏水平的舞台艺术的高位表现。

在刘世虎、但志生、苏明德、雷云、马江鳌、龚明等人的这个演出团队中，从领衔主演到群众演员，他们都有创作演出的热情，对自己扮演的人物有创新演出的艺术欲望，红花有光，绿叶出彩，使整出戏的演出中，舞台上始终如一地有共同创造艺术的激情，构成了浓厚的气场氛围，使戏、人物、演员都有舞台艺术的温度，从台上感染到台下，获得了全面的热烈的演出效果和观众的欣赏热情。这是《苍生在上》又一特点，有着积极的示范效应。

大大值得夸奖的是，《苍生在上》在川剧五大声腔（昆曲、高腔、胡琴、弹戏、灯调）中，完全可以说是精准地遴选了"（西）皮（二）黄"的胡琴声腔。虽然胡琴声腔艺术早已成熟，前有胡琴声腔的"浣派"（浣花仙）和"唐派"（唐金莲）的"派别"著称于世，后有"天派"（天籁）、"贾派"（贾培之）继艺竞秀；川剧众多的胡琴的列国戏、三国戏、包公戏等人们无不耳熟能详；但在新创的历史剧中，选用胡琴声腔极为罕见。这就测试着演出团队对戏对人物如何艺术表达，与川剧五种声腔中如何恰切对位的艺术眼光和聪明才智。《苍生在上》之所以获得众人瞩目的成功，与选用了胡琴声腔就有着声腔艺术表达近乎完整、完善密不可分。"唱戏唱戏"就是演员要唱好，观众要听好。《苍生在上》在胡琴的"唱"中便得了"唱与戏""唱与人物""唱与演员""唱与舞台呈现""唱与观众悦耳"等方面皆是出众的效果。我认为：声腔艺术便是"戏的血液""人物的灵性""舞台的脉动"，这是我一看戏时便有着兴奋的艺术感知并由衷称道。因为"西皮"适宜表现激昂雄壮、活泼明快的感情，"二黄"善于表达凄凉沉郁、缠绵婉转的青愫。"二黄""西皮"的交织运用，就有很独特的艺术表现力。《苍生在上》不仅运用声腔精准，而且在演员们的舞台演唱上，既合声腔的艺术规范，又能深刻生动地创造人物。声腔在戏中，人物活在声腔里。有的演员不但能唱、会唱、巧唱而且近乎美唱，这使戏大为光彩照人、好看好听。刘世虎演唱的张鹏翮，他声控很有功力，他唱腔随戏的进展和人物性格发展而有恰当处理和声腔表现，激昂时高亢而不嘶哑，依然明亮有力；低沉时下行腔婉转而清澈入耳，这与他唱花脸的能放能收的善于把控声腔有艺术上"变通互鉴"密不可分。如张鹏翮唱的"思前想后无悔恨，秉公执法对当今，为官无私心平静，雾霾之中也要做个明白人"，"切不可官官相护徇私情，修身齐家治国平天下，留得清名照汗青"等唱段，观众的掌声和剧场火热的氛围就是共识的点赞。扮演张鹏翮父亲的唐克君，虽是一段过场戏，两段"为救儿，我情愿将祖业卖尽，无怨无悔，但求换得我儿一个清白身"演唱，真正做到声情并茂，家风家教意在高山，爱子护子情深意切，把胡琴声腔艺术发挥到位而有着不低的欣赏水平。这给老观众带来川剧胡琴韵味的艺术享受，更给对少听川剧胡琴声腔的新观众带来新鲜而优美的声腔艺术文化，从而使他们观看川剧、走近川剧、进入川剧、逐渐成为川剧的戏迷及"川剧粉丝"，这也是川剧胡琴声腔《苍生在上》的功劳。

《苍生在上》出彩是多层级面的。传统的川剧胡琴戏不作曲、配器的。但川剧胡琴声腔"难学难工"更"难韵味十足"的悦耳动听。《苍生在上》在川剧胡琴声腔的综合处理和艺术发展上有着引人关注和欣赏的符合川剧胡琴声腔规范的发展和丰富，《苍生在上》在综合艺术呈现上更多彩多姿、动听悦耳。这源于乐队演奏家们出色的技艺。对川剧胡琴声腔深刻的体悟和靓丽的表现，也源于川剧音乐作曲创作名家李添鑫和配器李柳沙父女的不凡戏曲音乐才华，把作曲、配器、指挥都娴熟地使"戏、人物、声腔"的综合性很高地浑然天成，和谐一体，成就了优美动听、综合艺术元素匹配的川剧胡琴的《苍生在上》。这是一次出色的探索和尝试，值得总结和研讨，这也是在第四届川剧节中一支新创川剧的胡琴戏的出众之旅。

　　虽然"剧本是一剧之本"，演员是戏曲舞台的中心，但要实现舞台艺术的再创作，导演便是"第一艺术责任人"和艺术的实现家。戏的成败、品位的高低、价值的取向、存活的程度、业内人士和观众的认同感，当下的状态和以后远景，等等，在舞台艺术创作这个极难、极高、极美的艺术系列工程中，导演就是舞台艺术的"总管家"，兑现艺术的"总执行人"，戏完全可以"死在"导演手里，戏也完全可以"鲜活"在导演艺术的把控之中。《苍生在上》的总导演蔡雅康是一位科班出身的国家一级导演，四川艺术职业学院副院长，扎实的戏曲、川剧文化功底，众多的导戏经验，能干的艺术管理才华，对川剧舞台综合性透悟，对川剧舞台能呼风唤雨的艺术呈现，可以负责任地说，蔡导是他这个年龄段应首推的导演才俊之一。他对戏的舞台风格和形态，对人物个性特征的认知和展现，对戏的戏剧性推进和发展，对声腔特色的操作，对戏的节点和细节的安排处理，对剧场效应和观众接纳度的预期和实现，都做到了心中有数、实现有力、效果有佳的"包本"水准。执行导演名家郑德胜，他导戏的舞台呈现事实说明，他是一位对戏、对人物、对演员、对舞台、对观众、对剧场娴熟于心，体现于艺的导戏高手。特别对演员的综合艺术状况和创造形象能力了然于心，要求得当，呈现得力，把"戏、人物、演员、舞台"都整合为一体，不愧是当下川剧导演中的高手能人。戏中"三报"和圣旨的"二道"，对传统舞台表现手法继承得位，又使戏有恰当的节奏感和陆续的戏剧发展。这也是执导有意有心的高明之处。总导蔡雅康和执导郑德胜不仅配合得珠联璧合，而且把自己艺术才能化于舞台之上，巧妙"隐身"于深艺之中。这是精于舞台艺术的靓丽表现，这也是《苍生在上》之所以在第四届川剧节中成为优秀剧目的原因所在。

正如四川省剧目工作室丁鸣主任所说的那样，现在是出好作品的宝贵岁月。精美之作都有一个反复打磨过程。为使《苍生在上》好上加好，我认为，人物的设置可否更深一些，如公主如何更好地进入戏剧结构。清风扇可否成为贯穿性道具，但要用得精当。我也赞成杜建华研究员建议的戏中可有一段"清风赞"；但我也认为，在戏中合当的时段，可否还有"苍生颂"之类的中心唱段，作为"清风赞"的对称与呼应，进一步深化戏的立意和人物表现。戏中人物头上的辫子，可否成为戏中的道具，不同人在不同时候有不同的"程式性"的"少、精、活、美"的表现，使戏更多彩起来，增加可观性。戏是改出来的，但又要小心谨慎，"小步快走，精益求精"，"一步一层天"地走向精品，甚至成为经典剧目。

2018年版的《苍生在上》精致的说明书之所以"抢眼"，引人瞩目，是上面赫然在目列出了遂宁市多级领导长长的名单。这是极为罕见的，又是广获好评的。这些领导都鲜明亮相于《苍生在上》这个川剧舞台，为振兴川剧出实招、干实事、重言行、讲实效。这显示了他们高度的文化自觉、文化自信，为继承优秀文化艺术，发展创新新时代文化的铁肩担当。他们身体力行地贯彻习近平总书记关于新时代的文艺思想理念，并把党中央出台的一系列文艺方针政策落在实处，兑现于文化艺术现实。遂宁市这样的榜样性作用是川剧之幸；其后续效应定然是积极的、重大的、久远的。时间，会证明这一点。老话题中饱含新希望：振兴川剧，关键在领导！

川剧《苍生在上》艺术传递忠孝廉勇

　　遂宁市川剧团创作演出的新编川剧《苍生在上》成都首演，满场观众由开场时为演员精彩演唱鼓掌，到后来为剧中人物喝彩，为剧情故事叫好，为角色传递的人文情怀欢呼，直到主角张鹏翮在全剧结尾时以振聋发聩的川剧韵白道出"君轻民重，苍生在上"的主旨立意时，角色与观众情感共鸣，高潮迭现。这些在演出进程中所呈现出来的剧场效果充分验证了这是一出题旨立得住、人物树得起、思想有品格、呈现有风格、人物有性格、演出有质感、角色有情感、故事有温暖、编导有情怀、音乐有创新的好戏。

　　川剧《苍生在上》以清代廉吏张鹏翮受命治河、拆坝疏淤、赈灾放粮、安抚饥民、惩治污吏、变卖家产还债等故事情节为内容，塑造一代廉吏张鹏翮舞台艺术形象，传递"人民至上，生命至上"的人文情怀和"忠孝廉勇"传统价值观。

历史题材，现实观照
　　张鹏翮，遂宁蓬溪黑柏沟人，清代康熙年间官居高位而持身廉洁。川剧《苍生在上》编剧唐稚明、陈立撷取张鹏翮受命河道总督赴山东放粮赈灾、治理黄河水患的人生片段，编织戏剧故事与矛盾冲突来传递人文情怀，剧中巧妙地把赈灾安民与治理水患两件既有联系又各有所侧重的事件有机纠葛在一起，其间再穿插与污吏周旋等戏份，表达既要治标"赈灾"、更要治本"治河"的标本兼治大情怀，经过"立主脑、去枝蔓、密针线"，全剧故事情节环环相扣，主角张鹏翮性格鲜明、形象丰满、有血有肉。

张鹏翮人物形象塑造的成功为艺术传递全剧深刻主题奠定了良好的基础，张鹏翮"私放常平仓以济饥民"的敢于担当是忠、是勇，张鹏翮以一把"清风扇"传家谨记清廉家风，牢记做官为民的生活细节是孝，张鹏翮变卖家产还债的爱民之举是廉。

"不占不贪却不作为的官配叫清官？对上阿谀奉承，对百姓死活不管不问配叫好官？假公之名肥己之私，达不到目的就诬告忠良者能叫贤臣？足寒伤心、民寒伤国，爱民如子，当以天下苍生为念"，编剧在全剧结尾处借张鹏翮之口道出的这段点题韵白充分展示了该剧"历史题材，现实观照"的当代意义。

人文精神，川剧表达

传统的川剧唱腔与现代交响音乐在全剧的有机融合；张鹏翮与唐成伍在常平仓前对唱"课课子"时的板凳道具运用与灵活的舞台调度；炸坝时象征黄河水流的黄绸写意舞蹈以及张鹏翮与阿山的胡琴对唱等导演手法，为艺术而审美地传达剧作思想，好听好看地演绎戏剧故事起到了关键的二度创作作用。总导演蔡雅康、执行导演郑德胜的二度创作提高了全剧的观赏性、增厚了全剧的艺术质感。

当然，在演出中呈现出来的一些尚可提高的地方，皆因排导时间的仓促而显得没有进一步的深挖，有了好的思路尚需细致深入的挖掘与排练。比如，常平仓开仓放粮时，出场站在舞台中间深情高呼"领粮了""有饭吃了"的老者演得认真、动情，但此时若能让这位颇具表演功力的群众演员在一筐筐堆满谷物的道具前，以实物或者虚拟手法双手捧谷举过头顶让谷物慢慢落过眼帘落入谷筐，则将更具艺术感染力。又比如在"炸坝"这个全剧的第一个高潮处，在寓意和象征黄河水患被驯服时出现的写意大黄绸时，适度加入一段简洁而唯美的"黄绸"舞蹈，以歌舞传情绪，则对全剧的观赏性提高大有益处。就目前全剧的演出呈现来看，观赏性大多出自演员、特别是主演刘世虎的唱腔展示上，唱做念打翻等川剧表达的艺术手段方面，如能再加大唱腔之外的民歌民俗等歌舞手段，则对提高全剧的观赏性有一定的帮助。不过，这也仅是笔者吹毛求疵的一家之言，一孔之见，仅供编导参考，无损于这是一出好听好看的好戏的评价。

此外，特别值得一提的是该剧的唱腔与音乐，与大多新编川剧都选用高腔作为主要声腔形式有所不同，《苍生在上》除了"常平仓"一场用了一段曲牌体"课课子"对唱而外，全剧都用川剧胡琴声腔来演唱，这是一个大胆的尝试，甚至可说是一个"创新"，选用板腔体的胡琴腔作为全剧的声腔来演唱，优点明显，这就是与"京剧皮黄"最为接近的川剧胡琴声腔，和该剧故事发生在山东的内容在气质上更加吻合，演员唱得也入韵入味，轻重缓急均有较好的把握。但同时，川剧高腔中"帮腔"这一鲜明特色和四川地方特色乃至遂宁的民间色彩等却没了用武之地。既然在全剧胡琴腔中也用了"课课子"，既然创新运用了交响乐伴奏川剧传统唱腔而且听上去也悦耳动听、琴瑟和鸣，何不再把创新的胆子放大一些，在胡琴腔中创新引入高腔"帮腔"，这样不仅在音乐上创新，同时也能为主角张鹏翮在表达内心冲突、点明题意的关键唱词上避免以一己之力勉力而为，反可借力帮腔和幕后合唱等艺术手段大抒情怀，这也是笔者个人观感，仅供一思。

《苍生在上》是一部剧本基础深、导演思路佳、演员表演好、音乐有创新、舞美简洁妙的好戏，是一部可由高原向高峰冲击的好作品，如能在接下来的提高、完善中把戏的成分再加重一些，理的成分再精一些，假以时日，当是一部让传统文化焕发时代光彩的历史题材佳作。

好一本《苍生在上》

作家 李浩

张鹏翮是吾桑梓先贤，有清一代268年间，是蜀人官位最显赫、政绩最卓著、声誉最响亮者。

作为后辈晚生，景仰前徽，慕先大贤久矣。一直想为之写点什么，苦于杂务缠身，终一字无成。幸得乡党陈立先生，从政之余著大作《苍生在上》，愚秉烛夜读，拍案高声叫好。

好一本《苍生在上》！

主人公血肉饱满，张鹏翮跃然纸上。

"天下廉吏，无出其右"，张鹏翮为何能得圣祖玄烨夸赞？剧本通过受命治河、拆坝疏淤、赈灾放粮、安抚饥民、惩治污吏（不畏权贵，不惧恶人）、变卖家产等等铺设，一代廉吏张鹏翮便鲜活地跃然纸上，令人倍生敬畏。

剧中人物个性鲜明，个个活灵活现，剧情人物无一弱者。

观一本《苍生在上》，涉及人物众多，上至康熙玄烨，下至草民百姓，不论他（她）是好人还是坏人，也不论他（她）是清官还是污吏，其念唱对白、行为举止，皆形象丰满，立得住脚。如常平仓守备唐成伍，看似一根筋，骨子里却是不唯上，不媚俗，忠于职守，勇于担责的战士形象！这得益于陈立先生行伍及从政的亲身经历，更显示出他坚挺的笔力。

矛盾交织冲突，线索纷繁复杂。

剧中各方势力犬牙交错，矛盾冲突一波凶似一波。张鹏翮要拆坝，各方既得利益者诸如汪知府辈，想方设法予以阻拦，针尖对麦芒。张大人要开仓放粮，守备唐成伍忠君不允，汪知府等百般诬陷，权相明珠大发淫威，张鹏翮岌岌可危……矛盾环环相扣，冲突扣人心弦。

剧情多线索推进，错综复杂。

朝廷康熙玄烨一线；朝廷公主端敏（梁九功）一线；朝中权相明珠一线；中间人物山东巡抚王国昌一线；知府汪景祺（知县、曹七等）一线；饥民老艺人、云珠等一线；张鹏翮（阿山、张清）一线……众多线索错综复杂而又条理清晰，显示出了陈立先生宏大的叙事能力和驾驭复杂局面的能力。

场景感人至深，催人泪下。

《苍生在上》一本，许多场景设置，可谓匠心独运，情真意切，让人动容。愚阅至张鹏翮，因擅自开仓放粮，至皇粮亏空三十万石，张大人变卖家产充仓尚不足半数时，感人情景出现了：康熙斥责他"张鹏翮为大臣不遵法度，私放粮博虚名不良企图，目无君蔑朝廷反心尤露，立君威正朝纲重罪当诛"。

张鹏翮是何表现呢？他并未以治河有功推责，而是心怀内疚，尽忠表明心迹："臣罪责难逃，臣已尽卖家产，余下的皇粮，臣当同儿子、孙子、子子孙孙，还，还，还！"

这样的忠君爱国，这样的清正廉洁，这样的心地善良，能不让人感动吗?!

尤让人感动不已者，当饥民们得知消息后，为感张大人活命之恩，纷纷表示愿为张大人还皇粮："滴水之恩记心上，总督相救永难忘；为官洒下爱民露，春色满园百花香。"

不知观众流泪否？反正我流泪了。在我的好文学（戏剧也一样）标准里，能让我流泪的作品，我就认为它是好作品，就要为它唱赞歌！

主题鲜明，好一本大戏。

《苍生在上》主题鲜明，是近年来难得一见的精品大戏。戏的结尾处，乃剧情最高潮，也是本剧最精华（精彩）处。张鹏翮一段慷慨激昂的陈述，振聋发聩，令人深省。

"足寒伤心，民寒伤国"，"君轻民重，苍生在上。"

这就是精华，了不起的主题！不仅赞扬了清吏，更关注了民生，尤歌颂了民权！

好一本《苍生在上》！

另，提两点小建议：

张鹏翮为文华殿大学士，乃地方人氏考证，仅为一家之言（实为孤证，无任何旁证），尚未得到官方认可。作为如此重大的历史题材剧，应以正史、辞书为准，建议更正为武英殿大学士（待官方辞书真定性为文华殿大学士了，自然可以，但现在不行）。

剧本中有遂宁蓬溪字样，疑指张鹏翮出生地。清代张鹏翮出生、从政时，黑柏沟还没划归蓬溪，建议取掉蓬溪字样。

剧场的魅力
——观川剧《苍生在上》随感
作家 汤中骥

看了川剧《苍生在上》，很感慨，而最想说的是：舞台艺术魅力永恒。

老实说，平时很少走进剧场看戏。作为一个文化人，这是说不过去的。

今晚有机会也有幸观看了《苍生在上》，真切感受到了川剧的魅力，更感受到了剧场氛围对心灵和精神的洗礼和震撼！

我尽管不懂川剧，但作为川人，且是一个年过半百的人，川剧这一艺术形式，应该说，早已潜植于我们的血脉中了。——这是优秀传统文化的生命密码，更是独具特色的地域文化的滋润和岁月的沉淀。

在我的记忆中，老一辈的人，无论城市还是乡村，大多是热爱川剧的，甚至有不少人还是发烧友，或叫戏迷、票友。那时候，几乎每一个县城都有川剧团，都有固定的戏院，及至一些乡镇也有戏台（楼）。正如鲁迅先生写的《社戏》，每到一些传统节日，看地方戏，无疑是人们的一次精神盛宴。也是民俗、民间文化的一次交融和共享。现在想来，咱们的乡村振兴，如果没有了传统文化的根基。没有了固定的载体和心灵互动，仅凭几条路，几间活动室或群众广场，我以为，还缺乏内在的精神气象。离真正的兴旺，还相去甚远。

当然，时代不同了，尤其是当今影视文化的繁荣，新的传播手段和平台的不断兴起，几乎所有的舞台艺术，都受到了严重的冲击。再加上生活节奏的加快，世俗生活的压力，人们的心气普遍浮躁，大多数人似乎已没有耐心坐在剧场里欣赏一台节目了。——这是进步，还是悲哀呢？

但是，作为我们民族的优秀文化，作为经过数代人前赴后继、千锤百炼的艺术结晶，有很多剧目和技艺已然成为经典，甚至"绝唱"。对此，我们应该漠视、抛弃，还是保护、传承呢？

好在，总还有一些人，始终热爱传统艺术，热爱舞台艺术，并为此不懈努力着。比如从 20 世纪 90 年代开始，西方的小剧场话剧被引入中国。从一开始的形单影只，到后来变成了席卷中国话剧界的一阵狂潮。尤其是北京人艺开风气之先，建成了若干小剧场以后，小剧场话剧在一线城市迅速兴起，甚至大规模地影响了流行文化。

这虽是话剧，但起码它印证了一个现象：剧场艺术是不可取代的。

现今，电视的普及，尽管丰富了人们的文化生活，但不可否认，它也是双刃剑：一些快餐文化、偶像剧、肥皂剧、娱乐至死的审美范式，在很大程度上，消解了人们的意志，浅薄了人们的思想，削弱了人们接触社会、融入人群的能力。不得不说，一些"平面的影像"离人们的真实需求越来越远，离高雅的情趣越来越远，离真正的艺术也越来越远。

也许是杞人忧天吧，我感觉，随着科技的神速发展，随着

"人工智能"的无处不在，我们人类在越来越方便的同时，也会不可避免地陷入"堕情"和精神、生命体验的空洞。对人们的日常生活而言，如果没有了实实在在的劳动，没有了心智的磨砺，没有了审美的复杂心路历程，没有了身临其境的情感碰撞，那我们活着，岂不是与工具无异？

李白在《金陵酒肆留别》一诗中写道"风吹柳花满店香"，其诗情画意中，再现了都市的繁荣，再现了街头店家的春光春色。当然，还有达到极致的《清明上河图》。假若，我们到了坐在家中就可以满足一切的时候（比如疯狂的网购），都市还有存在的必要吗？换言之，假若我们坐在电视机前，就可以看到任何想看的东西，我们还有必要去影院，去剧场吗？——显然，这是一个巨大的矛盾，甚至有可能是一个巨大的伤害！

令人欣喜的是，我们在科技发展的同时，把复兴传统文化，重塑经典，也提到了一个十分重要的位置。而且，也有一批富有忧患意识，富有使命和担当的人，在默默守望着我们真正的精神家园，呵护着人们的灵魂栖居。

以川剧为例，以遂宁为例，早前确有好几位剧作家坚持川剧创作，也的确出现了一些在全省都有影响的大戏和小戏。然而，随着年龄的老去或病痛等原因，遂宁舞台剧本的创作，已经面临青黄不接、后继无人的境地。好在，江山代有人才出。陈立先生力挽于危难，义无反顾地扛起了这面大旗，且出手不凡，先后写出了《给玛丽的信》《金花花的心愿》《萤火》《血溅万民伞》等剧本，并获得演出成功。

还必须说到，咱们遂宁市川剧团也不负众望。他们几十年如一日，默默坚守，为传承这一濒危的地方戏，付出了极大的努力，也培养了一批川剧新秀，用事实打破了川剧已是"博物馆艺术"的魔咒。并且在财力十分困难的情况下，坚持创新，坚持走出去拓展市场，引领教化，实在是功不可没。现在，有了创作的强势跟进，遂宁的川剧包括其他舞台艺术，一定会大放异彩。

《苍生在上》结构严谨，思想深刻，具有历史的纵深感和现实的启迪意义；人物形象丰满，唱词优美，场面宏大，达到了感人至深的艺术效果。如此，让我们更有理由相信，舞台艺术魅力永恒！

泪点击中了我

——川剧《苍生在上》观后感

对于川剧的喜爱，由来已久，从小就特别迷恋那些在舞台上熠熠生辉的小姐丫鬟们的装扮，因为这种单纯的喜欢差点跟川剧结缘。

已经很久没有在现场看川剧了，今天真的有点小兴奋。

川剧《苍生在上》是继话剧《赵抃》之后又一部以地方官员为原型的舞台剧作品。虽然用的是不同的表现形式，但是因为这两个主人公身上有着那么多共同之处，所以看的时候会有些恍惚，感觉在说一个人。在我们心目中都有一个对清官共同的认识，那就是在他们心中都拥有"舍小我保大我"的崇高美德和信仰。

非常喜欢张鹏翮这个主角的扮演者，他吐字清晰准确，声音高亢洪亮，非常富有穿透力，无论文场武场，他的唱腔、念白都表现得张弛有度，情绪精准，令人动容。

其中有几个泪点击中了我。

当张鹏翮听说灾民因为饥荒死掉了近三千人，那一声长长的，融进了惊讶的、痛惜的情绪，几近哀鸣的高腔"啊——"一出来，我瞬间泪奔了。自古以来，中国的官僚们能把"天下苍生"真正放在心中的少之又少。演员那发自肺腑、令人肝肠寸断的长啸，完全把全场观众带进了戏里，被他塑造的这位令人景仰的总督那种悲天悯人的精神彻底感动，全场掌声雷动，久久不息。这种台上台下直接的情感呼应与交集，是看电影得不到的，非常震撼。

张鹏翮一心为民，不计个人得失。小人作祟，可怜他被罢官。但是他依然戴罪治河，心系苍生。另一边，老父亲为了帮他还上那三十万石的粮食，变卖家产，穷苦潦倒而死，他全然不知。当演员一声高喊"炸坝"，我再次泪奔。这一声不仅喊出了他对"天灾人祸"的不屈，喊出了他对朝堂的忠诚，更喊出了他对黎民百姓那份重重的责任及拳拳赤子之心。

他对天对地有铮铮铁骨，对老父亲却有无限深情。正因为这位品格高洁的老父亲，百姓才得一如此清正廉洁的好官，乃民之大福气啊。当听说父亲病逝的噩耗，演员此刻一大段唱段都在讲述父亲对儿子的谆谆教诲，讲着哭着，哭着诉着。那凄婉柔情的唱腔，气若游丝的身段，一声声"爹爹"，是他对父亲的养育之恩无力回报的无奈和伤心，一声声"爹爹"是他对父亲教他"堂堂做人，以民为先"的感激，一声声"爹爹"像一块块石头，重重地砸在观众的心上，令人感慨唏嘘。眼泪止不住地流了下来。

在利益面前，有人选择利己，有人选择逃避，也有人选择和人民在一起。没有天下苍生，哪来皇天后土；没有天下苍生，哪来家国豪情。"水可载舟，亦可覆舟"。唯有奉行"苍生在上"，做官才不至于误入歧途。

台上演出一气呵成，台下观戏百感交集。

为演员们的精彩演技喝彩，为高素质的观众点赞。

历史与现实的完美结合

——评川剧《苍生在上》

杨斐

在多如牛毛的清宫戏中，辣人眼球的不是宫廷争斗，嫔妃争宠，就是谋逆篡位，尔虞我诈的皇权之争，而真正呼唤正能量，紧扣时代主题的作品不多，立得起来，能让观众认同、为之眼前一亮的形象更不多见，而大型川剧《苍生在上》无疑是戏剧舞台上的一抹亮色，为我们呈现了一代廉吏张鹏翮的艺术形象。在有清以来268年的历史篇章中，张鹏翮在朝为官五十多年，尽心辅佐康熙、雍正两位皇帝。因他清正廉洁，刚正不阿被誉为第一清官；又因治河有方，体恤民众被赞为一代名相。其功勋卓著，事迹众多，如何在有限的戏剧舞台上，充分塑造出立得起、站得住、"卓然一代之完人"的艺术形象，无疑是作品所应达到的艺术境界。

川剧《苍生在上》巧妙地将治理黄河与放粮赈灾设置在一个特定的历史场景中，治理黄泛，遇弯取直，炸坝冲沙，无疑会损害那些达官显贵、土豪乡绅的既得利益，因而招致重重阻挠；放粮赈灾也是一种两难选择：一是饥寒交迫的百姓，一是神圣不可冒犯的皇权。在这样一种顾此失彼、左冲右突的矛盾交集中，无论作出何种选择都在充分考量着钦差大臣张鹏翮的决策。而最终张鹏翮以天下苍生为念，不怕得罪权贵，不惧至高皇权，炸坝治河，放粮赈灾。从而在情节设置一环紧扣一环，矛盾冲突一浪高过一浪；在舞台唱腔、对白铿锵有力、掷地有声；在戏剧效果张力实足、震撼人心的相得益彰、相互映衬之下，一位勇于担当、决策果断，以苍生至上的艺术形象不但在戏剧中立了起来，而且走进了观众的心中。

好的历史题材作品，一定要具有现实意义。借古喻今，让历史照进现实，无疑是作品的最高价值取向与追求。我以为，在时代主旋律充满正能量的当下，在反腐倡廉，提倡为官一任，造福一方的今天，《苍生在上》成功地塑造了一个为百姓立命，生命至上的清官形象，进而没有理由不打动人心，深入人心。时代需要清官，人民需要清官，文学艺术作品，戏曲艺术作品更应以讴歌有情怀、有担当、刚正不阿、廉洁奉公的艺术形象为己任。无疑，川剧《苍生在上》很好地做到了这一点，故而，在试演期间就引起了轰动，好评如潮。

期待这出好戏在遂宁的公演。

《苍生在上》！

牛鼓铜锣震舞台，一代完人撼山川

——川剧《苍生在上》座谈

文史专家　胡传淮　张豪

清代康熙帝褒之为"天下第一清官"的张鹏翮一生功绩主要在"四治"，即在治国、治家、治河、治学中都取得了非凡的成就。大家知道，于成龙生于 1617 年，被康熙皇帝誉为"天下第一廉吏"。张鹏翮生于 1649 年，被誉为"天下第一清官"。他比于成龙小 32 岁，他们都是大清官，与张鹏翮同龄的张伯行，也是大清官。康熙时代，官员人数少，又有这么多大清官，实乃百姓之福、大清之福。对于康熙而言，张鹏翮就是他的救火队员，哪里有麻烦，就派张鹏翮到哪里。遗憾的是，于成龙的故事已经被拍过两次电视连续剧，家喻户晓，而张鹏翮的事迹还未得到足够的宣扬。

今天，川剧《苍生在上》的演出，终于揭开了演艺界宣传张鹏翮的序幕。

当今社会，川剧这行，爱好者不多，为之者亦少，熟稔并为之甚佳者罕见。遂宁市倾情打造的历史题材川剧《苍生在上》，历时两年有余，十四易其稿，呕心沥血，殚精竭虑，可谓近年来川剧舞台上不可多得之精品。

首先，"一代完人"张鹏翮是此剧的主题人物。让三百多年前的人物活在当下，走进每一个观众的心中，在现实社会生活的基础上引发广泛的关注和思索并以此形成"廉吏"的正向引导，创作者演出者的用心不可不谓极其良苦，现实性和历史性的最佳结合，是编剧者必须忠诚地完成剧本主题确定的历史任务。"有情怀、有担当、有能力、刚正不阿、清正廉明"等一系列主题词在剧中人物身上艺术性地完美呈现，为此编剧在动笔之前做了大量的研究和论证工作，所展现出来的人物活动历史场景做到了高度的艺术真实，这当然是创作者苦心营造的宝贵收获。

其次，激烈的矛盾对抗推动剧情波澜壮阔地向前发展，是编剧在创作中悉心追求的艺术范式。编剧先生是"矛盾制造"的高手。《苍生在上》剧本中多重矛盾的叠加，让观众欲罢不能，让剧中人物鲜活靓丽。"水患与灾荒的矛盾"，"治河与救灾的矛盾"，"担当与底线的矛盾"，"利益与官本位的矛盾"，"忠君与爱民的矛盾"，"职责与良心的矛盾"，"皇权与吏责的矛盾"，"长远利益与现实利益的矛盾"，甚至官与官，官与民，公与私，大家与小家等矛盾，一起扑来，考验着张鹏翮这位历史人物的现实选择，考验他的勇气和智慧，最终作者给我们呈现出了一位敢作敢当，善作善成，一往无前，心系社稷，情念苍生的一代名臣廉吏张鹏翮的崇高形象，也把作者的创作主题"苍生在上"完美地凸显了出来。

第三，编剧先生是一位川剧的精美"玩家"。《苍生在上》中"唱、做、念、打"，"虚实相生"，"遗形写意"无不做得滴水不漏，特别是"唱词"部分，雅俗共存，诗情画意，编者之于川剧，编者之于当下，确实是一个不错的收获。川剧有很强的地方性，《苍生在上》于川剧的地方性（西南属地性）之外，又收获了不错的"遂宁性"，编剧对遂宁地域文化熟稔于心，对方言俚语运用游刃有余，故事虽然发生在山东，但剧中主要人物是遂宁人，作者有意想呈现一出"遂宁造"的艺术特质，所以在《苍生在上》的剧本当中，作者大量使用了许多生动活泼的"遂宁语言"，比如："蜞蚂""武棒棒""挽圈圈""弄圈圈钻""砍脑壳""得行"等，这些方言给遂宁的观众无不带来真实感和亲切感。

　　总之，《苍生在上》写作演出都非常成功，舞台上"牛鼓铜锣震天响"，现实生活中"一代完人撼山川"，我们祝贺编剧和演职人员，祝贺《苍生在上》演出获得圆满成功！

评川剧《苍生在上》

四川师范大学古代文学专业硕士生　李勇

　　这是一部取材于历史的具有深刻现实意义的川剧。它的语言具有浓厚的四川特色，容纳了丰富的方言和独具特色的词语。其中剧中清官张鹏翮受命治理河道，在遭遇其他官员污蔑，并被迫变卖家产，父亲去世等一系列打击下，依然保持其川人独有的乐观精神，越挫越勇，潜心做事，这在四川悠久的历史中非常具有代表性。而且通过清官张鹏翮的一举一动真切地表现出来，他是四川人民在面对各种各样的艰难困苦时依然不改乐观，潜心做事精神的一个浓缩。剧作家将这种人文风俗和地方特色的气质完美地在其身上体现了出来。

　　张弛有度的节奏和丰富的人物内心世界是本剧的另外一个重要看点。例如：端敏公主出场时立于长亭观望，看着漫漫的黄河大水，惊涛拍岸，眼中浮现起过往和现在，时光荏苒，无限追思。公主在此等候故人张鹏翮。再一次见到张鹏翮时，公主唤的是"师兄"，可见其二人私人关系较好。两人也是先互相询问对方境况可好，然后再谈公事。即使在黄河水灾如此紧急的情况下，也是先私后公，可见其二人私交甚好。接着谈公事里治水与救灾轻重问题，一问一答，既情深义重关怀备至，又显现出其刚正不阿，敢作敢为，率真的一面。由此问题逐步牵涉并引出是否敢用罪人阿山来治理黄河。这是个人利益与国家利益相纠结的矛盾点，在此时缓慢的节奏中，体现其丰富的内心世界与抉择，一瞬间他做出的决定，又体现其大无畏的奉献，敢作敢为，把苍生的利益放在首位的思想原则跃然而出。其正义凛然的作风与其独特的人文精神在此时融合在了一起。可见其剧中节奏的张弛有度和丰富的人物内心世界是一种完美结合。

戏中突出前后对比，缓慢情节的铺垫，一直将戏的高潮推到最后一出，烘托和映衬出主人公两袖清风，刚正不阿的品性，为民请命的形象和点出苍生在上的主旨，使得台下观众回味悠长。贪官们在最后的两面派的做法，前赞扬，后污蔑，与张鹏翮的率真坦荡，敢作敢为形成鲜明的对比。张鹏翮智勇双全，说服常平仓守备，借出皇粮救济百姓，与百姓后面愿意替他还粮相互照应。他义无反顾拆坝治水，与众官员中饱私囊，只顾个人利益竭力阻拦形成鲜明对比。他与阿山临别时惺惺相惜："说道去植树种草也是他的心愿，只是没有想到来得这么早"，也从正面映衬出他两袖清风，刚正不阿，乐观开朗的精神气质。

还有清风扇这一线索，在戏中反复出现，从扇子的角度也揭示和表现其人物所具有的风格和精神，用此象征其两袖清风，为人正直的精神风貌。可谓剧中从多个角度，不同层面来进行讲述，时而高潮迭起，时而低迷叹息。但正是在这波浪起伏的剧情中，螺旋上升式地将高潮推到最后一出，让观众在最后将前面所积累的所有愉快或憋屈，连同着剧中人物和现实世界的雷同感一起，在最后"苍生在上"的四个字中得以释放出来，最后好人依然有好报，坏的官员也受到了惩处，全剧终。观众们的感情需要也在这一瞬间得到了升华与释放。

清白做官　坦荡做人　苍生在上
——评《苍生在上》

百家号榆月

很久没有看川剧了，本次川剧节，接连看了好几场，突然想为《苍生在上》写几句。

该剧以清朝康熙年间张鹏翮为原型，以黄河洪灾为背景，讲述了张鹏翮借粮赈灾、治理黄河的故事。塑造了清正廉洁的一代名臣，不畏官场腐败、不计个人得失、以苍生为上的动人事迹，歌颂了他的为民情怀和责任担当。

"白茫茫齐鲁大地遍地洪荒"，剧一开始，就是山东洪灾严重，灾民每日饿死三千，地方粮仓却因地方官欺上瞒下空空如也，面临此类困难，张鹏翮只好到处去借粮，最后为苍生不避死罪往军库借皇粮。

借皇粮这段，张鹏翮巧用良计，与守备唐成伍一文一武，斗智斗勇，陈以事实，晓以利害，以当地官员一年的俸禄为抵押，终于借出三十万石皇粮，解了百姓的燃眉之急。

赈灾治标，治理黄河才是根本之策。治理黄河要人才，端敏公主推荐了阿山，阿山有治河之策，可惜因亲属犯罪而被牵连罢官。为苍生计，张鹏翮大胆启用。有才之士择主也是要考验的，所以阿山假装送礼，对张鹏翮进行了试探，当关公刀搭在阿山的脖子上的时候，张鹏翮才知送的是石头，是治河之策，而阿山也相信了张鹏翮是真正为民，值得信赖，于是两人联手，共同探讨治水之策，赈灾之计。

治理黄河炸河坝，触犯地方官僚集团利益，最终被地方官员以擅用皇粮，重用"罪人"等事，添油加醋，歪曲事实，联名参奏。皇帝大怒，张鹏翮被罢了官，退了官员的俸禄抵押，责令张鹏翮限期还粮。可就算被罢免职务，张鹏翮依旧戴罪治河，解决黄河之灾的根本。

罢了官，治了河，但还是要还皇粮。为还粮，卖了关公刀，舍了清风扇，连老父亲也因变卖祖产，积劳成疾而去世。说到这里，就不得不说老太爷与张鹏翮的对唱，字字入心，感天动地。自古忠孝难两全，这部剧里面，父子情深也演绎得温暖感人。

"不稀罕高官厚禄好官运，只求你儿做个清官好名声"，父亲对张鹏翮的谆谆教导，让张鹏翮"怀天下济苍生勿忘本心"。

"儿受罚万里家书，爹将儿来挺，爹教儿逆境之身莫灰心"。父亲对张鹏翮的理解支持，令张鹏翮不惧同僚，廉洁奉公。让这部赈灾治河的主题大剧，又多了几分天伦温情，让张鹏翮的形象更加饱满。

剧的结尾，皇帝巡视，看到治理黄河的成果，大受震撼。百姓不忘恩情，凑粮为张鹏翮还粮，而一众官员继续趋炎附势、阿谀奉承。张鹏翮再次为苍生，开罪同僚，指出河患的根本在于官僚贪腐的这个人祸，最后坏人得惩，也算是善恶有报。

整剧主题明确，情节紧凑，人物饱满。安于现状的知府，狡猾奸诈的地方官，仗义的端敏公主，穷苦的云珠，个个惟妙惟肖，连普通的群众也各有精彩，破破烂烂的衣服，哭天抢地的惨状，演绎得生动形象。

整剧舞美简洁大气，以蜿蜒黄河为背景，最后皇帝巡视陡变为蓝天白云，烘托剧情。音乐方面，川剧锣鼓及各种配乐，很有川剧的味儿。

美中不足的是，帮腔还需再提升。川剧的一大特色是帮腔，帮腔能说出主角没有说出的话，可这场剧中，帮腔腔调不够圆润，缺乏感染力。

作为地方戏剧团，有这么优秀的剧本，有这么精彩的演出，实属不易。川剧是国家非遗保护项目，振兴川剧任重道远，优秀的团队，好的剧本缺一不可。戏剧也是文化教育的一部分，好的剧能传递正能量，树立价值观。张鹏翮为国为民的情怀，令人敬佩；廉洁奉公的形象，值得宣传。更希望多些这类正能量的剧目！

题旨高远寓意深邃

——短评大型川剧《苍生在上》

旅欧作家　尹强儒

一、荡荡皇天后土，默默苍生在上

大型川剧《苍生在上》是近年来川剧舞台上出现的一出难得的历史正剧，故事高潮迭起，奇险峻拔，治河名臣张鹏翮在灾民饥寒交迫声中，在贪官沆瀣一气的险境下，受命治理黄河滔天水患。他轻车简从赴任，肩负万钧重担，对上要不负皇帝殷殷之重托，对下须拯救黎民哀哀于水火。张鹏翮甫一亮相，便显出铁骨铮铮、侠肝义胆、清廉刚正的人物个性特征，为以后的剧情发展奠定了坚实的基础。

在灾民群情汹涌，即将造反抢夺皇粮，从而导致血流成河的万分危急关头，是墨守朝廷法统置百姓生命于不顾，还是机敏权变，开仓放粮拯救受灾饥民？这是对张鹏翮这个治世能臣胆识的一次重大检验，也是剧本塑造典型人物的关键笔墨，又是深刻表达《苍生在上》高远主题的至关重要的核心情节。

剧作通过高潮迭起、杀机四伏的剧情推进，皇帝偏听谗言，张鹏翮保民丢官，戴罪治理黄河水患，有力表达了张鹏翮置个人荣辱于不顾，以最为有效的方式为朝廷解决了难题。千古圣贤孟子倡导"民为贵，社稷次之，君为轻"。这种"民贵君轻"的思想，一直在历朝历代明君与贤臣的头脑中闪耀。中华民族历史上的文景、贞观、康乾三个太平盛世，则是苍生在上、民安国泰的最好诠释。张鹏翮恪守"民唯邦本，本固则邦宁"的价值观，在开仓放粮、治理黄河水患、危急关头拯救百姓的所作所为，无一不是在诠释古代清官能吏洞察时局、力挽狂澜、匡扶百姓、清正廉洁的中正品质，而这一中华民族的传统价值观，又是当今官员在个人修养上需要传承的优秀品质和需要坚持的职业操守。

在这里，历史故事与现实世界通过传统文化交融了。

二、善用历史题材，观古鉴今、寓意深邃

在中国共产党的英明领导下，中国经过 40 多年改革开放，国力跃居世界第二，再次步入了太平盛世的轨道。党中央一系列鼓励创新、振兴经济、精准扶贫、反腐倡廉的措施，贯穿了中国共产党一心一意为人民谋取福利，为国家复兴伟大梦想竭力奋斗的不变宗旨。

大剧《苍生在上》正是牢牢把握了时代的脉搏，巧妙运用了历史题材，深入挖掘历史人物的闪光点，并且恰到好处地把当今社会的正能量寄寓于历史人物身上，从而成功塑造了"天下廉吏，无出其右""卓然一代之完人"的历史名臣张鹏翮高大丰满、内涵丰厚的舞台形象，创作出了一部令人耳目一新、颇具观赏性的内涵丰富、立意高远、寓意深邃的舞台大戏。

《苍生在上》的成功演出，有机汇聚了编、导、演的创新智慧与精湛功力，为川剧作品古为今用、借古鉴今开拓了独具特色的新局面，走出了古老川剧呼应时代潮流的新路子。

无疑，《苍生在上》是一部优秀的川剧舞台大戏。

值得赞赏，值得祝贺！

警世洪钟　苍生在上

作家　罗贤惠

　　大型川剧《苍生在上》首演在即。这部剧以康熙年间黄河连年水患为背景，以治水、救灾为主线，塑造了"天下廉吏，无出其右"（康熙语）的清代廉吏张鹏翮"卓然一代之完人"（雍正语）的艺术形象。

　　承蒙作者陈立先生青眼相待，惠赐大作，允我先读为快。对于传统戏剧，我本是外行，然而一番拜读之后，却是连我这个门外汉也被深深震动了！在这里请容我稍微剧透一下：康熙年间，黄河决堤。张鹏翮临危受命，出任河道总督，前往山东治水，发现黄河两岸饥民塞道、哀鸿遍野。新官上任三把火——放皇粮、拆大坝、查亏空，他这"三把火"把把都烧到当地贪腐官僚的命门。因此汪景祺等人勾结宰相明珠，一纸诬告信上报康熙。张鹏翮被革职，变卖家产以还皇粮。两年后康熙巡河，当地官民为张鹏翮鸣冤。康熙查清案情，惩治一众贪腐官僚，张鹏翮也官复原职。

　　作品写的是历史题材，却具有深刻的现实意义。剧中有一段唱词："无知无畏是莽汉，无私无畏智勇全。守规矩遵王法为官底线，持好心办坏事亦非圣贤。"依法治国、依法行政，坚守为官底线，对于当今社会同样具有告诫意义。而全剧高潮张鹏翮慷慨陈词那一句"君轻民重，苍生在上"，更如警世洪钟，振聋发聩。作品写的是历史人物历史故事，警醒的却是当世的领导干部，表达的也是对现实社会的深层思考。

全剧故事紧凑，剧情紧张，多重矛盾纠葛交织。尤其是第三场结尾，张鹏翮内心那场天人交战。若私放皇粮，便是知法犯法；可不放皇粮，又是见死不救。为臣当以王法为重，做官又当以百姓为先。皇权与民生的尖锐矛盾在此造成主人公激烈的内心冲突，也让读者和观众一起为之揪心，成为这部作品最动人的艺术魅力之一。

初看《苍生在上》这个剧名，或许很容易让人想起另一部同样是反腐主题的电视剧——《苍天在上》。1995 年末，电视剧《苍天在上》在中央电视台一经播出，就引起社会强烈反响，迅疾掀起收视热潮，甚至有许多观众写信要求重播。这部由同名长篇小说改编而成的作品，被称作是中国第一部反腐败题材的电视剧。从"苍天在上"到"苍生在上"，一字之差。前者是出于一腔义愤的悲壮呐喊，是对正义、道德、法制的热切呼唤。后者是出于一腔悲悯的沥血呼告，是对大爱、良善、淳仁的坚定秉持。而无论是义愤还是悲悯，又都是站在人民大众的立场，"为人民抒写，为人民抒情，为人民抒怀"，因而也自然能引起人民最强大的共鸣。

《尚书》有云："民之所欲，天必从之。"顺民意就是顺天意，民唯邦本，本固邦宁。一部《苍生在上》，一声警世洪钟！

雾霾中也要做个明白人

——川剧《苍生在上》人物分析

四川师范大学研究生　于小程

人物形象的塑造一直是当下戏曲着重塑造和打磨的环节。最近的很多戏曲也都在着重去塑造知名人物，把他们的事迹搬演到舞台上。诸如《江姐》《于成龙》《傅山进京》等这样的反映历史名人事迹的戏曲，其演出效果都被观众报以满堂掌声和观后热议。知名人物身上所带有的独特气质与重大事迹是很好且自然的故事情节点，不仅能够勾起观众的共鸣，也能促进我们去感知遥远的历史。每当有历史人物的戏曲或者以知名人士事迹改编而成的戏曲上演的时候，剧场中总能看到很多的少年学生群体。乘着第四届川剧节的暖风，在成都多个剧场上映了诸多的新创大型剧目。这些大型剧目都可以说是近几年川剧中的代表佳作。同时，观众的上座率也是普遍较高，形成了川剧带动艺术事业进步的局面。

川剧《苍生在上》是由遂宁市川剧团排演的一部反映"清正廉洁"官风的大型川剧作品。故事以张鹏翮为主线，围绕他治理黄河与救济灾民一事展开。《苍生在上》很巧妙地截取了故事中突出且令人为难的人物事迹，一是灾民的救治，二是黄河的治理。这两个事件都各自有着彼此的完成困难度，同时，这两个事件又彼此交织，互相牵引，救治灾民却没有粮食，想拆除黄河大坝这一隐患却又动了别人的"蛋糕"。这样的矛盾点设置，使得观众很期待剧中人物产生新的性格特质，同时也能给人物更多的情节点去完成"最高任务"。这部戏的剧情设置上是没有问题的，同时把张鹏翮这样的地方人物改编成剧作主角，不仅宣传了反贪廉洁，清白做官的理念，同时也提高了遂宁的知名度。所以，艺术对于地方的知名度是有着很强的刺激性的。

关于剧目中值得当下戏曲借鉴与可引人深思之处做探析：

剧目一开场便直接切入正题，展现了一片饥荒之地与饥饿的民众，这样的背景设置使得"拯救民众"的主题在这样一个处境埋下伏笔，也为张鹏翮拯救民众做了铺垫。没有过多的前奏铺设，直接切入正题，使得剧情趋于紧凑，不拖泥带水。张鹏翮的出场也是很用心的处理，先用一段行侠仗义的方式（救云珠）不仅带出了张鹏翮，同时也展现出了他救民于水火之中的善心，地方官吏的丑陋也在这一个场景中得以展现。这样的设置，使得人物的初步性格立即展现，正邪分明，不拐弯抹角。现当下，戏曲的观众仍以老年群体居多，《苍生在上》这一剧目在呈现上十分贴近大众，使得观众看起来不费力，做到了戏曲为大众所作的理念传达。其次，在其音乐的部分，采用川剧中昆、高、胡、弹、灯中的胡琴唱腔设计，再加上饰演张鹏翮这一角色的刘世虎先生的花脸唱腔，将张鹏翮这一人物所独有的洒脱、舍己为人、豪爽、人民为上的人性特质表达得十分出彩，把张鹏翮这一人物塑造得有血有肉，符合人物气质。

舞台如何呈现是剧目是否具备好口碑的重要一环，戏曲作为视听综合艺术发展至今，其视觉的呈现已经不再是单一的"一桌二椅"，《苍生在上》作为新编历史剧的大型剧目，其舞台布景自然也以"戏剧式"手法呈现。有些剧目的舞美会过分夸张，以此来掩饰空泛的故事情节。于《苍生在上》的舞美而言，没有过多的"花枝招展"，舞台上都是以人物为重点表现对象，其舞美的呈现也是去繁就简，没有过多大型舞台物件，加以 LED 屏幕的视觉呈现，满足了剧目展演的方便性，能够有效且多地点地巡演此剧。

关于本剧的社会价值也是十分耐人寻味的。现当下国家大力提倡反腐倡廉，真抓实干精神。《苍生在上》其内容都是在"借古事，行当下"。用古时候的事件，来为当下警醒，警醒官员不能贪腐，要时刻以人民大众为重，要多做实事，不搞面子工程和弄虚作假。这也是彰显了戏曲的教化功能，戏曲作为一门艺术，理应在当下承载更多的反映价值观的责任。张鹏翮宁愿得罪上级领导，也要把民众生死放在首位的理念在当下也是需要提倡的。"当官不为民做主，不如回家卖红薯"的做官态度一直是当下反映官场的戏曲所着重去表达的。

戏曲本当多讨论，剧目才会更显完美和进步。笔者认为，川剧《苍生在上》需要探讨的一点是关于本戏中的主角事件所发地的问题，张鹏翮本是四川遂宁人，其在山东做官的事迹也是有史可依，如果再挖掘张鹏翮归还故乡后的事件作为剧作情节点，会更加激起观众的观剧热情，四川观众会更具认同感。其治理黄河和在山东做官的事迹一定程度上会减弱四川民众的观剧贴近感。

戏曲从其诞生到如今，经过了传统戏、新编历史剧、戏曲现代戏等多种形式的递进，一定程度上满足了不同层次观众的观剧口味，这对戏曲的长久发展也是十分有利的，以后会不会结合更高科技和更具前瞻性的艺术风潮做进一步调整，都是令人十分期待的。愿川剧能做出适合大众且更具艺术性的探索。

传统与创新的一次完美结合

——观《苍生在上》感言

成都剧评团　游才栋

　　昨晚，遂宁市川剧团在锦城艺术宫献演大型新编川剧《苍生在上》。剧场内掌声不断，观众好评如潮，实在令人激动不已！

　　《苍》剧能收获巨大成功，和创作团队在唱腔设计和音乐创作上勇于打破多年以来的"常规"不无关系。

　　首先是全剧大量使用川剧第二大声腔胡琴（皮黄）。众所周知，川剧的特色和优势在高腔。多年以来，川剧界创作的新编剧目绝大多数都采用了高腔这一形式，特别是大幕戏几乎清一色是高腔，而另四种声腔则偶现于部分场次或部分段落。因此作为高腔系统中发展得最为成熟、最为完备的川剧高腔可以说在新的时代又一次得到了高度的发展，日臻成熟，走向了又一座高峰。相对高腔的高度发展，包括胡琴在内的另四种声腔则显得多少有些寂寞，发展缓慢甚至停滞不前。胡琴声腔作为川剧第二大声腔在以成都为中心的川百坝也曾盛极一时，知音众多。胡琴声腔（特别是西皮）配以色彩丰富、变化多样的川剧打击乐在表现激烈紧张的氛围和剧情上具有明显的优势，二黄声腔则善于运用极富韵味的唱腔表现人物内心复杂深沉的情感。这或许就是《苍》剧创作团队选择胡琴声腔的原因吧！个人认为，《苍》剧的推出必将极大地促进川剧胡琴声腔的传承与发展，进而推动川剧音乐的全面发展与提高。

其次，更加尊重传统，基本上保持了原汁原味的川剧唱腔。川剧的发展离不开音乐的创作特别是唱腔的设计与改革。每推出一个新戏，戏迷们都会高度关注唱腔：有没有改？改了多少？还姓不姓川？近年来推出的新戏尽管很多都深受年轻观众的肯定与欢迎，可是也有不少因为唱腔改革的力度过大而备受资深戏迷的指责与批评。《苍》剧则是比较好地处理了传统与创新的关系。全剧将胡琴声腔的各种传统板式唱腔作了全面集中的展示，二黄二流、三板、一字、阴调、西皮二流、一字、倒板、三板、襄阳梆子……句句纯正，腔腔正宗。特别是王国昌那一段西皮慢二流唱腔，不仅胡琴采用的是非常传统的副旋律伴奏方式，就连过门儿和"换头"锣鼓都是传统的完美呈现。包括"架桥"（过渡音乐）也是传统旋律一字不漏，让台下的观众听得如痴如醉，更有甚者击拍跟唱！这就是传统唱腔的魅力吧！为了克服传统二黄一字（包括西皮一字）拖沓、松散的弊病，作曲家大胆舍弃并重新组织了过长的过门儿，使整个唱段更紧凑，更流畅，更能适应剧情，适应人物。老唱腔唱出了新的韵味，新的感觉，这一点十分值得称赞。值得一提的是作曲家将二黄一字和阴调（反二黄）两个调性及情绪截然不同的两种唱腔十分巧妙地成功转换。这在传统戏中是没有过的。另外全剧虽然启用了大型的交响乐队和民族管弦乐作为伴奏，但仍突出了传统主奏乐器京胡的地位，美化了音响效果，丰富了音乐织体，使整个唱腔更加丰满，更加动听！昨晚的实践证明，如此传统与创新的完美结合，新老观众都是赞不绝口，原来川剧不仅好看，更好听！稍显遗憾的是有一段二黄一字出现了"过犹"的现象，听得出来不是临场失误，而是设计的问题。

作曲家还精心为《苍》创作设计了背景音乐及过场音乐，还大胆地使用了木管和铜管乐器，对渲染气氛，推动剧情的发展起到了至关重要的作用。比如开场出现的具有浓郁《黄河水手歌》特色的演唱迅速就把观众带到了九曲十八弯的黄河岸边，进入剧情。不过有个地方倒是值得商榷的，即在表现民众拆河坝的劳动场面时，出现了极具四川民歌特色的一段演唱。个人觉得似乎用具有一定当地特色的音乐或演唱似乎更为妥当。

还有一点，《苍》剧人物众多，生、旦、净、丑都有比较重的戏份。这也是川剧各大行当的一个全面展示。特别是一号主角刘世虎先生以花脸（净）应工，成功地塑造了一个爱国爱民，勇于担当的一代廉吏张鹏翮的艺术形象，值得称赞。这也是该剧取得巨大成功的一个重要原因吧！

风骨，在冲突中崛起

——大型川剧《苍生在上》结构解读

文化学者　周光宁

细细读过大型川剧《苍生在上》的剧本，又欣赏了今天的首演，我的感觉与在座各位领导、专家意见一致，认定这是一部振聋发聩的成功之作。作品虽取材历史，实则观照当下，其现实意义不言而喻。这方面，与会的各位老师先前已有高论，无须赘言。因为我对戏剧的偏好，更愿意去深究《苍》剧的艺术表达技巧，也是它成功的秘诀——这便是剧作家设置在《苍》剧结构中一系列纵横交错的戏剧冲突。

戏剧作品的成功与否完全仰仗冲突设置的成功与否，正所谓"没有冲突就没有戏剧"。纵观《苍》剧全本，矛盾迭出，冲突不断，故事皆因黄患而起，又因治黄而终，一个黄河问题凝聚全剧，所有矛盾冲突紧扣一个黄河，剧本结构可谓"形散而神聚"；接踵而至的戏剧冲突，将剧情推向高潮，扣人心弦，直至动人心魄。在运用戏剧冲突制造震撼效果方面，剧作家算是颇具匠心。将人际冲突、环境冲突、内心冲突等戏剧冲突三大类型悉数并用，绝无遗漏，这是需要一点艺术胆略的。我们不妨来看看，剧作家和导演们是怎样运用"冲突"的炼炉，在戏剧舞台锻冶出一代廉吏张鹏翮的"风骨"形象的。

一、在人际冲突中正气凛然

人与人之间的冲突，是戏剧矛盾冲突之首选。而这种人际冲突的运用，在《苍》剧中比比皆是。主人公张鹏翮，从第一场赴任山东开始，即陷入与各色人等的矛盾纠葛，下至官府家丁的为虎作伥，中至地方大员的中伤诽谤，上至天子皇帝的龙颜震怒，可谓步步惊心，如履薄冰。主人公既要胆略，又要智慧；既需担当，又需周旋。通过"冲突"这座炼炉的锻炼，一代廉吏张鹏翮"情怀系苍生，横眉对权贵"的凛然风骨，便跃然舞台之上了。

二、在环境冲突中临危应变

人物与环境之间的冲突，包括了自然环境和社会环境。在《苍》剧中，大幕一拉开，便是"一路灾民塞官道"的饥馑惨相扑面而来，剧作家一出招，便将剧中主人公置身于"哀鸿遍野心如焚"的环境冲突。这个冲突，也是整个剧情架构所立足的大背景。这股冲突势如黄河溃堤之浪，一路呼啸，直奔常平仓粮库，惊天血案一触即发。主人公面对看似难以化解之冲突，晓之以理，动之以情，陈以利害，巧以智谋，最终说服常平仓粮库守备唐成伍，开仓放粮三十万石以赈灾民，将流血危机平息于萌芽之中，将可能因此震怒龙颜的天大责任一肩扛起。从这里，剧作家巧妙地将新冲突的萌发，蕴藏于旧的冲突化解之中，预示了此后剧情的波澜起伏，使观众一直处于紧张和期待之中。在社会灾荒大环境与常平仓粮库小环境的矛盾冲突化解中，凸显出了张鹏翮的情怀风骨与胆略智慧。

三、在内心冲突中情怀升华

戏剧中，人物自身的心理矛盾和冲突，是塑造人物丰满形象的点睛之笔，它往往使人物陷于痛苦的炼狱之中而难以摆脱。但唯其如此，才深刻显示出人物内在的复杂性和行动的艰巨性。在《苍》剧第三场，张鹏翮对阿山唱道："守规矩遵王法为官底线，持好心办坏事亦非圣贤。"令我们窥见剧中主人公进退维谷的内心矛盾挣扎。第七场，剧作家为张鹏翮设置了一个全剧的中心唱段，这是主人公在忠与孝、民与家的两难选择中的催人泪下的内心独白。这种内心的激烈冲突，将张鹏翮以民为本、苍生至上的感人情怀放大并且升华，令我们在仰望张鹏翮凛然风骨的同时，不得不冷静沉思，审视现实。

四、冲突连环，剧情跌宕

无论一部戏剧是以怎样的方式呈现，戏剧冲突的设置均在上述三种类型之列。而《苍》剧的与众不同，恰是将戏剧冲突的三种类型集于一剧，而且还不罢休，大胆到一口气设置三个重大事件连环相扣，互为因果。《苍》剧虽然前后构置了治黄、放粮、肃贪三个事件，但我们仍可从剧中重重叠叠的矛盾冲突中捋清这样一组序列的因果关系，所有剧情皆因黄患而发生，所有冲突皆因治黄而形成——因为黄患，百姓受灾；而赈灾放粮，又必然犯上；治理黄患，可根除灾荒，但必然伤及官僚利益；犯上已罪不可赦，加之被触及利益的官僚群起而攻，剧情顺理成章地将张鹏翮推向绝境，戏剧冲突的效果被制造得惊心动魄而又天衣无缝。一波接一波的戏剧矛盾冲突，将剧情推波助澜到汹涌澎湃，让观众的审美视野穿行于波峰浪谷之间，制造出审美震撼。

因此我认为，大量戏剧矛盾冲突的合理设置，是《苍》剧俘获观众的制胜利器。

再一次祝贺《苍生在上》创作、演出成功！

观川剧《苍生在上》有感

四川师范大学学生　赵君琴　任桂萍　苏琳琳

2018 年 11 月 18 日晚上七点半，由遂宁市川剧团新创的大型廉政川剧《苍生在上》在成都市锦城艺术宫开演。该剧以清代遂宁著名廉吏张鹏翮治理黄河水患的事件为背景，以其为民担当的故事为主线，通过借粮、拆坝两个主要故事桥段，充分塑造了张鹏翮敢作敢为、才担重任、廉洁自律、视死如归、救民于水火的高尚品格。

艺术来源于生活而高于生活，《苍生在上》取材于历史真实人物，本剧的主人公张鹏翮为清代第一清官，是治理黄河水患的专家。本剧着重选取张鹏翮清正廉洁与治理黄河两个事迹。

张鹏翮为官清正廉洁，公正不阿。在官期间不畏权贵，以民生疾苦为重，为老百姓做了很多好事，担任兖州知府三年，重审冤案，为老百姓讨得公道。作为科举考试的负责官员，他公正严明，铁面无私，一刹当时科举考试徇私舞弊的恶劣风气。这在本剧中也有体现，山东地方官员汪大人曾因两次科举妄图徇私舞弊被张鹏翮阻止而不恨在心。这些事迹都让张鹏翮深受百姓爱戴，在他离官后，老百姓都哭着送他。在本剧中，张鹏翮因炸黄河堤坝触犯山东地方官员的利益而被皇上处分，而后百姓们在皇上驾临山东时纷纷为张鹏翮说好话，可谓民心所向。

张鹏翮就任河道总督期间，正值黄河水患，本剧正以此为背景，黄河水患导致山东难民无数，地方官员贪污腐败导致无粮可用来救济灾民。张鹏翮为了苍生向公主求情拨皇粮，后为永除水患，在重重压力下，炸掉黄河堤坝，炸掉之后百姓免遭黄河水患，可他因为触犯了大部分当地官员的利益导致其被利益集团所排挤。正是围绕黄河治理，整部剧情跌宕起伏，扣人心弦。

全剧持续两个多小时，观众的思想、情绪被演员们精彩的表演带入了剧中。该剧故事情节围绕张鹏翮这一主要人物治理黄河水患时遇到的种种困难和他廉洁自律、一心为民的高尚人格与以汪大人为首的贪官污吏之间的激烈矛盾斗争展开，一道道圣旨的下达推动着故事的发展，使得故事曲折有致，引人入胜。最后以康熙皇帝对张鹏翮的评价"天下廉吏，无出其右"结束了该剧，现场观众激动时连连叫好，精彩处掌声不断，气氛热烈。

作为河道总督的张鹏翮勉力救苍生，与以山东巡抚王国昌为首的那些只顾自身利益，粉饰政绩的贪官形成鲜明对比。张大人心系民生，冒着生命危险为百姓谋福祉的赤诚与他不与小人结私，不阿谀奉承的清正品性值得大家赞扬与学习。剧中有关清风折扇的故事更是从家国的角度向观众呈现了张大人的孝悌忠信，为官为民。张大人考上进士时，他父亲赠予清风扇一把，张大人时常拿出扇子把玩，十分爱惜，可为了偿还当年为救苍生于饥荒中而开国库放出的三十万石皇粮，他变卖家产，最后连那一把折扇也留不住。在决定变卖折扇后，张大人与他父亲的那一段唱和更是情真意切，发人深省。舞台灯光一明一暗，巧妙地将在不同时空的父子二人聚合一场，剧情衔接流畅，演唱意韵悲壮，将家、国难兼顾，但坚定以苍生为上，舍家为国的高尚情操表现得淋漓尽致。"雾霾中也要做个明白人"，四川人固有坚韧性。

一部具有现实意义的历史川剧

——观《苍生在上》有感

北京漠生

7月29日，由剧作家唐稚明和陈立联袂编剧、遂宁川剧团排演的大型历史题材廉政川剧《苍生在上》作为四川省唯一入选2019年全国基层院团戏曲会演剧目，在北京中国评剧院向首都观众汇报演出，受到观众一致好评，引起强烈反响。

该剧以被康熙誉为"天下廉吏，无出其右"、雍正誉为"卓然一代之完人"、民间誉为"遂宁相国"的清代治河专家、理学名臣张鹏翮治理黄河为题材，紧扣"情怀、担当、清廉"这一主题，突出他注重民生、敢于担当、清正廉洁的跌宕人生，注重从情节需要出发选取不同的曲调，剧词既简单直白又寓意深刻，堪称近一个时期来川剧的精品力作。

遂宁，是川中一座具有悠久历史的名城，东晋大将桓温于公元347年平蜀后，罢德阳郡，取"息乱安宁"之意，并于德阳县东南境析置遂宁郡，"遂宁"之名自此始。1985年，国务院批准，撤销绵阳地区，分置遂宁、绵阳、广元三个省辖地级市。遂宁，位居川中，成渝之中心地。这里属于浅丘地区，涪江贯穿全境，风景优美，物产丰富，人杰地灵，久负盛名，是巴蜀文化的重要承载区。遂宁是全国文明城市、"绿色遂宁论坛"、"中国观音文化之乡",苏维埃蓬溪县政府是四川省第一个县级苏维埃政府,也被确定为"中国书法之乡";有开一代诗风的"诗骨"陈子昂、明朝著名女诗人黄峨、清朝著名诗人张船山;有蜚声中外的遂宁杂技;有闻名于世的宋瓷;有中国名牌沱牌舍得,等等。可以说,既有历史文化,又有革命文化,还有现代文明。一代廉吏张鹏翮就出生在蓬溪县,并从这里走到了大清相国,成为遂宁传统文化的杰出代表人物。《苍生在上》也是在这样丰厚的历史和现实土壤中,成为人们交口称赞的川剧剧目。

该剧突出一个"民"字。这个民,是民众、民生、民本。全剧抽取了张鹏翮坎坷曲折人生中的几个片段,从赴任河道总督始至初治黄河终,开始就是黄泛后饥民逃荒要饭,令他肝肠寸断,这段唱腔和曲词悲切动人,体现的是爱民惜民;然后是怒斥恶霸解救民女,为治黄疾用罪人,冒死皇仓借粮,体现为民担当为民尽责;最后是被贬被罚穷潦倒,变卖家产还官粮,体现的是一生清廉、心正身正。通篇的民,就是通篇的情。"你为百姓受委屈,百姓为你叫声怨",这就是老百姓的口碑。

该剧突出一个"清"。这个清,是清清白白、清清楚楚、清清谨谨。全剧中,黄河始终是一个历史背景,也是一个舞台背景,既有历史长河浩浩荡荡,个人只是微不足道的一粒沙子的寓意,也有在浑浊的现实生活中一个人该如何立身做人、清白为官的宣示。全剧中,张鹏翮手里祖传的清风扇也是一条线索,这把扇子既是祖传更是祖训,一直在鞭策着主人公要清清白白为官,切不要丢掉这个"德"的象征物。全剧中,主人公始终是青色、白色衣服,清清爽爽、清清白白地装扮着他的人生,成为他为官为人的底色。通篇的清,就是通篇的廉。"天下廉吏,无出其右”，这就是当时最高领导人的评价。

该剧突出一个“敢”。这个敢，是敢作敢为敢担当。遂宁地处成都平原向东部山区过渡地带，既有平原人的文，也有山里人的蛮，就是面对困难、逆境既可以委婉以达，也可以闯关夺隘，但决不可退缩。面对恶人抢劫民女，他路见不平一声吼，该出手时就出手，面对邪恶绝不妥协逃避；面对官仓严格的法律规定，他略施小计，借粮赈民；面对之前修筑的黄河大坝，他敢于挑战前人之名、遇弯取直，不怕丢官弃爵甚至人头落地，这是何等的勇敢和担当？通篇的敢，就是来自他为民、无私的底气和胆气。

这种“民”“清”“敢”，是传统文化精华的重要组成部分，充分融入了共产党带领人民站起来、富起来到强起来的波澜壮阔历程中，成为我们党的优良传统和作风。作为一个封建社会的官吏，在他个人从政的历程中，坚持着当官为民、一身正气、敢做善做，也正是我们在新时代要大力弘扬的。只有把忠诚、干净、担当作为毕生追求，作为履职尽责的精神力量，才能在党的事业和个人发展中行稳致远。

据说，这是遂宁川剧剧目第一次代表四川走进北京。作为一个在北京工作的遂宁人，我感到特别骄傲。希望将来有更多的文化产品，走出遂宁，走出四川，走到全国，走到全世界，为弘扬中华文明作出更大贡献。

川剧《苍生在上》

——川人精神的当代表达与川剧舞台的当代审美

潘乃奇

　　一台好的舞台艺术作品总是能为观众提供广阔的思考和解读空间。2019 年 7 月 29 日、30 日，中国评剧大剧院，2019 全国基层院团戏曲会演，遂宁市川剧团创作演出的原创大型川剧《苍生在上》连演两场，精彩的演出，带观众领略黄河惊涛骇浪、走进历史荡气回肠，塑造了张鹏翮的文人风骨与廉吏形象，让观众看到了一位有情怀、有担当、有学识、有能力、尊崇生命至上价值观的从遂宁走出去的官员张鹏翮的清官形象。遂宁市川剧团自 1986 年 10 月建团以来，创作了《马嵬驿事》《周八块》《郎当驿》《燕归》《蓝天怒色》《诗酒太白》等几十部剧作，曾先后塑造过多个舞台形象。此次《苍生在上》的推出，为遂宁市川剧团和整个川剧舞台增添了一个新的、独特的艺术形象，对历史人物进行了一次符合时代审美的新解读。在某种意义上讲，川剧《苍生在上》的推出，是遂宁市川剧团作为四川中部的川剧大本营的一次复兴，一次再出发。

一、川人精神的当代表达

（一）古为今用，深挖历史名人的现实意义

作为历史文化名人辈出之地，四川从来不缺少讲述历史文化名人的艺术作品，其中如李白、杜甫、苏轼、卓文君、薛涛等，曾被多种艺术形式进行多维度的塑造与呈现，在戏剧舞台甚至川剧舞台上，上述文化名人形象也一直在被戏剧工作者挖掘。然而，历史名人不仅仅局限于文化名人，在历朝历代，四川均涌现出了有影响力的人物，或为文学家、艺术家，或为政治家、思想家，或为科学家、军事家等，他们身上优秀的精神品格、川人的气质风范，是值得今人珍视的宝贵资源。作为其中之一的张鹏翮，此次便被川剧界的有识之士发现、挖掘，给予了足够的重视。

张鹏翮（1649—1725），字运青，号宽宇，谥文端，四川省遂宁市蓬溪县黑柏沟村人。清初名臣、贤相，水利专家，是清代268年间四川官位最显赫、名声最响亮的人物。其治理黄河所采用的"筑堤束水，借水攻沙"主张沿用至今，在中外水利史上都有高度评价，称其为"伟大的水利专家"。张鹏翮于清康熙九年（1670年）举进士，身仕康熙、雍正二朝。历任刑部福建司主事、礼部郎中、苏州知府、兖州知府、河东盐运使、大理寺少卿、浙江巡抚、兵部右侍郎提督江南学政、左都御史、刑部尚书、江南江西总督、河道总督、户部尚书等职，官至文华殿大学士兼吏部尚书，时人称其为"遂宁相国"。曾随索额图勘定中俄东段边界，为签订《中俄尼布楚条约》打下了坚实基础。为官五十余年，一生清正廉洁、品行高尚、政绩卓著、名满天下。康熙评价他是"天下廉吏，无出其右"。雍正评价张鹏翮"矢志端方，持身廉洁。为官五十余载，历转二十余官，清白一心。流芬竹帛，卓然一代之完人！"

近年来，不少专题片介绍张鹏翮廉洁奉公、一心为民的事迹。

在这样的背景之下，川剧人关注到了这个张鹏翮，并通过对其人其事的深入了解、调研，越发认识到张鹏翮精神并未过时，其在新时代也具有独特的审美光彩，故而下深水，深挖张鹏翮的时代价值，也便有了如今川剧《苍生在上》的出现。其回望历史，再读历史，把历史故事讲述得娓娓动听，把历史人物的时代精神以一心为民、以苍生为上，把历史中优秀川人代表张鹏翮的担当精神，把其廉洁、情怀与风骨以艺术手段呈现于川剧舞台之上。

（二）讴歌英雄，传承以民为本的价值取向

作为新时代的文艺工作者，应用心将创作精力投入不断推出讴歌党、讴歌祖国、讴歌人民、讴歌英雄的精品力作上。用四川特色、四川风格、四川气派的川剧艺术讲述四川历史上曾涌现出的名人故事，讴歌四川走出去的时代英雄，是文艺工作者应尽的本分。

张鹏翮就是历史上四川走出去的一位英雄。在刻画张鹏翮形象的同时，反映出了当代川剧工作者对时代背景的深刻反思以及对张鹏翮所经历的那段历史的清醒认识，用剧中人物说出了老百姓最希望听到的声音："爱民如子，当以天下苍生为念，君轻民重。皇上，苍生在上啊！"皇天后土，苍生在上，有情有理的一句箴言，其价值与意义亘古不变。

作为一位历任多个重要职务的高官，对治理黄河做出突出贡献，且一边治河一边赈灾的好官，在川剧《苍生在上》之前，张鹏翮很少在舞台作品中被体现。今天看来，这个题材有被着重表现的价值。剧中故事根据真实史实改编，康熙年间，黄河决堤，张鹏翮受命河道总督治河。上任途中，见遍地灾民，饿殍遍野。救灾是地方的事，治河才是河道总督之责。张鹏翮甘冒杀头之险，巧妙周旋，以各级官员俸禄作抵押，借出三十万石常平仓粮。最终变卖家产仍不能还粮食，而经历了大饥荒、大苦难的百姓，在皇帝面前替他还粮，最终解决难题。可以说，张鹏翮是一个怀着坚定的民本思想的官员，他意志坚强、勇于担当，其气节与勇气如今也并未过时。进入新中国，进入新时代，当下人民群众热切呼唤的，也是能够一心一意为百姓着想、从百姓出发的好干部，这些干部能够在维护人民群众利益之时，千方百计想办法，排除万难。这种精神，与张鹏翮所呼唤的"苍生在上"精神恰好一致。所以说川剧《苍生在上》为张鹏翮赋予了鲜活的时代意义毫不为过。讴歌、塑造张鹏翮形象，正是传承以民为本价值取向的具体体现。

人民是历史的创造者，创作生产优秀的文艺作品是为了人民。川剧《苍生在上》写一心为人民的川人英雄张鹏翮的故事，彰显川人精神，体现时代价值，戏里戏外充满着对人民群众的感情，为其成为舞台佳作打下了良好基础。

二、川剧舞台的当代审美

（一）剧本扎实，情感充沛

好的剧本乃一剧之本，川剧《苍生在上》能得到较多好评，其剧本扎实功不可没。该剧编剧唐稚明、巴布自 2017 年初至该剧亮相第四届川剧节，参加全国基层院团戏曲会演，共对该剧剧本进行了十五稿的修改，投入了大量的时间与精力。其中，编剧巴布与张鹏翮同为遂宁人，作为张鹏翮的同乡，在他看来，一直以来都有一种穿越古今的声音在呼唤他，有一种无形力量在推动他，让他情不自禁去挖掘、去感受张鹏翮的士子情怀，去抒写张鹏翮心系苍生、清正廉洁、勇于担当的故事。正是源于这故事经历三百多年风雨，从模糊到清晰，让巴布为之惊叹，他眼中的张鹏翮是鲁迅先生笔下的埋头苦干、拼命硬干、为民请命的"中国脊梁"。确实，张鹏翮的故事属于遂宁、属于四川、属于中国，值得人们了解、回味和思考，而后抒写。

抒写，是带着真情实感的抒写。从古至今，能够被广大人民群众接受的优秀的文艺作品从来都是寓理于情、以情感人的。习近平总书记在文艺工作座谈会上的讲话指出："有没有感情，对谁有感情，决定着文艺作品的命运。"戏里戏外，川剧《苍生在上》都充满着浓烈的感情。戏外，剧作家对人物饱含深情，他对剧中人进行精心的诠释与刻画，力求让人物有血有肉，立体生动；戏里，张鹏翮对黎民百姓的爱惜之情，对家中老父亲的浓浓亲情，对助手阿山的惺惺相惜，对端敏公主的有礼有节，塑造出张鹏翮感情的丰富与把控，且每一处都恰到好处。如剧中张鹏翮闻父亲去世噩耗魂飞九天的一段唱，"闻噩耗剑穿心霹雳轰顶，痛只痛儿未曾回乡孝敬。却迎来儿在阳父归阴，我叫了一声爹，呼了一声亲，千呼万唤、万唤千呼，再也听不到父亲回应一声"。这份无奈、纠结、沉痛与不甘，都被剧作者写出来了，而最让人揪心的是，老父亲还变卖家产，将银票托人交于自己儿子为民还粮食。这也让人自然而然联想到，正是良好的家风、一代代的传承，才让张鹏翮逐渐形成他以苍生为上的价值观。

《苍生在上》全剧塑造了一个与传统清官戏中清官形象都不同的张鹏翮形象，他巧用智慧借粮食，卖家产还皇粮，将赈灾与治河放在一起来办，突出了他大事不虚、小事不拘的人物性格，看后令人耳目一新，精神振奋。然而，在主要人物塑造上仍可更加着力考虑其主观能动性，让主人公有更多的空间发挥自己的智慧去解决剧中设置的矛盾与冲突，将使人物更有魅力，感情更加饱满。

（二）导表统一，呈现上乘

川剧《苍生在上》总导演蔡雅康谈及他创作该剧的导演意识

时说，作为戏曲人，我们有责任、有义务在川剧舞台上塑造这样有价值、有深度的艺术形象，将他身上的情怀、道义，将他所蕴含的正能量传递给更多的人。蔡雅康总导演这样说，也和该剧执行导演郑德胜一起将想法落实到实践中。作为一台历史正剧，川剧《苍生在上》难免涉及集体场面和个人场面。在集体场面中，导演在努力营造一种整体感、仪式感，这一点在该剧第八场也即全剧结尾时候那一场百姓为张鹏翮还粮的戏中，体现得尤为突出。剧中，导演的处理是，后区平台民众肩挑车推，送粮食替张鹏翮还债，有二人从后面抬粮包到前场，张鹏翮扶民众，扶粮包，大为感动，皇上、端敏大喜，定格造型。这样的场面在剧场里非常具有现场感染力，观众在看到这样的场面时不禁鼓掌甚至落泪。而在处理个人场面的时候，导演力求让演员做到既带有戏曲程式化又不脱离生活化的效果，以剧中第五场戏常平仓借粮为例，张鹏翮与常平仓守备唐成伍的斗智斗勇，这一段两人板凳造型、行动与语言皆针锋相对，让观众既看到巧妙设置的舞台调度，又走进人物的内心世界，体现出了创作者的聪明智慧。

遂宁市川剧团团长、该剧艺术总监刘世虎，作为张鹏翮的扮演者，他曾为如何去捕捉这个历史上清官形象的内心世界、如何把张鹏翮赈灾与治河的难度与纠结、把一心为民的无私情怀完整地呈现在舞台上想了许多办法，最终确立了属于他自己的、舞台上的张鹏翮。刘世虎系花脸演员，他诠释出的清官形象与一般生角塑造的清官形象不同，他从自己行当特色出发，不去刻意追求生行的儒雅、书卷气，而着力突出花脸行的霸气与果敢。最终，刘世虎在川剧《苍生在上》中如愿塑造出了一个有原则、有勇气、有智慧、有风骨、有情怀、有温度、令百姓喜欢的张鹏翮形象。当然，张鹏翮这个人物考验着刘世虎的表演功力，作为该剧的绝对一号人物，张鹏翻要做、要唱，要带动整个剧向前推进，他充分发挥了自己不凡的身段基本功和唱功，最终取得了让观众满意的效果。

剧中的其他角色也都个性鲜明，也被一台尽职尽责的演员呈现得淋漓尽致，如阎山的饰演者马江鳌以短打老生应功，一招一式都有着浓浓的程式感；如王国昌的饰演者雷云以官衣正生应功，稳重大气；如汪景祺的饰演者苏明德以官衣丑应功，狡诈诙谐；如康熙的饰演者但志生以正生应功，王者风范。每个角色都在剧中发挥出自己的作用，有尺度，有呼应，这也真正实现了舞台表演上的整体与统一。

（三）音乐引人，创新实践

当我们回顾川剧发展历程，会发现川剧并不是一成不变在固化传承，而是伴随着历史不断地推进发展，随时发生着种种或大或小的变化。这些变化有时是声腔的融合，有时是程式的创造，有时是脸谱的改革，有时是题材的开拓。或者说川剧是在随着时代的发展而变化，当社会大环境在悄然改变之时，川剧也随之自觉或不自觉进行了调整与适应。川剧《苍生在上》就在音乐创作上进行了一次尝试，使其成为多年来少有的、用胡琴声腔谱写全剧的一次艺术实践。

川剧胡琴属于反黄系统，与京剧的西皮、二黄一样归属于戏曲板腔体声腔。因京剧的皮黄在板腔体声腔中的优势壁垒，故不少声腔中有皮黄的地方戏剧种都很少去跟京剧"打皮黄擂台"，"唱胡琴对台戏"。此次，将川剧胡琴声腔用于川剧《苍生在上》这样一台新编大戏的全剧声腔，颇具挑战性，从这个角度，其实也算是一种尝试或者说是一种创新。

由徽剧、汉剧演化而来的京剧，在四大徽班进京后，因当时清朝宫廷的偏爱，其皮黄声腔也逐渐染上了适合表现清代朝野故事的特征，与京剧皮黄声腔同属一体的川剧胡琴也自然具有了同一特性，而作为一台以清朝官员为表现对象的川剧，川剧《苍生在上》在昆曲、高腔、胡琴、弹戏和灯调这五种声腔中选择胡琴腔来唱绎和表现，无疑是符合形式与内容相统一的原则的。同时，胡琴腔的悠长与婉转特性也更能满足剧中主角抒发情怀与唱情说理的需要，板腔体上下句的严谨架构与剧中对仗工整的唱词也是相互适应的，演出实践中的表现也表明胡琴腔的选择和运用，目前，从总体效果看，还是成功的。

譬如剧中对主人公张鹏翮，设计了几个成套唱腔，其中，以"众饥民围粮仓""闻噩耗箭穿心"最为典型。另外，出场的"奉圣命"则用了襄阳梆子来体现主人公赴任的急切心情，也暗示了即将面临的危机。作曲家李天鑫、配器李柳莎根据主人公的唱腔，提炼出了全剧的音乐主题。音乐主题的乐句使用了两个"大跳"音程："2、5""7、4"，颇有挑战性。在全剧的音乐中，根据川剧胡琴二黄的调性特点"徵"音，给张鹏翮的主要唱段融入了山东音乐的特定音列，在第六场与第七场之间，剧本结构的链接女声独唱，更是将二黄音调与山东民歌结合一起，提炼成一个新的唱段。以上所列种种尝试，通过作曲家的设想与演员的诠释，使得该剧的音乐产生了较好的剧场效果，令观众振奋、入情、入戏。

川剧《苍生在上》是一台具有独特风格和意义的作品，其出现既推动了一批演员、主创人员的艺术成长，又让遂宁市川剧团、让川剧有了进一步向前发展的可能。如同剧中有句唱词"修身齐家治国平天下，留得清名照汗青"，希望通过逐渐地完善、打磨，几十年后、几百年后，观众可以记住历史上曾经有过张鹏翻这个熠熠生辉的名字，可以记住川剧舞台上曾经有过《苍生在上》这样一台为人民群众写的佳作。

（潘乃奇：成都市川剧研究院编剧，四川省文艺评论家协会戏剧专委会主任。）

能打动观众的艺术应该是好艺术

一个在北京工作的四川人

我不知道不懂川剧的四川人算不算四川人，坦白地说，我不懂川剧，对川剧的记忆仅仅停留在上小学时走两里路去另一个队看热闹，说是看热闹是因为那时小，听不懂他们唱的啥，只记得锣呀鼓呀的各种乐器煞是热闹。

由遂宁市川剧团创作的大型川剧《苍生在上》作为中宣部、文化旅游部举办的2019年全国基层院团戏曲进京会演剧目之一，给我这个川剧盲来了一次扫盲。昨晚，带上老爸、老妈，约上朋友们一起品味了这部川剧。虽然是外行，但并不妨碍我用心欣赏它，记录一下外行的观后感：

一、《苍生在上》名字取得好，既直白地突出了主题，又引起观者的悬念，"在上"到什么程度？整个剧共有八场，以"人民至上，生命至上"为中心展开的故事，为了百姓的利益，清官张鹏翮可以拿命去拼，变卖家产去抵债，甚至连祖传的清风扇也廉价变卖，这样的清官，青史留名是必然！遂想起记事以来就常听大人们念叨的一句话"当官不为民做主，不如回家卖红薯"。

二、演员们表演真实、细腻、动人，人物形象鲜明，清官张鹏翮的一身正气，两袖清风，从他板直的身型、举手投足、说话的语气都一一体现了出来，而贪官那姓王啥的，走路没个当官的正形，说话阴阳怪调，做事圆滑。饰演百姓的演员们，就算是推个粮食，都那么逼真。

三、唱腔美妙动人。因是外行，所以我这个喜欢唱歌的人是从对唱歌的理解上来看的，比如音色，低音时的饱满度，高音时的气息。总之，我呢，是多次情不自禁为演员们鼓掌！

四、多样化的乐器不只是在唱的时候起作用，而是贯穿了整个剧，既非常好地烘托了气氛，又在需要强调的时候精准出声，有时在一句话尾，有时是一个脚步的落地瞬间。

五、台上一分钟，台下十年功。这个剧演出的时间长达两个小时，可想而知，这台词都得花多少时间，这可不像拍电影，一次不行又重来。还有每个细节上，乐器和台词、唱腔的配合，还有那头着地倒立、顶溜腾空翻的演出者们，台上每一个精彩，都是台下累积的汗。还有还有，每场的背景和服装、每一位演员的倾心投入等，成就了这部大家都称赞的《苍生在上》！

艺术有标准，又好像没有标准，因为每个人眼中好的标准都不一样，如果硬要说什么是好的艺术，那么，能打动观众的艺术应该就是好艺术！《苍生在上》便是！

以戏抓人　以情动人

——川剧《萤火》读后
河北省艺术研究所　孟彦军

　　一部优秀的戏剧作品，总是能在紧张的戏剧情境中，以情感人，带给人对生命的思考，对人生的感悟。取材于四川革命历史题材的川剧《萤火》就是这样一部有人生况味、启人思想的戏曲剧本。

　　该作品截取同盟军混七旅三营营长杨济舟在四川遂宁的一段际遇，展示了一位血性汉子在困顿、彷徨中的挣扎，书写了一位追求光明的军人在血与火的洗礼中蜕变成长的过程。正是这样一部沉郁着人生况味，饱含着生命激情的事件，被作者独特地设置于矛盾迭起的剧情中，突显了同盟军混七旅三营营长杨济舟的人性之美，生命之崇高，令人肃然起敬。

　　作品结构匠心独运，细节处理恰如其分，人物语言各具特色，塑造了"这一位"杨济舟独特的舞台形象，掩卷回味，印象深刻。

一、结构独特——逼仄的戏剧情境展现人物性格

　　现代戏难做，难在矛盾设置。大部分作品囿于主题先行，突出"高、大、全"而忽略了结构矛盾，最终味同嚼蜡。《萤火》

一剧中，杨济舟的遭遇一波三折，悬念迭出。从一开场临危救主，火线提升，再到清除异党，一百二十名兄弟命悬一线，悬念陡出，杨济舟左右为难，一边是刚刚提携自己的上峰林中扬，心机满腹，手段残忍；一边是自己视为兄弟的手下，患难与共，交出去就会惨遭屠戮。作者把主要人物杨济舟推到了悬崖边，他该怎么办？最终会是什么结果？悬念设置引发的紧张氛围激起观众的兴趣，这种好奇与兴趣吸引着观众继续看下去。出乎意料，作者朝更深处推进矛盾。被杨济舟视为恩人的林中扬，为了迫使杨济舟妥协，将其母亲作为人质，继而将其母亲杀害，杨济舟被借给了江防军川中司令王封安……堂堂七尺男儿，空有一腔报国志，杨济舟成为一枚任人摆布的棋子，安世济民战死疆场的宏愿被军阀争斗所利用。人唯有在绝境中方能显示出其人性的本色，在作者精心设置的戏剧情境中，主人公杨济舟是一位失意英雄，无奈无助，但却不改其坦荡磊落、伟岸如山的品质。杨济舟在地下党员马志杰副营长的帮助下，找到了光明的道路，定于六月十九日起义，以点火为号。消息走漏，波澜再起，王封安全城禁火，将剧情推向高潮。正是这一系列的戏剧动作的推进，为完成主要矛盾的突转做足了铺垫，一切水到渠成，顺理成章。当杨济舟看清楚军阀争斗的本来面目后，看到共产党人有信仰，有追求，为了百姓疾苦而奋斗，他找到了自己的方向，坚定而决绝。在矛盾的层层推进中，身处两难境地的杨济舟的人生况味令人唏嘘，其生命的崇高亦令人肃然。在独特的戏剧情境中，去展现人物塑造人物，这是戏剧创作的不二法门。《萤火》一剧中，矛盾冲突不断升级，环环相扣，在塑造的一个个生动的人物众生相中，深入挖掘主要人物杨济舟的心理活动，一切出乎意料，却又在情理之中。

二、以小见大——细节中挖掘人物的内心和个性

任何一部作品的成功，都离不开有力的细节作支撑。《萤火》的高妙处也在细节的处理上，看似寻常处，却风生水起，举手投足间，心理外现。第一场蔡小武飞扬跋扈，趾高气扬，以纠察队队长之身份在三营中肆意横行，杨济舟见到自己的士兵被打倒，怒气冲天，拔枪相向。此时的蔡小武立马变了一副嘴脸，跪地求饶，一副哈巴狗的形象呼之欲出；杨济舟任侠尚义，快意恩仇，大义凛然的形象跃然纸上。同样的拔枪相向，在第三场中，面对送密信的李小七，杨济舟恨铁不成钢"不杀他难解心头恨，杀了他必上林中扬的当"，李小七则说"死在你手里，我一点都不叫冤"，两个人物的心理纠结展露无遗。枪响玻璃碎，杨济舟放过李小七，"泪涟涟，情同手足怎忍心"，在一来一往中，刻画出杨济舟五味杂陈的内心，最终他选择了放过自己的兄弟。两个细节都是转变人物命运于须臾之间，对待李小七和蔡小武不同的态度，也反映出杨济舟疾恶如仇、重情重义的品格。一百二十名兄弟的命运如同一条线贯穿始终，连接起一个个鲜活生动的细节，串珠成线，丰满了杨济舟的形象。同样是通过鲜活的细节，戏谑性地塑造了令人瞠目、残忍辛辣、不择手段的军阀作风的林中扬、蔡小武、王封安等形象；赞颂般地塑造了机敏淳朴、不屈不挠的杨母、牛二娃、赵书梦、马志杰等群像。好的人物设置，在戏剧冲突发生时，不是为了矛盾而矛盾，而是在生活细节中自然地流露。如果说把一部剧作比作大树，这些鲜活的细节则如同枝叶，让其繁茂葳蕤、生机勃勃。在该剧中，没有说教，更多的是通过鲜活的细节来推着人物发展，最终化茧成蝶，完成人物命运根本性的转变。

三、意蕴丰富——人物语言的地域特色浓郁

《萤火》一剧中的人物语言是一特色，作者娴熟地运用四川

方言，通过提炼加工，洗练简洁而富于表现力，个性鲜明，经得起反复欣赏咀嚼。"片言百意"，通过含蓄凝练的人物语言深邃地表达人物的思想感情，将人物的内心动作外化。如"遂宁的涪江有鱖鱼，当地人叫'母猪壳'，味道美极了，当年遂宁郡王赵佶当了皇帝后，每天都派人从遂宁给他送'母猪壳'，可惜，这鱼浑身长着刺，不好把，也不会任人宰杀"。杨济舟与林中扬的对话，暗含机锋，话里有话，言在此而意在彼，生动形象，极具魅力。"就如成都麻将，血战到底，你要紧盯上家，看紧下家，防着对家，管好自家"。林中扬借四川的麻将来警醒杨济舟，给人以充分的想象。剧中其他人物语言通俗、谐谑，亦庄亦谐，雅俗共赏。如"世间最毒蛇和蝎"，"现在如今眼目下，除了放屁不缴税，屙屎屙尿都得给老子缴税"，"我这想法，看起来是开了闸门的水——下流"等各种方言俗语、歇后语、民间谚语的运用，各具特色，远近高低各不同；符合人物性格，浓妆淡抹总相宜。

剧中几处帮腔的运用可谓点睛之笔。"丧天良，恨断肠啦""战友加兄弟，转眼竟成负心郎""泪涟涟，情同手足怎忍心？"等。每到关键点上，帮腔恰当地渲染舞台气氛，对剧情起着点化、催化的作用，很好地衬托了演员演唱，外化角色心理，同时又恰到好处地调动起观众情绪，以一个局外人的身份表达着观众的心声，给人一种"于我心有戚戚焉"的感觉。

最为称道的是杨济舟"心"字唱段，一连十几个"心"字，唱出了杨济舟的坦荡磊落与忠肝义胆，唱出了杨济舟的悲天悯人与古道热肠，更唱出了杨济舟参透世态炎凉、看穿军阀混战后的寒心、苦心。从忠心爱心，到伤心防人之心，整个唱段层层递进，不断深入，把这位身处混沌世界，拨开迷雾终于找到方向的军人的内心情绪外化，极富感染力。

四、以情动人——开掘生命信念的崇高理想

在戏剧创作中，真挚素朴的情感不仅仅是推进人物关系发展的元素，也是和观众进行沟通互动的要素。在《萤火》一剧中，林中扬将杨母作为人质要挟杨济舟，母子二人在一个特殊的环境下见面，儿子惊讶、担心、愧疚，母亲叮咛、劝慰、大义，儿子怕老母亲受牵连，母亲担心儿子遭不测，母子情深，彼此惦念，铁骨男儿也柔肠百转，直到得知母亲遇难，肝肠寸断。剧中矛盾由一百二十名士兵引起，并串起了全剧，杨济舟对这些共生死的兄弟信任，为了保护这些兄弟，极尽所能。特别是在得知李小七是共产党员时，开枪击碎玻璃，放走李小七，"情同手足怎忍心"，兄弟情深，堪比山岳。赵书梦和牛二娃的恋情，尽管不是重点笔墨所在，但闲笔写来，温暖人心。此外，还有杨济舟浓浓的家国情怀，令人唏嘘感慨。身处乱世，有"东征西讨为哪桩"的喟叹；身处两难，有"还世间朗朗乾坤"的宏愿；枪声响起，有"快马加鞭捣敌巢"的决绝。正是因为有着这样一种深沉的家国情怀，杨济舟在迷雾中找到了方向，参加了红军。母子情、兄弟情、家国情，在感动中让观众感受到生命的崇高，体悟到人生的意义。情感的真实奠定了剧作艺术追求上的真善美，同时也对立意的开掘，人物的塑造奠定了很好的基础。

总之，《萤火》在结构矛盾、编织细节、语言运用上，一气呵成，不着痕迹，以戏抓人，以情感人，是一部经得起品咂的作品，带给人感动、想象的同时，也给人留下深深的思索。

逢君放光彩　不吝此生轻

——简评戏曲剧本《萤火》

江西省艺术研究院　童孟遥

习近平总书记在文艺工作座谈会上的讲话中曾说道："'诗文随世运，无日不趋新。'创新是文艺的生命。文艺创作中出现的一些问题，同创新能力不足很有关系。刘勰在《文心雕龙》中就多处讲到，作家诗人要随着时代生活创新，以自己的艺术个性进行创新。"这段重要论述极大地鼓舞了文艺工作者，也指导着主旋律戏剧的创新和创作。

2017年是中国人民解放军建军90周年。革命历史题材戏曲剧本《萤火》应时而作，它截取了1929年川中共产党人的一段与敌斗争和吸收盟友的艰苦历程，通过"序　战火""移防""劝降""送信""谋定""软禁""突围"及"尾声"等八个篇章，讲述了国民党中校柳济舟深明大义，在共产党员马志杰等人的帮助和影响下，弃暗投明，以实际行动联共突破了重重封锁和围剿，迎来新气象。全剧视角独特，以小见大，既书写革命战争历史，也折射出观照现实的光芒，同时将现实主义与浪漫主义相结合，表现了共产党人的建军固军、爱党护党的艰辛革命进程和崇高革命情怀。标题《萤火》在剧中既是实际的表征，也有更深远的象征意义，代表了千千万万献身于革命的志士们，印证了毛泽东主席的"星星之火可以燎原"的英明论断和决策，具有鲜明浓重的主旋律色彩。剧中杨济舟、马志杰、赵正财等正面舞台形象让读者感受了崇高精神，不仅领略了革命战士的英雄风采，还对中国国共合作的失败进行了深层次的反思。

剧本将背景设定于 1929 年夏天，此时正处于国共对峙时期，即土地革命战争时期。1929 年 6 月下旬至 7 月初，中国共产党在上海举行六届二中全会。会议确定继续深入土地革命，开展游击战争，扩大苏区，建立红军，纠正非无产阶级意识，加强公开工作和秘密工作等多项任务。在六届二中全会前后，党在白区的工作得到了恢复和发展。

在此历史背景下，编剧独具慧眼，另辟蹊径，明暗线交织，明线上探索并创作出一类新的人物类型——国民党中校杨济舟，抱持救国救民之理想信念，选择起义投向与其信念一致的共产党（这类起义的国民党军将领形象是有史可依的，尤其在解放战争时期），突出共产党人信仰的感召力和影响力。暗线则是描述马志杰等中共地下党员们的秘密革命行动。篇末则双线合流，除了表现血与火的搏杀，表现不同军事路线的斗争，编剧在剧本构想中牢牢把握着"红色基因"，以"向内"的姿态深刻探索人物的本质和转变，赞颂的是为民族信仰而勇于牺牲的革命英雄主义精神，抒发的是"能打仗、打硬仗"的战斗意志和策略，坚守的是社会主义文艺的一方精神高地。

全剧故事情节通顺，合情合理，人物对比鲜明，戏剧冲突设置合理有效，描写了起义的发起、开展、被破坏、成功的整个过程，既反映了革命工作的紧张刺激，也再现了红军的建设经验，即坚持以无产阶级思想来建设党和人民军队。尾声中国国民党人杨济舟发动起义、家庭主妇杜语琴为送信光荣牺牲、普通民众牛二娃参加红军投奔革命也都印证了这一点。

人物角色设置对比鲜明,多重矛盾并置。剧中人物共分为三大阵营:共产党人、国民党人和普通群众。共产党人以马志杰为代表,机敏慎重,团结一心,胸怀大义;而国民党人则以林中扬为代表,心思叵测,尔虞我诈,各有私心。这两类阵营是矛盾冲突的主要两方。而主角杨济舟的身份则较为特殊,是编剧精心设计的"这一个",他有民族大义,识大体,能征善战,身为国民党人,但最终选择了起义支援红军,成为跨阵营的特殊一员,并带动混七旅三营的同袍走向正义。此外,作为第三方的群众阵营中其实也非一团和谐,也有着壁垒分明的界限,拾荒者牛二娃、家庭主妇杜语琴,对于革命毫无所知,但本着从心而发的基本良知在有意无意中帮助了共产党的行动,是作为可吸收可争取的角色而存在的;但优伶圆圆则与牛二娃截然不同,她同样是一介普通民众,但是是非不分,以色艺存身,甘心为江防军利用,堕落腐化,倒向反面阵营。

正因立场各异,故而人物间矛盾重重。这些矛盾包括同一阵营的和不同阵营的,轻重急缓各有取舍。不同阵营的,势同水火:国民党人林中扬、王封安等人将共产党人视同眼中钉,势必杀之而后快。同一阵营但不同立场的,终背道而驰:同属国民党阵营的杨济舟与顶头上司林中扬,二人理念不同。林中扬是一心清除异己,为达私利不择手段;杨济舟则有胆有识,心怀壮志,敢于抗命。所谓道不同不相为谋,二人最终也分道扬镳,各奔前程。而同一阵营的杨济舟与母亲同样存在着矛盾,但非不可调和:朴实的母亲不理解革命的意义,只求儿子安稳过日子,是一个为人母的女性的最直接期盼。杨济舟与母亲的分歧在于知识水平、眼界见识的不同，但是二人的心意是彼此相通的。母亲的真心不过是"当百姓，求安稳，儿女绕膝有双亲。一日三餐粗茶饭，其乐融融方开心"。在经过杨济舟的一番诚恳劝解下，杨母突破自身识见的局限，支持杨济舟舍小家为大家，"男儿当为苍生谋福祉，为劳苦大众遂心愿"。

主要角色性格复杂多层次，心理演变历程循序渐进。编剧笔触深入人物内心，真实再现了革命年代里诸位当事人复杂真实的命运变化、性格特征、情感世界和信仰抉择。从开场起，主角杨济舟作为一名笃信三民主义的同盟军将领、国民党人士，对于有着共同基本信仰和理念的共产党并不排斥；随着剧情发展，他对于身边的共产党员的所作所为，心知肚明，并不干涉，对共产党革命斗争方式，表现出隔岸观火、事不关己的态度。紧接着，对杨济舟有知遇之恩的林中扬为削弱共产党力量，逼迫杨将众多部下士兵押解至成都。杨济舟左右为难，在恩情和义气、信念之间纠结、徘徊，情势一时陷入僵局。随后，林中扬暗地将杨母杀害并嫁祸于共产党人。生死一线之际，马志杰仍面不改色，自认共产党员身份，杨济舟大为震撼，且惊且敬，开始正视共产党人的从容不迫和无惧生死，对于共产党充满好奇和震动："共产党啊共产党，你靠什么凝聚人心和力量？你靠什么催人蹈火赴汤？面对生死为何从容面对不慌张？"这些心理的震撼无啻于一枚重型炮弹，摧毁杨济舟的心理底线，继而引发杨济舟的深层思考，"理想"与"信仰"，反思国民党军队的拉帮结派、各自为营等钩心斗角的丑行，为其后义无反顾参加起义做好了心理建设，剧情发展水到渠成，同时也为读者的心理接受铺平了道路。

剧情节奏明快，双线并行不拖沓，抛出矛盾即刻解除矛盾。剧中所设置的矛盾基本都是当场矛盾当场解决，一般不会拖到下一场才解决。比如第二场中杨济舟与母亲因为阅历、视野不同而产生分歧，但在杨济舟的一番苦口婆心的唱段过后，杨母幡然醒悟，转而全力支持儿子的决定，立誓成为儿子的靠山后背，免其后顾之忧，具有中华传统贤母的崇高仁义的形象。又如第四场中，林中扬栽赃嫁祸共产党李小七杀害杨母，激怒杨济舟使其丧失理智，企图挑起国共两党的矛盾，让杨济舟与共产党彻底决裂，情势陡然危急，一触即发。但是，关键时刻，牛二娃上场，力证杀死杨母的是伪长李瘸子，是一场阴谋，于是谎言不攻自破，林中扬搬起石头砸自己的脚，反而进一步促使杨济舟选择了跟随共产党。再如第六场中，赵正财身份暴露被抓，起义点火一事无人承担，形势堪忧。其女赵书梦勇敢无畏顶替父亲前往，弄湿火柴无可奈何之时，灵光一闪以萤火代替，最终完成任务。

此外，双线情节多转折，跌宕起伏，让人揪心。剧本中的矛盾冲突往往是曲折复杂、变化多姿的。如第四场"谋定"讲述杨济舟誓要起义跟随共产党，全剧情势明朗，一片大好，但第五场"软禁"则转而写林中扬狡猾多计，设下圈套，截获重要情报，而杨济舟又行动受限，起义形势顿时被蒙上了阴影。虽然情节并不复杂，但戏剧冲突却表现得委婉曲折，跌宕多姿，在革命形势的问题上，忽而由阴转晴，忽而又由晴转阴，多次显露转机，却又戛然而止，曲折多变，绝无平淡之感。

唱段结构丰富，唱词别致，意蕴深远。唱词中较多运用重复、排比、反问等修辞手法，反复咏叹，既传达情感，加强语气，又回环往复，充满语言美。第二场中杨济舟与母亲沟通，连用四句"谁不想""谁不盼"的反问句，唱词格式整齐有序，同时表达了强烈的忧国忧民情怀。第五场"软禁"中杨济舟被王封安威逼同流合污之时，以一段18句长唱段自表心志。唱词中运用了 23 个"心"字，分布于句尾、句中、句首，道尽为人处世之道以及杨济舟的个人遭际，巧妙且含义深厚，话外之意不言自明，委婉地表示了拒绝之意。第六场中赵书梦心急摔了一跤，将关键的道具火柴弄湿了，心急如焚，自责歉疚，唱词脱口而出："谁给我智慧，解救我的亲人？"引出后文主题曲，导出"萤火"，再度渲染气氛，点明主旨。

编剧往往借助人物唱词点题，抒发感慨。无论是联络员赵书梦的自述心曲"黑暗日子百姓的路在哪？儿愿做只萤火虫照天下"，还是杨济舟的无奈慨叹"可怜山河多苦难，城头易旗如家常。百姓饱受战火苦，衣不蔽体去逃荒"，表现了战争对于人命、人情、人性的巨大影响，将剧中种种外在的戏剧冲突融入人物心理的交锋、性格的碰撞、情感的纠葛等，而剧中大量的唱段，包括对唱、独唱、合唱等将这种内在的心理冲突一一呈现在观众面前，将人物内心最隐秘最深沉的情感展现出来，使得战争导致的外在的紧张感和人物情感世界内在的紧张感结合起来，既推进剧情发展，同时还丰满了作品的人物形象，丰富了作品的思想内涵。

编剧广泛吸收当代戏剧的探索成果，在艺术上主动不断创新，精神可嘉。但窃以为剧本中多多少少还存在一些瑕疵，仅提出以供参考。

首先，部分情节缺少过渡，衔接不顺畅，逻辑性有待加强，前后衔接上缺少很多说明性文字或对话。如中共地下党员赵正财是如何暴露身份的，又如第六场"突围"中牛二娃是如何出现在现场的，尾声中马志杰、杨济舟二人为何突然毫无征兆地进行暗号接头，这些线索均没有前言交代或者伏笔，只是在情节剧情中突然出现，显得相对突兀。可适当在人物对话中提及一笔，推动剧情上的连接。

其次，部分对白的价值和意义不大，尤其有些歇后语的使用很生硬突兀，如"菩萨的眼睛——不能动""开了闸门的水——下流"等，反不能增色，不妨置换成更有意义的对白或独白，有效提示剧情，增进连接度和顺畅性，以便更好推动剧情发展和表达主题思想。

其三，个别人物角色的设定不太合情理。如赵书梦的年龄设定可以再小一些，作为 22 岁的女性，其在剧中的某些举动和情绪都不合时宜了，更遑论在人人早熟的革命年代。如突围中杨济舟管她叫"小妹妹"，根据编剧设定，杨济舟只比赵书梦大 7 岁。又如她在尾声中以亲吻表达感谢的举措。亲脸的动作在中国而言是比较亲密的，对于两个二十多岁的成年男女而言，这属于是情人之间的动作，赵书梦羞涩一亲，观众会认为这是她与牛二娃的定情之吻，但实际上并非如此，赵书梦显然无此意。所以这一吻与后文中赵书梦所言"从此以后，我就把你当我哥哥了"，显然是信息不匹配的，前后传达的意思自相矛盾。

其四，人物性格特质不够突出，主动性不强。全剧基本依靠剧情强行推动人物在走，使得故事本身的框架约束了人物的自由，人物的行为表现总有一种很仓促的感觉，仿佛是为了完成剧本的结局而在按部就班的前进中，缺乏一种自主能动性，导致人物的生动性、灵动性欠缺。

其他如四川地方特色融入不够贴合、节奏张弛不稳定等问题也都值得商榷一番。编剧陈立先生创作的这部革命历史题材作品《萤火》以其朴素的舞台语言、高尚的主角形象、昂扬深沉的艺术风格切实彰显了信仰和崇高之美，以充满阳刚之气的革命情怀奏响浑厚铿锵的黄钟大吕之声，进一步推动和繁荣了主旋律文艺创作，因而十分打动人。尤其在注重"举精神之旗、立精神支柱、建精神家园"的现代文明社会，正在举办的一系列建军、建党、建国等重大纪念活动无疑给予了革命历史题材剧以创作的最佳契机。革命历史题材剧具有不可替代的精神引领与重塑价值观的作用，对于纠治当下转型期社会存在的精神矮化、道德失范、信仰迷失等病症，具有重大意义。

正如著名戏剧家布莱希特所说："崇高的娱乐带给人们对现状的思考和理解，把观众从现实拉到戏剧中不应该是愚弄和要乐，而应让观众从舞台上重新感受现实、思考现实，然后去改变现实。"所以，革命历史题材的主旋律创作绝不会是曲高和寡的高台之作，只要编剧本着"要讲好中国故事、传播好中国声音、阐发中国精神、展现中国风貌"的创作原则，通过对中华千年传统文化的凝练、对正能量和积极价值观的倡导，让国人加深对祖国的历史认知，夯实民族自豪感，更让外国民众通过欣赏中国作家、艺术家的文艺作品来深化对中国的认识、增进对中国的了解。